罗生门

らしょうもん

あくたがわりゅうのすけ

[日] 芥川龙之介 著
鲁迅 罗松涛 译

贵州出版集团
贵州人民出版社

罗生门

目录 ディレクトリ

- 火男面具 ……… 1
- 罗生门 ……… 8
- 鼻子 ……… 15
- 孤独地狱 ……… 22
- 山药粥 ……… 26
- 猴子 ……… 41
- 烟草与魔鬼 ……… 47
- 蜘蛛之丝 ……… 55
- 地狱变 ……… 59
- 枯野抄 ……… 86
- 毛利先生 ……… 95

篇目	页码
竹林中	109
六宫公主	119
阿富的贞操	128
丝女纪事	137
点鬼簿	147
河童	153
某傻子的一生	198
齿轮	220
译后记	251

火男面具[1]

罗松涛 译

吾妻桥旁站了好多人，大家纷纷在桥栏边眺望。一名警察不时出现驱散人群。可不一会儿，散开的人群又聚拢过来。原来，他们是在观赏桥下通过的观花船。

河水已经退潮，观花船自下游逆流而上，每次通过一两艘。这种小船顶着帆布做的遮篷，悬挂着红白横条的布帘。船头插了各色旗子，有那种古朴浓厚的条形旌旗。船上的观客似乎都有些醉了。透过布帘的缝隙，可以看到船上的观客，并根据发式分辨出他们的来处，像吉原式[2]、米屋式[3]。观客们正兴致勃勃地"一个两个"地猜拳，也有的伸长脖子，表情痛苦地哼哼唱唱着。那情形映入桥上的观众眼中，真的是滑稽至极。

---

[1] 火男面具：原文标题为"ひょつとこ"，系日语ひをとこ（火男）的讹音。这是一种眼睛一大一小、噘着嘴、有着像用吹火竹吹火时一样表情的丑男子面具，故名。

[2] 吉原式：逛吉原花街的风流子弟将毛巾俏皮地扎在头上。

[3] 米屋式：为了遮灰尘，米店伙计会用毛巾包上头，在后脑勺上打个结。

这种观花船上有伴奏的乐队，每当船从桥下通过时，桥上就会爆发出一阵哄笑声，似乎听到有人喊："傻瓜！"

站在桥上望去，河面在太阳光线的照射下，反射出马口铁般的白色亮光。一团一团飘过的蒸汽让河面更加炫目，仿佛镀上了一层金属色。如此平和的水面上，各种欢快的鼓声、笛声，还有三味线的声音混合在一起，像虱咬一般令人全身刺痒。河堤两侧是绚烂绽放的樱花，雾霭般的白色层层叠叠，绵延而去。各种和式舢板和小艇停泊在观者如云的栈桥边。一眼看去，阳光仿佛被庞大的船库挡在了后面，船儿们在黑漆漆的一片中蠕动着。

从桥下又划过一艘小船，与先前的几艘并没多大区别，显然也是观花船。红白条纹的帐幔旁，竖着红白条纹的旌旗。船头包裹的红色布巾，将河岸两畔的樱花也映成了红色。两三个人站在船头交替摇着船橹和撑着竹篙，船速也并不见快。帐幔下面坐着的观客至少也有五十人。在船进入桥洞之前，两把三味线正演奏着类似《梅春》的曲子。曲音刚散，一个男人突然间在人群中手舞足蹈起来。桥上的观众们纷纷哄笑，一时间人声鼎沸，被挤到的孩子哇哇大哭。一个女人扯开嗓子喊道："看啊！有个人在跳舞！"船上，一个戴着火男面具的矮个子男人正随着音乐投入地起舞。

火男脱下秩父产的丝绸外褂，只穿一件友禅染混合花纹的丝质长袖，鲜艳的内衫若隐若现。八丈式衣领皱巴巴地胡乱敞开，博多紫色锦带松松垮垮地垂搭在背后，简直一副醉鬼样。他的舞姿显然毫无章法，身体只是单调地摇摆着，像神乐堂上的傻瓜一样，双手重复着单调的动作。他的舞姿有醉鬼的憨态，时不时像失去了重心，似乎要跌下船舷，手脚乱舞的动作又使他有惊无险地及时恢复身体的平衡。

男子的舞姿越发古怪。桥上骚动起来，不时有"噢噢"起哄的叫喊声。人们谈笑着说三道四。"看那姿态，还真像那么回事。""这人什么来头啊？一副忘乎其形的样子。""还有点意思！瞧那磕磕绊绊的样子。""其实取了面具跳应该更好。"……谈论的内容不过都是这些。

此时，可能是酒劲一下上头了，火男的舞步更加奇怪。连船上的观花客们也纷纷把手巾包裹的头伸出船体之外，像是不规则的 Metronome[1] 运动。船老大觉得这样很是危险，从船尾大声提醒了观客们两次，可人们不以为然。

一艘江轮从河面驶过，拍起的波浪斜打着滑过河面，推着驿船的船底剧烈地晃动起来。只见火男那渺小的身体，随着晃荡踉跄地扑了三步，看似稳住了脚跟，却又突然停住，随后如陀螺旋转一般，在空中转了一个大大的圈，"呱唧"一声仰面朝天地倒在了驿船之中，两条套着日式针织筒裤的细腿高高地甩向空中。

见此场景，桥上的观众们再次哄然大笑。

这时，似乎听到船上的三味线琴杆折断的声音。透过帐幕的空隙望过去，人们依旧不时地站起又坐下，酩酊大醉，胡言乱语。伴奏声悄悄而止，接着又是一阵"哇啦、哇啦"的喧嚷声，嘈杂得有点过分。片刻之后，一个红脸的男子从帐内伸出头来，惊慌失色地挥舞双手对船老大说着什么。不知何故，驿船猛然间打满了左舵，船头驶向跟樱花相反的山宿河岸去了。

大概过了十分钟，桥上的观众们才得知舞者猝死的消息。具体的情况刊载在第二天报纸的综合新闻栏。舞者名叫山村平吉，猝死的病因是脑溢血。

自父亲那辈起，山村平吉家就在日本桥的若松町经营一家画具店。他

---

[1] Metronome：意为节拍器，在此表示机械、重复的意思。

3

今年四十五岁，突然间离去，家里只剩下了一个满脸雀斑的干瘪老婆，还有一个服兵役的儿子。虽然不是富裕人家，也还算过得去，家里还雇用了三四个帮工。据说，他家在日清战争[1]期间曾囤积了不少秋田的青绿色颜料。可以说，这家画具店就是一间平常的老铺子，没有特别出名的品牌。

平吉有张圆脸，头顶见光，眼角都是皱纹，无缘无故带着一种滑稽感。他平常对人谦恭有礼，唯一的嗜好就是喝酒。而且通常酒醉后，也不会过于失态，只是疯疯癫癫地狂舞一阵。山村本人说过，自己曾跟着以前在浜町丰田的女主人练习过神社巫女的舞蹈。当时不管在新桥还是芳町，都十分流行祭神乐舞。他的舞蹈，当然并不如他自己吹嘘的那样奇妙。虽然看起来完全没有章法，倒也不令人讨厌，而且他居然还跳什么"喜撰法师"乐舞。其实这家伙心里明镜似的，如果没有沾酒，他绝口不会提祭神乐舞之类的字眼。要是有人对他说："山村君，来上一段吧！"他立刻支支吾吾，借故自岔溜走。但凡他喝上点酒，即刻像变了个人似的，将手巾包在头上，嘴里自动哼起短笛和大鼓的调调，腰杆绷直，肩胛耸动，跳起他最爱的火男面具舞蹈。而且只要一开始跳，准会忘乎所以，毫不在意有没有三弦的伴奏或歌者的伴唱。

然而，嗜酒的恶果就是中风跌倒，甚至一度昏迷。有一次，平吉正在町内的澡堂里浇洗身子，"咚"的一声倒在搓背的水泥台上昏了过去。当时旁人在他的腰上拍打了约莫十分钟，人才苏醒了过来。第二次则是晕倒在自家库房里，叫来医生忙活了半个钟头总算又救了回来。每次事后，医生都再三地叮嘱他戒酒。他在医生面前一副信誓旦旦，决心颇大的样子，转过头便将戒酒忘到九霄云外。每次都说"就喝一合[2]而已"，可一旦开了头，就控制不住自己，没半个月的时间，又喝到原来的酒量。

---

[1] 日清战争：即中日甲午战争。

[2] 合：日本计量单位，十合为一升。

若谁多句嘴,他还振振有词:"哎呀,我这身子不喝酒,会不舒服。"

其实平吉喝酒,并不是如他自己解释那般是生理需求。同样离不开酒的还有他的心理。因为酒使他感觉平添一股豪气,不必在任何人面前谦恭有礼,唯唯诺诺。想跳舞就手舞足蹈,想睡觉就呼呼大睡,谁也管不着谁。对平吉来说,这种感觉十分重要。到底如何重要?他自己也不清楚。

平吉只是觉得,喝醉之后,自己就变成了全新的另一个人。当然,当他狂舞酒醒之后,遇见熟人时便会被揶揄:"哎,昨晚跳得不错啊!"而此时,他立刻显出腼腆的样子:"哎,醉迷糊了,简直不成体统,昨晚干了些什么我哪还记得。今天睁开眼,感觉还似梦非醒。"瞧这瞎话说的。实际上,跳舞也好,睡觉也罢,他心里明明白白的。只是记忆中的自己和此时的自己,完全是两个人。若要问哪个才是真正的平吉,他自己恐怕也说不清吧!醉酒自然是暂时性的状态,大部分时间理应是清醒的呀!那么清醒的平吉才是真实的平吉吗?要想让他自己承认这个说法,简直难乎其难,奇怪吧!因为平吉反常的表现多数是在醉酒时才出现,乱舞一气还算好的,他甚至还糟蹋鲜花、撩拨女人,简直是到了不可理喻的程度。他本人也觉得,那不是正常的自己。

古罗马传说中有个叫 Janus[1] 的双头门神,前后各有一个头,他真正的头颅是哪颗,没人知道。似乎平吉也是这样的。

平常的平吉和醉酒的平吉完全不同。没有多少人会像平常的平吉那样撒谎,估计他自己也这么认为。当然平吉的撒谎也并不是为了算计什么。他的撒谎,是他几乎从未意识到的。嘴里说出了谎话,自然会有不

---

[1] Janus:汉译作"杰纳斯"或"雅努斯",罗马神话中的天门神,头部前后各有一副面孔,一副看着过去,一副看着未来,因此也被称为两面神,或被尊称为时间之神。

好的感觉，可在当时的情况下，他完全没有时间去考虑后果。

平吉也不明白，好端端的自己为何一定要说谎。其实他意识里并不想这样。只是当他开始说话时，谎言却不由自主地脱口而出。当然，这种状况并没给他造成什么痛苦。他自己也不觉得是什么坏事。所以，平吉还是照常每天满不在乎地说谎。

平吉十一岁时在南传马町的纸店里做小工，店老板相当执迷《法华经》。每日三餐前，他都要念诵七字"南无妙法莲华经"。然而就在平吉在店里待了两个月后的一天，老板娘一时冲动，穿着平日的衣服跟店里的年轻伙计私奔他乡。纸店老板原本信奉《法华经》，就是为庇佑一家人的安稳。看起来他的信念毫无用处。据说当时家里真是掀起了轩然大波。老爷急忙让徒弟们换掉信仰，把帝释天佛像的台座沉入河中，把七面佛的神像丢进炉灶里烧掉。

平吉一直在这里帮工到二十岁。他负责店里的账务，却时常偷懒自己溜出去玩。他曾遭遇沮丧的事，相好的女人拉他一起殉情，结果他编了个理由一溜烟儿跑了。大约三天之后，听说那女人跟一个装饰店的工匠一起自杀了。据说女人是因为自己的情人又跟别的女人好上了，冲动之下非拉个替死鬼陪她。

平吉二十岁的时候，父亲过世了，他便跟纸店的老板请假回了家乡。大概半个月之后的一天，从老爷当家的时代就一直帮工的掌柜请少爷代写一封信。这掌柜五十多岁，性格直爽本分，因为右手的手指受了点伤无法握笔。他只请代写了一句："万事如意，近期将至。"收信人名字像是个女人。有人打趣地说："藏着掖着的干吗呀？"掌柜回答："这是我姐姐。"三天之后，掌柜将店里的顾客都打发去了附近的店铺，然后出走了。从那之后音信全无。店里查点账务的时候才发现，账面上已经有巨大的亏空。追查信只能发去他那相好的女人所在的那个地址了。然后，就只有傻乎乎的平吉接手这种差事……

这些全都是谎言。众所周知，平吉的一生，如果除掉这些谎言，便空无一物了。

今天，在町内的观花船中，平吉从伴奏的人那里借来火男面具，如同往日那样，跑到船板上尽情地舞蹈。然后，他突然跌入船内死掉了。船上的观花客们都吓坏了，其中要数一位清元净琉璃[1]的师傅受到的惊吓最大，因为平吉的身体竟然掉落在他的头顶上，接着又滚落到红毛毡毯上，正好位于摆着紫菜卷和白煮蛋的两人之间。一个町里年长的人以为平吉又是胡闹，真诚地提醒他说："别乱来。如果真摔伤了怎么办？"船板上的平吉却毫无动静。

这时，长者旁边的理发匠老头儿觉察出不对了。他拍拍平吉的肩膀，喊道："哎！你醒醒……醒醒……你是怎么啦？"可是平吉一动不动，毫无反应。再摸摸他的手指，冰冰凉。老头儿和长者一起扶起平吉，人们开始感到不安，纷纷围拢过来："喂！你没事吧？醒醒啊……"理发匠老头儿的声音最终变成了尖锐的叫喊。

一个微弱的声音从面具下传出来，那声音细弱得像呼吸声。"面具……取下来。"长者和老头儿抖抖索索地取下了他的头巾和面具。

面具下的平吉，已不是往日的面容。小小的鼻子塌陷着，嘴唇已没了血色，苍白的脸上分不清是油是汗。看上去，谁还能认得这就是那个风趣滑稽的平吉？唯有那张丑陋的面具一成不变。那面具被放在人群之中的红毛毡毯上，始终用那副懵懂的神情仰视着平吉的脸。

大正三年（1914年）十二月作

---

[1] 净琉璃：一种日本的音乐或戏剧形式。

罗生门

鲁迅 译

是一日的傍晚的事。有一个家将，在罗生门下待着雨住。

宽广的门底下，除了这男子以外，再没有别的谁。只在朱漆剥落的大的圆柱上，停着一匹[1]的蟋蟀。这罗生门，既然在朱雀大路上，则这男子之外，总还该有两三个避雨的市女笠和揉乌帽子[2]的。然而除了这男子，却再没有别的谁。

要说这缘故，就因为这两三年来，京都是接连地起了地动、旋风、大火、饥馑等的灾变，所以都中便格外荒凉了。据旧记说，还将佛像和佛具打碎了，那些带着丹漆，带着金银箔的木块，都堆在路旁当柴卖。都中既是这情形，修理罗生门之类的事，自然再没有人过问了。于是趁了这荒凉的好机会，狐狸来住，强盗来住；到后来，且至于生出将无主的死尸弃在这门上的习惯来。于是太阳一落，人们便都觉得阴气，谁也不再

---

[1] 匹：日语中用来表示猫、狗、鸟、虫等小动物的量词。

[2] 市女笠，乌帽子：市女笠是市上的女人或商女所戴的笠子。乌帽子是男人的冠，若不用硬漆，质地较为柔软的，便称为揉乌帽子——译者注。

在这门的左近走。

反而许多乌鸦，不知从哪里都聚向这地方。白昼一望，这鸦是不知多少匹地转着圆圈，绕了最高的鸱吻[1]，啼着飞舞。一到这门上的天空被夕照映得通红的时候，这便仿佛撒着胡麻似的，尤其看得分明。不消说，这些乌鸦是因为要啄食那门上的死人的肉而来的了——但在今日，或者因为时刻太晚了吧，却一匹也没有见。只见处处将要崩裂的，那裂缝中生出长的野草的石阶上面，老鸦粪粘得点点的发白。家将将那洗旧的红青袄子的臀部，坐在七级阶的最上级，恼着那右颊上发出来的一颗大的面疱，惘惘然地看着雨下。

著者在先，已写道"家将待着雨住"了。然而这家将便在雨住之后，却也并没有怎么办的方法。若在平时，自然是回到主人的家里去。但从这主人，已经在四五日之前将他遣散了。上文也说过，那时的京都是非常之衰微了；现在这家将从那伺候多年的主人给他遣散，其实只是这衰微的一个小小的余波。所以与其说"家将待着雨住"，还不如说"遇雨的家将，没有可去的地方，正在无法可想"，倒是惬当的。况且今日的天色，很影响到这平安朝[2]家将的 Sentimentalisme[3] 上去。从申末下开首的雨，到酉时还没有停止模样。这时候，家将就首先想着那明天的活计怎么办——说起来，便是抱着对于没法办的事，要想怎么办的一种毫无把握的思想，一面又并不听而自听着那从先前便打着朱雀大路的雨声。

雨是围住了罗生门，从远处沥沥地打将过来。黄昏使天空低下了；

---

[1] 鸱吻：神话中的龙之第九子，常用作古代建筑屋脊正脊两端的饰物。（书中如无特殊说明均为编者注。）

[2] 平安朝：西历七九四年以后的四百年间——译者注。

[3] Sentimentalisme：法语，意为"感伤"。

仰面一望，门顶在斜出的飞甍[1]上，支住了昏沉的云物。

因为要将没法办的事来怎么办，便再没有工夫来拣手段了。一拣，便只是饿死在空地里或道旁；而且便只是搬到这门里来，弃掉了像一只狗。但不拣，则——家将的思想，在同一的路线上徘徊了许多回，才终于到了这处所。然而这一个"则"，虽然经过了许多时，结局总还是一个"则"。家将一面固然肯定了不拣手段这一节了，但对于因为要这"则"有着落，自然而然地接上来的"只能做强盗"这一节，却还没有足以积极的肯定的勇气。

家将打一个大喷嚏，于是懒懒的站了起来。晚凉的京都，已经是令人想要火炉一般寒冷。风和黄昏，毫无顾忌地吹进了门柱间。停在朱漆柱上的蟋蟀，早已跑到不知哪里去了。

家将缩着颈子，高耸了衬着淡黄小衫的红青袄的肩头，向门的周围看。因为倘寻得一片地，可以没有风雨之患，没有露见之虑，能够安安稳稳地睡觉一夜的，便想在此度夜的了。这期间，幸而看见了一道通到门楼上的，宽阔的，也是朱漆的梯子。倘在这上面，即使有人，也不过全是死人罢了。家将便留心着横在腰间的素柄刀，免得他出了鞘，抬起蹬着草鞋的脚来，踏上这梯子的最下的第一级去。

于是是几分时以后的事了。在通到罗生门的楼上的，宽阔的梯子的中段，一个男子，猫似的缩了身体，屏了息，窥探楼上的情形。从楼上漏下来的火光，微微地照着这男人的右颊，就是那短须中间生了一颗红肿化脓的面疱的颊。家将当初想，在上面的只不过是死人；但走上两三级，却看见有谁明着火，而那火又是这边那边地动弹。这只要看那昏浊的黄色的光，映在角角落落都结满了蛛网的藻井上摇动，也就可以明白

---

[1] 飞甍：即飞檐，指屋脊两端延伸翘起的边沿部分。

10

了。在这阴雨的夜间,在这罗生门的楼上,能明着火的,总不是一个寻常的人。

家将是蜥蜴似的忍了足音,爬一般的才到了这峻急的梯子的最上的第一级。竭力地帖伏了身子,竭力地伸长了颈子,望到楼里面去。

待看时,楼里面便正如所闻,胡乱地抛着几个死尸,但是火光所到的范围,却比预想的尤其狭,辨不出那些的数目来。只在朦胧中,知道是有赤体的死尸和穿衣服的死尸;又自然是男的女的也都有。而且那些死尸,或者张着嘴或者伸着手,纵横在楼板上的情形,几乎令人要疑心到他也曾为人的事实。加之只是肩膀、胸脯之类的高起的部分,受着淡淡的光,而低下的部分的影子却更加暗黑,哑似的永久地默着。

家将逢到这些死尸的腐烂的臭气,不由得掩了鼻子。然而那手,在其次的一刹那,便忘却了掩住鼻子的事了。因为有一种强烈的感情,几乎全夺去了这人的嗅觉了。

那家将的眼睛,在这时候,才看见蹲在死尸中的一个人。是穿一件桧皮色衣服的,又短又瘦的,白头发的,猴子似的老妪。这老妪,右手拿着点火的松明,注视着死尸之一的脸。从头发的长短看来,那死尸大概是女的。

家将被六分的恐怖和四分的好奇心所动了,几于暂时忘却了呼吸。倘借了旧记的记者的话来说,便是觉得"毛戴[1]"起来了。随后那老妪,将松明插在楼板的缝中,向先前看定的死尸伸下手去,正如母猴给猴儿捉虱一般,一根一根的便拔那长头发。头发也似乎随手的拔了下来。

那头发一根一根的拔下来时,家将的心里,恐怖也一点一点的消去了。而且同时,对于这老妪的憎恶,也渐渐的发动了——不,说是"对于这老

---

[1] 毛戴:寒毛竖立的样子。

妪",或者有些语病；倒不如说，对于一切恶的反感，一点一点的强盛起来了。这时候，倘有人向了这家将，提出这人先前在门下面所想的"饿死呢还是做强盗呢"这一个问题来，大约这家将是，便毫无留恋，拣了饿死的了。这人的恶恶之心，宛如那老妪插在楼板缝中的松明一般，蓬蓬勃勃的燃烧上来，已经到如此。

那老妪为什么拔死人的头发，在家将自然是不知道的。所以照"合理的"的说，是善是恶，也还没有知道应该属于哪一面。但由家将看来，在这阴雨的夜间，在这罗生门的上面，拔取死人的头发，即此便已经是无可宽恕的恶。不消说，自己先前想做强盗的事，在家将自然也早经忘却了。

于是乎家将两脚一蹬，突然从梯子直蹿上去；而且手按素柄刀，大踏步走到老妪的面前。老妪的吃惊，是无须说得的。

老妪一瞥见家将，简直像被弩机弹着似的，直跳起来。

"咄，哪里走！"

家将拦住了那老妪绊着死尸踉跄想走的逃路，这样骂。老妪冲开了家将，还想奔逃。家将却又不放伊走，重复推了回来了。暂时之间，默然地叉着。然而胜负之数，是早就知道了的。家将终于抓住了老妪的臂膊，硬将伊捻倒了。是只剩着皮骨，宛然鸡脚一般的臂膊。

"在做什么？说来！不说，便这样！"

家将放下老妪，忽然拔刀出了鞘，将雪白的钢色，塞在伊的眼前。但老妪不开口。两手发了抖，呼吸也艰难了，睁圆了两眼，眼珠几乎要飞出窠外来，哑似的执拗的不开口。一看这情状，家将才分明的意识到这老妪的生死，已经全属于自己的意志的支配。而且这意志，将先前那炽烈的憎恶之心，又早在什么时候冷却了。剩了下来的，只是成就了一件事业时候的，安稳的得意和满足。于是家将俯视着老妪，略略放软了声音说：

"我并不是检非违使[1]的衙门里的公吏;只是刚才走过这闸下面的一个旅人。所以并不要锁你去有什么事。只要在这时候,在这门上,做着什么的事,说给我就是。"

老妪更张大了圆睁的眼睛,看住了家将的脸;这看的是红眼眶,鸷鸟一般锐利的眼睛。于是那打皱的,几乎和鼻子连成一气的嘴唇,嚼着什么似的动起来了。颈子很细,能看见尖的喉结的动弹。这时从这喉咙里,发出鸦叫似的声音,喘吁吁地传于家将的耳朵里:

"拔了这头发呵,拔了这头发呵,去做假发的。"

家将一听得这老妪的答话是意外的平常,不觉失了望;而且一失望,那先前的憎恶和冷冷的侮蔑,便同时又进了心中了。他的气色,大约伊也悟得。老妪一手仍捏着从死尸拔下来的长头发,发出虾蟆叫一样声音,咯咯的,说了这些话:

"自然的,拔死人的头发,真不知道是怎样的恶事呵。只是,在这里的这些死人,都是,便给这么办,也是活该的人们。现在,我刚才,拔着那头发的女人,是将蛇切成四寸长,晒干了,说是干鱼,到带刀[2]的营里去出卖。倘使没有遭瘟,现在怕还卖去罢。这人也是的,这女人去卖的干鱼,说是口味好,带刀们当作缺不得的菜料买。我呢,并不觉得这女人做的事是恶的。不做,便要饿死,没法子才做的罢。那就,我做的事,也不觉得是恶事。这也是,不做便要饿死,没法子才做的呵。很明白这没法子的事的这女人,料来也应该宽恕我的。"

老妪大概说了些这样意思的事。

家将收刀进了鞘,左手按着刀柄,冷然的听着这些话;至于右手,自

---

[1] 检非违使:古时的官,司追捕,纠弹,裁判,讼诉等事——译者注。
[2] 带刀:古时春宫坊的侍卫之称——译者注。

然是按着那通红的在颊上化了脓的大颗的面疱。然而正听着,家将的心里却生出一种勇气来了。这正是这人先前在门下面所缺的勇气。而且和先前跳到这门上,来捉老妪的勇气,又完全是向反对方面发动的勇气了。家将对于或饿死或做强盗的事,不但早无问题;从这时候的这人的心情说,所谓饿死之类的事,已经逐出在意识之外,几乎是不能想到的了。

"的确,这样吗?"

老妪说完话,家将用了嘲弄似的声音,覆核的说。于是前进一步,右手突然离开那面疱,捉住老妪的前胸,咬牙说道:

"那么,我便是强剥,也未必怨恨罢。我也是不这么做,便要饿死的了。"

家将迅速剥下这老妪的衣服来;而将挽住了他的脚的这老妪,猛烈地踢倒在死尸上。到楼梯口,不过是五步。家将挟着剥下来的桧皮色的衣服,一瞬间便下了峻急的梯子向昏夜里去了。

暂时气绝似的老妪,从死尸间挣起伊裸露的身子来,是相去不久的事。伊吐出唠叨似的、呻吟似的声音,借了还在燃烧的火光,爬到楼梯口边去。而且从这里倒挂了短的白发,窥向门下面。那外边,只有黑洞洞的昏夜。

家将的踪迹,并没有知道的人。

大正四年(1915年)九月作

《罗生门》译者附记:

芥川氏的作品,我先前曾经介绍过了。这一篇历史的小说(并不是历史小说),也算他的佳作,取古代的事实,注进新的生命去,便与现代人生出干系来。这时代是平安朝(就是西历七九四年迁都京都改名平安城以后的四百年间),出典是在《今昔物语》里。

二一年六月八日记。

鼻子

鲁迅 译

一说起禅智内供的鼻子，池尾地方是没一个不知道的。长有五六寸，从上唇的上面直拖到下颏的下面去。形状是从顶到底，一样的粗细。简捷说，便是一条细长的香肠似的东西，在脸中央拖着罢了。

五十多岁的内供是从还做沙弥的往昔以来，一直到升了内道场供奉的现在为止，心底里始终苦着这鼻子。这也不单因为自己是应该一心渴仰着将来的净土的和尚，于鼻子的烦恼，不很相宜；其实倒在不愿意有人知道他介意于鼻子的事。内供在平时的谈话里，也最怕说出鼻子这一句话来。

内供之所以烦腻那鼻子的理由，大概有二：其一，因为鼻子之长，在实际上很不便。第一是吃饭时候，独自不能吃。倘若独自吃时，鼻子便达到碗里的饭上面去了。于是内供叫一个弟子坐在正对面，当吃饭时，使他用一条广一寸，长二尺的木板，掀起鼻子来。但是这样的吃饭法，在能掀的弟子和所掀的内供，都不是容易的事。有一回，替代这弟子的中童子打了一个喷嚏，因而手一抖，那鼻子便落到粥里去了的故事，那时是连京都都传遍的。然而这事，却还不是内供之所以以鼻子为苦的重大的理由。内供之所以为苦者,其实却在乎因这鼻子而伤了自尊心这一点。

池尾的百姓们,替有着这样鼻子的内供设想,说内供幸而是出家人;因为都以为这样的鼻子,是没有女人肯嫁的,其中甚而至于还有这样的批评,说是正因为这样的鼻子,所以才来做和尚。然而内供自己,却并不觉得做了和尚,便减了几分鼻子的烦恼去。内供的自尊心,较之为娶妻这类结果的事实所左右的东西,微妙得多多了,因此内供在积极的和消极的两方面,要将这自尊心的毁损恢复过来。

第一,内供所苦心经营的,是想将这长鼻子使人看得比实际较短的方法。每当没有人的时候,对了镜,用各种的角度照着脸,热心地揣摩。不知怎么一来,觉得单变换了脸的位置,是没有把握的了,于是常常用手托了颊,或者用指押了颐,坚忍不拔地看镜。但看见鼻子较短到自己满意的程度的事,是从来没有的。内供际此,便将镜收在箱子里,叹一口气,勉勉强强地又向那先前的经几上啤《观世音经》去。

而且内供又始终留心着别人的鼻子。池尾的寺本来是常有僧供和讲论的伽蓝。寺里面,僧坊建到没有空隙,浴室里是寺僧每日烧着水的,所以在此出入的僧俗之类也很多。内供便坚忍地物色着这类人们的脸,因为想发现一个和自己一样的鼻子,来安安自己的心。所以乌的绢衣,白的单衫,都不进内供的眼里去;而况橙黄的帽子,坏色的僧衣,更是生平见惯,虽有若无了。内供不看人,只看鼻子——然而竹节鼻虽然还有,却寻不出内供一样的鼻子来。愈是寻不出,内供的心便渐渐的愈加不快了。内供和人说话时候,无意中扯下那拖下的鼻端来一看,立刻不称年纪地脸红起来,便正是为这不快所动的缘故。

到最后,内供竟想在内典外典里寻出一个和自己一样的鼻子的人物,来宽解几分自己的心。然而无论什么经典上,都不说目犍连和舍利弗[1]的

---

[1] 目犍连,舍利弗:佛陀的弟子。

鼻子是长的。龙树和马鸣,自然也只是鼻子平常的菩萨。内供听人讲些震旦[1]的事情,带出了蜀汉的刘玄德的长耳来,便想道,假使是鼻子,真不知使我多少胆壮哩!

内供一面既然消极地用了这样的苦心,一面也积极地试用些缩短鼻子的方法,在这里是无须乎特地声明的了。内供在这一方面几乎做尽了可能的事,也喝过老鸦脚爪煎出的汤,鼻子上也擦过老鼠的溺。然而无论怎么办,鼻子不依然五六寸长地拖在嘴上吗?

但是有一年的秋天,内供的因事上京的弟子,从一个知己的医士那里,得了缩短那长鼻子的方法来了。这医士,是从震旦渡来的人,那时供养在长乐寺的。

内供仍然照例,装着对于鼻子毫不介意似的模样,偏不说便来试用这方法;一面微微露出口风,说每吃一回饭,都要劳弟子费手,实在是于心不安的事。至于心里,自然是专等那弟子和尚来说服自己,使他试用这方法的。弟子和尚也未必不明白内供的这策略,但内供用这策略的苦衷,却似乎动了那弟子和尚的同情,驾反感而上之了。那弟子和尚果然适如所期,极口地来劝试用这方法;内供自己也适如所期,终于依了那弟子和尚的热心的劝告了。

所谓方法者,只是用热汤浸了鼻子,然后使人用脚来踏这鼻子,非常简单的。

汤是寺的浴室里每日都烧着,于是这弟子和尚立刻用一个提桶,从浴室里汲了连手指都伸不下去的热水来。但若直接的浸,蒸汽吹着脸,怕要烫坏的。于是又在一个板盘上开一个窟窿,当作桶盖,鼻子便从这窟窿中浸到水里去。单是鼻子浸着热汤,是不觉得烫的,过了片时,弟子和尚说:

---

[1] 震旦:日本和古印度对中国的旧称。

"浸够了罢……"

内供苦笑了,因为以为单听这话,是谁也想不到说着鼻子的。鼻子被汤蒸热了,蚤咬似的发痒。

内供一从板盘窟窿里抽出鼻子来,弟子和尚便将这热气蒸腾的鼻子,两脚用力地踏。内供躺着,鼻子伸在地板上,看那弟子和尚的两脚一上一下地动。弟子常常显出过意不去的脸相,俯视着内供的秃头,问道:

"痛罢?因为医士说要用力踏……但是,痛罢?"

内供摇头,想表明不痛的意思。然而鼻子是被踏着的,又不能如意地摇。这是抬了眼,看着弟子脚上的皲裂,一面生气似的说:

"说不痛……"

其实是鼻子正痒,踏了不特不痛,反而舒服的。

踏了片时之后,鼻子上现出小米粒一般的东西来了。简括说,便是像一匹整烤的拔光了毛的小鸡。弟子和尚一瞥见,立时停了脚,自言自语似的说:

"说是用镊子拔了这个哩!"

内供不平似的鼓起了两颊,默默地任凭弟子和尚办。这自然并非不知道弟子和尚的好意,但虽然知道,因为将自己的鼻子当作一件货色似的办理,也免不得不高兴了。内供装了一副受着不相信的医生的手术时候的病人一般的脸,勉勉强强地看弟子和尚从鼻子的毛孔里,用镊子钳出脂肪来。那脂肪的形状像是鸟毛的根,拔去的有四分长短。

这一完,弟子和尚才吐一口气,说道:

"再浸一回,就好了。"

内供仍然皱着眉,装着不平似的脸,依了弟子的话。

待到取出第二回浸过的鼻子来看,诚然,不知什么时候已经缩短了。这已经和平常的竹节鼻相差不远了,内供摸着缩短的鼻子,对着弟子拿过来的镜子，羞涩的怯怯的望着看。

那鼻子——那一直拖到下面的鼻子，现在已经诳话似的萎缩了，只在上唇上面，没志气的保着一点残喘。各处还有通红的地方，大约只是踏过的痕迹罢了。这样，再没有人见笑，是一定的了——镜中的内供的脸，看着镜外的内供的脸，满足然的眹几眹眼睛。

然而这一日，还有怕这鼻子仍要伸长起来的不安。所以内供无论哗经的时候，吃饭的时候，只要有闲空，便伸手轻轻地摸那鼻端去。鼻子是规规矩矩地存在上唇上边，并没有伸下来的气色，睡过一夜之后，第二日早晨一开眼，内供便首先去摸自己的鼻子，鼻子也依然是短的。内供于是乎也如从前的费了几多年，积起抄写《法华经》的功行来的时候一般，觉得神清气爽了。

但是过了三日，内供发现了意外的事实了，这就是，偶然因事来访池尾的寺的侍者，却显出比先前更加发笑的脸相，也不很说话，只是灼灼地看着内供的鼻子。而且不止此，先前将内供的鼻子落在粥里的中童子那些人，若在讲堂外遇见内供时，便向下忍着笑，但似乎终于熬不住了，又突然大笑起来。还有进来承教的下法师们，面对面时，虽然恭敬的听着，但内供一向后看，便屑屑地暗笑，也不止一两回了。

内供当初，下了一个解释，是以为只因自己脸改了样。但单是这解释，又似乎总不能十分的说明——不消说，中童子和下法师的发笑的原因，大概总在此。然而和鼻子还长的往昔，那笑样总有些不同。倘说见惯的长鼻倒不如不见惯的短鼻更可笑，这固然便是如此罢了。然而又似乎还有什么缘故。

"先前倒还没有这样的只是笑……"

内供停了哗着的经文，侧着秃头，时常轻轻的这样说。可爱的内供当这时候，一定惘然地眺着挂在旁边的普贤像，记起鼻子还长的三五日以前的事来。"今如零落者,却忆荣华时。"便没精打采了——对于这问题,给以解释之明,在内供可惜还没有。

——人类的心里有着互相矛盾的两样的感情。他人的不幸,自然是没有不表同情的。但一到那人设些什么法子脱了这不幸,于是这边便不知怎的觉得不满足起来。夸大一点说,便可以说是其甚者且有愿意再看见那人陷在同样的不幸中的意思。于是在不知不觉间,虽然是消极的,却对于那人抱了敌意——内供虽然不明白这理由,而总觉得有些不快者,便因为在池尾的僧俗的态度上,感到了这些旁观者的利己主义的缘故。

于是乎内供的脾气逐渐坏起来了。无论对什么人,第二句便是斥责。到后来,连医治鼻子的弟子和尚,也背地里说"内供是要受法悭贪之罪的"了。更使内供生气的,照例是那恶作剧的中童子。有一天,狗声沸泛的嗥,内供随便出去看,只见中童子挥着二尺来长的木板,追着一匹长毛的瘦狗,在那里跑。而且又并非单是追着跑,却一面嚷道"不给打鼻子,喂,不给打鼻子……"而追着跑的。内供从中童子的手里抢过木板来,使劲的打他的脸。这木板是先前掀鼻子用的。

内供倒后悔弄短鼻子为多事了。

这是或一夜的事。太阳一落,大约是忽而起风了,塔上的风铎的声音,扰人地响。而且很冷了,在老年的内供,便是想睡,也只是睡不去。辗转躺在床上时,突然觉得鼻子发痒了。用手去摸,仿佛有点肿,而且这地方,又仿佛发了热似的。

"硬将他缩短了的,也许出了毛病了。"

内供用了在佛前供养香花一般的恭敬的手势,按着鼻子,一面低低地这样说。

第二日的早晨,内供照例的绝早的睁开眼睛看,只见寺里的银杏和七叶树都在夜间落了叶,院子里是铺了黄金似的通明。大约塔顶上积了霜了，还在朝日的微光中，九轮已经眩目的发亮。禅智内供站在开了护屏的檐廊下，深深地吸一口气。

几乎要忘却了的一种感觉，又回到内供这里，便在这时间。

内供慌忙伸手去按鼻子。触着手的，不是昨夜的短鼻子了；是从上唇的上面直拖到下唇的下面的，五六寸之谱的先前的长鼻子。内供知道这鼻子在一夜之间又复照旧的长起来了，而这时候，和鼻子缩短时候一样的神清气爽的心情，也觉得不知怎的重复回来了。

"既这样，一定再没有人笑了。"

使长鼻子荡在破晓的秋风中，内供自己的心里说。

大正五年（1916年）一月作

《鼻子》译者附记：

芥川氏是日本新兴文坛中一个出名的作家。田中纯评论他说："在芥川氏的作品上，可以看出他用了性格的全体，支配尽所用的材料的模样来。这事实，便使我们起了这感觉，就是感得这作品是完成的。"他的作品所用的主题，最多的是希望已达之后的不安，或者正不安时的心情，这篇便可以算得适当的样本。

不满于芥川氏的，大约因为这两点：一是多用旧材料，有时近于故事的翻译；一是老手的气息太浓厚，易使读者不欢欣。这篇也可以算得适当的样本。

内道场供奉禅智和尚的长鼻子的事，是日本的旧传说，作者只是给他换上了新装。篇中的谐味，虽不免有才气太露的地方，但和中国的所谓滑稽小说比较起来，也就十分雅淡了。我所以先介绍这一篇。

四月三十日译者识。

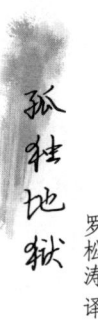

罗松涛 译

我是从我母亲那儿听来这个故事的,据说母亲又是从我叔祖父那儿听来的。故事的真实度我不清楚,但根据叔祖父的人品推断,这件事的真实度很高。

叔祖父是一个深谙世事的人,在江户幕府末期交了很多艺人和文人的挚友,如河竹默阿弥 [1]、柳下亭种员 [2]、善哉庵永机 [3]、同冬映 [4]、九代目团十郎 [5]、宇治紫文 [6]、都千中 [7]、乾坤坊良斋等 [8]。其中,在《江户樱清水

---

[1] 河竹默阿弥:又称古河默阿弥,本名吉村芳三郎,日本歌舞伎剧作家。
[2] 柳下亭种员:日本草双子作家。草双子是一种绣像通俗小说。
[3] 善哉庵永机:日本俳句诗人。
[4] 同冬映:江户幕府末期俳句诗人。
[5] 九代目团十郎:即市川团十郎,日本歌舞伎剧演员。
[6] 宇治紫文:日本净琉璃演员。
[7] 都千中:日本净琉璃演员。
[8] 乾坤坊良斋:日本通俗讲谈演员。讲谈类似中国的说书。

清玄》[1]中，默阿弥创作的角色纪伊国屋文左卫门，就是以叔祖父为原型。叔祖父去世到现在已有五十年，生前有人称外号"今纪文"，说不定现在也还有人知道他的名字呢——姓细木，名藤次郎，俳号[2]香以，俗称山城河岸的津藤。

有段时间，津藤在吉原一家名叫"玉屋"妓房结交了一位僧侣。据说这位叫禅超的僧侣是本乡附近某个禅寺的住持。他也是一个嫖客，跟玉屋一个叫锦木的妓女混得很熟。当然那个时候是禁止僧侣吃荤娶妻的，所以表面上看不出他是出家人，而且，他常常身穿黄八丈[3]和服，外面套着纹付礼服[4]，对外自称是医生。叔祖父跟他也是偶然相遇的。

那是一个挂灯笼时节[5]的夜晚，玉屋的二楼上，津藤从厕所出来，经过走廊，无意瞧见一男子倚着栏杆望月亮。他是个光头，矮小个子，很瘦。月光下，津藤以为他就是那个常来冶游、华而不实的医生竹内。于是从他身边走过时，伸出手轻轻拽住了他的耳朵，想等他回过头，再玩笑着跟他打招呼。

然而那人回过头来，却让津藤大吃一惊。除了光头，他跟竹内完全不像，额头很宽，眉间却十分窄小，可能是脸颊消瘦的缘故，眼睛显得很大，左脸颊上有一颗很大的痦子，在朦胧的月色下也能看得非常清楚，而且颧骨很高。这样一副样貌映入一时不知所措的津藤眼中。

"你……有什么事？"那光头有点气恼地问道，似乎还带着几分酒气。刚才忘了交代，当时津藤身边还带着一个艺妓和一个随从。那光头要求

---

[1]《江户樱清水清玄》：取材自讲谈的歌舞伎脚本。安政五年（1858年）之作。
[2] 俳号：俳句诗人的署名。
[3] 黄八丈：一种黄地上织有茶褐色条纹的丝织品，原产日本八丈岛。
[4] 纹付：后背和袖子上带有家徽的日本男性礼服。
[5] 日本吉原仲之町阴历七月一日至三十日有挂灯笼的风俗。

津藤给他赔礼道歉,随从当即代替津藤向对方赔了礼。津藤趁机带着艺妓匆匆回到自己的房间。尽管津藤通达人情世故,也还是觉得有点难堪。光头听了津藤随从的一番解释以后也马上消了气,并大笑起来。不用说,这个光头就是禅超。

后来,津藤让人端了点心给禅超送去以表歉意;而禅超也觉得过意不去,特地过来回礼。两人便以此结下了交情。不过,虽说是有了交情,其实也就仅限于在玉屋的二楼碰面打个招呼,并没有什么更深的交往。津藤一点也不沾酒,禅超却是好酒贪杯之徒,而且似乎更钟爱吃喝享乐,对于女色的贪恋也胜过津藤。津藤曾经不无感慨地说:真搞不清楚到底谁才是出家人。

身材高大、其貌不扬的津藤,前顶剃成月牙形,戴着银项链,下端吊着一个布质的护身符,平时总穿藏青色的平纹布服,束着白腰带。有一天,津藤又在玉屋碰见禅超。禅超披着锦木的短袖衣服,正弹着三弦琴。他平时气色就不太好,今天显得更加难看,眼睛带着血丝,嘴角松弛的皮肤不时地抽搐一下。津藤心想:他今天莫非有什么心事?于是委婉地探询道:"如果有什么事的话,请不要客气。"禅超听了,也没什么反应,只是比平时更加沉默少语,还不时忘了话茬。津藤原以为这只是嫖客当久了难免出现的倦怠。纵情酒色的人一旦倦怠可不是能用酒色治愈的。两人先是表面客套了几句,而后不知不觉地倾心相谈起来。禅超像是突然想起什么似的,讲了这样一段话:

"据佛经说法,地狱也分好多种,一般说来大致为三种:根本地狱、近边地狱和孤独地狱。根据'南瞻部洲过了五百踰缮那[1]才是地狱'这句话来看,自古以来地狱就在地下。而其中只有孤独地狱会在山间、旷野、

---

[1] 踰缮那:古印度计程单位,大约是"套一次牛所行的路程"。

树下、半空中等任何地方突然出现。也就是说，眼前会即刻出现地狱的苦难。我在两三年前就已经堕入这个地狱，对任何事情都了无兴趣，所以我总是一个又一个地转换着境界，生活在不安之中，然而还是没能逃脱地狱的苦难。如果我不想法转换境界，只会更加痛苦。但如果最终还是不免陷入痛苦，那就只有死路一条了。过去哪怕再痛苦，也不愿意死去。现在……"

最后这句话，津藤没听清楚。因为禅超再次弹起三弦琴，说话的声音也更低了。从那以后，禅超再也没有来过玉屋，谁都不知道这位恣情放荡的禅僧后来怎么样了。只知道那一天，禅超在锦木那儿落下了一本手抄的《金刚经》。后来津藤家道中落，闲居下总[1]寒川，常摆在桌上书籍中就有这手抄本。津藤在封页的背后还写了自己作的俳句："堇花露寒野，幡然四十年。"这本书如今也不知去向，大概也没人记得这个俳句了。

这是安政四年的事了，大概因为母亲对"地狱"这种故事感兴趣，才能记住这件事。

从生活方面来说，每天绝大部分时间都在书房度过的我，跟我的叔祖父以及这个禅僧完全是两个世界的人。即便从兴趣上来说，我对德川时代的戏作、浮世绘也毫无特别的关心。但我在内心深处却常常对"孤独地狱"这种词情有独钟。我也不想否认，从某种意义上说，我不过也是在孤独地狱里遭受苦难的一个人。

大正五年（1916年）二月作

---

[1] 下总：即下总国，日本古代的令制国之一，属东海道，又称总州、北总。今千叶县、茨城县、埼玉县之间。

山药粥

罗松涛 译

这大概是元庆末年到仁和初年之间发生的事情，不过无论哪朝哪代，并不影响本文故事的展开。读者只要知道故事发生在遥远的平安时代就行。在当时的摄政大臣藤原基经[1]的侍从之中，有某位五品官员。

为何称他为"某位"？那是因为我也不清楚他姓甚名谁、何方人士，不巧史书上也没有记载，想必是个不值一提的等闲之辈吧！终究史书作者对凡人琐事兴趣索然，这一点上，日本的自然派作家倒是与之有天壤之别。[2]原来王朝时代的小说家倒没有点闲情逸致，意外啊！总而言之，摄政大臣藤原的侍从中，某位五品官员，是这故事的主人公。

这位五品的样貌实在是一无是处。身材矮小，鼻头通红，眉眼呈八字耷拉着，胡须稀稀拉拉就几根，脸颊瘦削，下巴格外窄小，嘴唇呢……若要一一细说，真是没完没了。我们这位五品官员，天生就是如此猥琐，

---

[1] 藤原基经：日本平安时代公卿。

[2] 明治中后期日本文坛关注凡人琐事，主张纯客观描写的文艺创作，被称作自然主义文学，但后期自然派作家的作品愈见灰暗、颓废。作者在此处有揶揄之意。

不成样子。

五品是什么时候，基于什么缘故来侍奉基经大臣的，大家都不清楚。唯一可以确定的是，一直以来，他都穿一件褪色的袍子，头上戴一顶瘪瘪的软乌帽，毫无怨言地天天重复同样的差事。所以，无论是谁，都想不出五品也曾经青春年少过（他已年过四十），反而是觉得他一出生，仿佛就是这般寒碜的红鼻头、稀拉的胡须，在朱雀大街上受风吹雨打。上至主人基经，下至放牛娃，不知不觉都对此毫不怀疑。

他既然是这副模样，周围人对他什么态度也就可想而知了。在同僚们眼中，他好像还不如一只苍蝇，毫无存在感可言。连那些低于五品的侍从，将近二十来号人，不管有无官品，对他的进进出出也是相当冷淡。即便是他吩咐他们办事，他们也照旧聊天。他们对他就如空气一般，视而不见。下级侍从的态度尚且如此，更别说五品上面的长官们了，可以说是对他理所当然地不理不睬，无论说什么，都只用手挥一挥。在他们冷漠的表情下，隐藏着孩子般无聊的恶意。但语言对于人类并不是偶然的存在，手势也有无法表达清楚的时候，每当这时，他们便归咎为他的悟性不够。于是，当他不能领会用意时，他们就从他软塌变形的乌帽到破旧的草鞋，上上下下打量一番，然后嗤笑一声拂袖而去。尽管如此，五品也从不气恼。任何不公平的事，他似乎都全然不觉。做人竟然窝囊到如此地步。

可是，同僚们偏偏欺人太甚。年长的同僚取笑他不体面的样貌，讲些老掉牙的俏皮话；年轻一点的同僚也学着油腔滑调，当着五品的面，大肆议论他的鼻头、胡须、乌帽、袍子，没完没了。不仅如此，对早在五六年前就和他分开的"地包天"的妻子也不放过，连带传闻中与妻子有染的酒鬼和尚，都成为笑料。此外还有不少恶劣的作弄无法一一细说。比如他们把五品竹筒里的酒喝掉，灌上尿，仅此一例便可设想其他恶作剧了。

然而,对这些轻视和嘲弄,五品全然无动于衷,至少看起来如此。无论别人说他什么,他都面不改色,一声不吭,只捋捋稀拉的胡须,做自己该做的事情。有时同僚的恶作剧太过火,像把纸条粘到他顶髻上,把草鞋挂在他刀鞘上之类,他脸上才会露出笑容——也分不清是哭还是笑——接着说道:"别这样啊,各位仁兄。"看到他这副表情,听见他这种腔调,人们一时间竟会油然生出一种怜悯。受欺侮的何止"红鼻五品"一人,借由他的表情与声音,更多互不相识的人都在责问他们的冷酷。这种感觉虽然模糊,却在一瞬间渗入他们的心里。只是,能够把这一瞬间的感觉保持下去的人微乎其微。

在这微乎其微的人中,有一个来自丹波国尚无官品的年轻侍从,鼻子下刚刚生出柔软的胡须。刚开始,青年也像其他人一样,没有缘由地看不起"红鼻五品"。有一天他凑巧听见了"别这样啊,各位仁兄"。这句话便在他头脑里久久盘旋。从那之后,在青年眼里,五品再不是从前那个人。他从五品那因缺乏营养而面色蜡黄、木讷迟钝的脸上,看到了一个饱受磨难和迫害的人。每当这位无品的年轻侍从想到五品的种种遭遇时,便感觉世间的一切赫然暴露出卑劣的本质。同时,那通红的鼻头和稀疏的胡须,也带给他心里一丝安慰……

不过,这仅限于青年一人。除开这个例外,五品依然如狗一般生活在周围人的轻蔑中。首先,他没有一件像样的衣服,那件灰蓝袍子和同色的宽腿裤,早已褪色泛白,变得不蓝不青。袍子倒还凑合,只是肩膀塌了些,圆形纽带和菊花绊套褪了色;而宽腿裤就不成样子了,下摆破碎不堪,裤底下没有衬裤,时不时露出两条小细腿,活像拉着破车的瘦牛一般,一步一颤悠。即便不刻薄的同僚,看到这番景象,也觉得他再寒碜不过。还有,他身上的佩刀也破旧不堪,刀柄上的贴金变了色,刀鞘上的黑漆斑驳脱落。五品时常带着那个红鼻头，拖拖拉拉地趿着草鞋。人本来就不挺直，大冷天里更是弯腰驼背，迈着小碎步，眼睛饥渴地东瞅瞅西看看。难怪连街上的商贩都欺负他。实际上，还真有这么一件事。

有一天，在去神泉苑的路上，五品走过三条城门，看到几个孩子围在路边，不知正在做什么。五品想他们可能是在玩陀螺吧，就从后面瞧了一眼。谁知他们正在起哄地抽打一只狮子狗。小狗兴许是跑丢了，颈上还拴了绳子。五品一向不惹是生非，虽有同情心，但因为忌惮别人，从来不敢挺身而出。这一次他不知怎么了，或许看对方是几个孩子，竟鼓起了几分勇气，脸上堆出笑容，拍拍像是领头的孩子肩膀，说道："就饶过它吧，狗挨打也会痛哪！"那孩子转过头来，盯着五品，瞧不上他般翻翻白眼，那神情简直跟五品的长官对他的表情一模一样。"要你多管闲事！"孩子退了一步，不满地撇着嘴，"你这个红鼻头！"五品仿佛脸上生生挨了一记耳光，倒不是因为听了恶言恶语感到生气，而是因为自己的多嘴自讨没趣，丢人现眼，实在是窝囊。他只有苦笑着掩饰尴尬，继续默默地往神泉苑方向走去。身后那六七个孩童挤作一堆，对着他的背影又是做鬼脸又是吐舌头。当然，五品不会看到，可就算他知道了，这么不争气的五品，又能怎样呢？

这个故事的主人公，如果说生下来就是让人看不起，生活毫无盼头，倒也不尽然。自五六年前，五品就极度热爱上了一种叫山药粥的东西。山药粥就是用甜葛汁将切碎的山药煮成粥，当时被视为无上的珍馐美味，其身价之高，甚至摆上了天皇的御桌。像我们五品这种人，也只有在一年一度的摄政大臣举办的大宴之上，才能沾光尝尝山药粥的味道。而且那时，能喝到嘴里的山药粥也就够润湿喉咙而已。所以，一直以来，能饱餐一顿山药粥，成为五品唯一的愿望。当然，这话他没有告诉过别人，甚至就连五品自己，可能也没有意识到这是他平生之愿。也不妨说，五品活着的目的就是为了这山药粥。人们有时候会为了某个愿望,付出自己的一生,尽管愿望不一定能实现。有人会嘲笑他们愚蠢,可嘲笑者自己也不过是人生的过客而已。

没想到,五品"饱餐一顿山药粥"的梦想,居然轻而易举地实现了。这篇山药粥的故事,就是给大家详细讲一讲这件事的来龙去脉。

有一年的正月初二,藤原基经的府里举行摄关家大宴(摄政关白家请次于大臣一级的高官的宴会,与皇后、太子两宫的大飨宴同日举行,类似于大飨宴)。五品也跟其他侍从一起,享食大宴的残羹剩肴。当时还没有扔掉酒宴残食让人拾捡的做法,而是让府中侍从们聚餐吃掉。虽说与大飨宴差别不大,终究是在古时,食物种类虽多,却也算不上山珍海味,无非是些蒸年糕、油炸年糕、清蒸鲍鱼、风干鸡、宇治小香鱼、近江鲫鱼、鲷鱼干、盐渍生籽鲑鱼、炙烤章鱼、大虾、大小橙子、柑橘、柿饼之类。其中也有山药粥。五品每年都盼着山药粥,可总是嘴多粥少,每次能吃进自己嘴里的没几口。而且今年的山药粥格外少。兴许是心理作用,五品觉得这粥的美味程度胜过以往任何时候,他意犹未尽地盯着吃光的空碗,抹了一把稀拉胡须上的粥沫,喃喃道:"什么时候才能痛快吃个够啊?"

"阁下竟还没尽情吃过山药粥?"五品的话音刚落,便有人戏谑地问道。

那声音粗犷洪亮,五品不由得挺了挺腰背,怯怯地朝那声音望过去。说话的是民部卿藤原时长的公子藤原利仁,当时也是基经府的侍从。藤原利仁是位宽肩高个、魁梧壮实的男子,此时正就着烤栗子,一杯一杯地喝着黑酒,人已经半醉。

"好可怜。"见五品望向自己,利仁继续说道,声音里半带轻蔑,半带怜悯,"阁下要是愿意,我利仁让你称心如意吃个够。"

即便是一条狗,终日受虐待,突然见到一块肉,它也不敢轻易凑上前的。五品又露出那副分不清是哭是笑的脸,看看空碗,又看看利仁的脸。

"不愿意?"

……

"怎么样?"

……

这时,五品觉察到,众人的目光都聚集在了自己身上。只要他一开口,定会受到一通嘲弄。甚至无论自己说什么,都会被人戏弄。五品就这样左右为难,不知该不该开口。几番没有回应之后,对方有些不耐烦了:"不愿意,就不强求了。"五品一听更加惊慌,停住了来回看空碗和利仁的脸,慌张答道:"岂敢岂敢……不胜感激。"

听到这句回答,众人终于哄堂大笑。甚至有人开始学着五品的腔调,说着"岂敢岂敢……不胜感激"。在盛着五颜六色的高矮漆盘之中,一堆揉乌帽子和立乌帽子随着此起彼伏的笑声,如波涛一般摇晃起来。其中笑声最响亮、最爽朗的,便是利仁。

"那么,我改日来相邀。"说着,利仁不禁皱了皱眉,涌上来的笑和刚咽下去的酒在喉间挤作一团,"这样可好?"

"不胜感激。"五品红着脸,唯唯诺诺地重复了一遍刚才的话。

不用说,众人又一次哄堂大笑。那利仁就是为了逗五品再说那话,才故意追问。这一次他仿佛更觉得可乐,狂笑到肩膀耸动。这个来自朔北的粗野汉子,生活只有两件事,一是喝酒,二是大笑。

幸好,谈话的中心很快又移到了别处。因为即便是嘲弄逗笑,众人注意力若全部只集中于这个红鼻五品,难免会惹人不快。总之,话题不断,酒菜也即将用尽,然后有人说起某个寮生侍从骑马的事,说到他把两条腿都塞在一个护腿的裤筒里,大家又兴致勃勃地谈论起来。而五品全然充耳不闻,想必"山药粥"三个字已经占据了他所有心思吧!无论是对面前的烤鸡肉,还是手边的黑酒,他都不为所动,既不动筷子,也不沾酒杯。他双手僵直地放在膝上,像大姑娘相亲似的害羞地红着脸,红到了点点白霜的鬓边,眼睛盯着空空的黑漆碗,傻愣愣地笑着。

过了四五天,一个上午,两个男人骑着马沿着加茂川河畔缓缓前行。他们是去粟田口。身穿缥青色狩衣和同色宽裤的男人,鬓须黑亮,佩挎一把镶金包银的大刀。另一男人身着破旧的灰蓝袍,外面套了一件薄薄的棉衣,大概四十来岁,衣带系得歪歪斜斜,红鼻头里裹着鼻涕,浑身上下一副寒酸可怜样。坐骑倒都是良驹,一匹是桃花马,一匹是菊花青,三岁牙口,雄骏非凡,过路的商贩和武士无不侧目。马后还紧紧地跟了两个随从,负责背弓和牵马。——正是利仁和五品一行人。

虽说尚在寒冬,倒是个安宁晴朗的好天气,没有一丝风,水流清潺,白花花的河滩石头间,蓬草枯立,一动不动。河边光溜溜的垂柳枝条迎着柔滑的阳光,树头的鹡鸰鸟尾巴一动,路面上便留下鲜活的影子。一片暗绿的东山上方露出圆陀的山肩,犹如白霜打过的天鹅绒,那应该就是比叡山吧。装饰了螺钿的马鞍在阳光下闪着亮光,两人无需加鞭,只悠悠地随着马儿信步前行,向着粟田口。

"您是要带我去哪里?"五品生疏地拉着缰绳问道。

"就在前面,不用担心,一点不远。"

"是粟田口那里吗?"

"暂且先这么想吧。"

今天一早,利仁就来邀五品,说去东山附近的温泉玩玩。五品深信不疑,他有日子没洗澡了,这阵常常感觉浑身发痒。如果美美地吃了山药粥,再泡个温泉,那简直是修来的福分。这么憧憬着,五品便跨上了利仁派来的菊花青。可是,到达此地,他却发现利仁要去的地方并不是这里。现在,不知不觉已经过了粟田口。

"原来不是到粟田口啊?"

"再往前走一点。"

利仁面带微笑,继续驱马前行,故意不回头看五品。路边的人家逐渐稀少,冬日寂寥的田野上,到处是觅食的乌鸦,大山背面正在消融的残雪,也隐隐笼罩上一层青烟。野漆树尖锐的枝梢直愣愣指向天空,虽是天色晴朗,也不免让人心生寒意。

"那么,是在山科附近?"

"这儿就是山科。还要往前些。"

果然,说话间已经过了山科。不大工夫,关山也掠在身后。终于在正午稍过时,来到三井寺。三井寺中有位僧人与利仁交情颇厚,两人拜访了僧人,受款待一起吃了午饭,继续上马赶路。后面的路段人烟更加稀少,当时盗贼四处横行,世道极不太平。五品的驼背弯得更低了,他抬头望着利仁的脸,问道:"还在前面吧?"

利仁不觉发笑,仿佛是恶作剧快要得逞的小孩子对着长辈发笑的模样,鼻头两旁堆起的皱纹和眼角上交叠的鱼尾纹都好像在犹豫要不要放声大笑。

终于,他忍不住说道:"其实,我是要带阁下到敦贺去。"利仁一边大笑,一边举鞭指了指遥远的天际。鞭子下,一片灿灿的银光,那是午后的阳光映在近江的湖水上。

五品惊慌起来:"敦贺?是越前的敦贺吗?越前那个……"

利仁的老丈人是敦贺的藤原有仁,利仁婚后多半时间都住在那里。对此五品平日里大概也有所耳闻,但他无论如何也想不到,利仁竟把自己大老远地带到敦贺。别的先不说,仅带着两名随从,要去那山遥路远的越前国,如何能平安到达呢?更何况,这一阵子四处传言说有行人为盗贼所杀。

五品望着利仁,哀求地说:"这怎么行呢,开始说去东山,结果到了山科。以为是山科,谁料又去了三井寺。最后竟然要去越前,到底怎么回事?如果您开始就直说去敦贺,哪怕是下人也该多带几个——去敦贺,这如何使得!"五品带着哭腔喃喃地说着。若不是有"饱餐一顿山药粥"这个念头鼓起他的勇气,恐怕他当即就要在此告别,一个人转头回京都了。

"有什么可担心的,有我利仁在,足可以一当千。你不用担心路上的事。"看到五品如此惊慌,利仁不禁皱皱眉头嘲笑道。

随后,他叫来背弓的随从,将箭筒背到身上,又接过黑漆弓箭横放在鞍上,随即一马当先地往前奔去。这样一来,胆怯的五品无可奈何,只能顺从利仁的意志。他胆战心惊,东张西望,环顾四周荒凉的原野,喃喃念叨着依稀记得的几句观音经,身子趴伏着,红鼻头几乎碰到马鞍的前桥上,就这样摇摇晃晃地前行。

哒哒的马蹄声回荡在原野上,遍野都是苍茫的黄茅草,一处处水洼清冷地映照着蓝天,不由得让人暗想这冬日的午后最终会不会给冻住。原野的尽头是一连片山脉,可能因为背阴,不见丝毫残雪的闪光,整片山仿佛一道连绵的浓暗之中抹上了苍紫色。不过,就连这景色也被几丛萧瑟的枯茅所遮挡,两名步行的随从是看不到的。

这时,利仁回过头,对五品说道:"看,来了个好使者,命它去敦贺报信吧!"

五品没明白利仁的话,不解地看向弓箭所指的方向。那里并没有人影,只有野葡萄之类的缠藤绕着一丛灌木,一只毛色暖融融的狐狸在西斜的阳光中悠悠地走着。突然,狐狸仿佛意识到什么,惊慌奔逃,利仁立即挥鞭纵马追了过去。五品想也没想，跟随利仁身后策马追去，两个随从也不落后地奔跑起来。马蹄哒哒的蹬地声冲破了旷野的宁静，响了好一阵子。不一会儿，利仁勒马停住，狐狸已被提在手上，后腿倒悬在马鞍旁。想必是狐狸被追得走投无路，受困在马下，手到擒来。五品连连揩去稀疏胡子上的汗珠，赶到利仁身旁。

"喂，狐狸，听好了！"利仁把狐狸提到眼前，煞有介事地吩咐道："你到敦贺去传话，就说'利仁与客人正在归途中，明日巳时，派人来高岛迎接伺候，并带上两匹备好鞍的马。'明白了吗？切不可忘记！"说完，利仁一挥手，把狐狸远远地抛向草丛。

"哎呀，跑了，跑了！"刚刚追上来的两名随从，望着狐狸逃走的身影拍手大叫。

那狐狸顾不上避开树根和石子，一溜烟地没命逃去，落叶般的毛色渐渐隐没在夕阳中。追逐狐狸时他们不知不觉跑到了旷野的高处，面前的草地展开舒缓的斜面，与干涸的河床连成一体。一行人就这样看着，将光景尽收眼底。

"好个厉害的使主啊！"五品肃然起敬，由衷地赞叹，更加敬佩地仰视利仁这位连狐狸都能使唤的英雄。而自己和利仁之间究竟有何等差别，他已经无暇思量，只是感到安心了些。仿佛利仁所掌控的范围有多大，自己也能跟着沾多大的光。这种时候，最容易自然而然地产生阿谀奉承之态。各位看官，此后若从五品的态度中发现什么逢迎讨好之类，也不可就因此妄加怀疑他的人格。

狐狸被抛向草丛后，骨碌碌地一直跑下斜坡，轻捷地蹿过干河床的石头间，冲向对面的斜坡。它一边跑着，一边还回头看，抓过自己的武士一行人端坐在马背上，还远远伫立在斜坡上，小得如手掌般。尤其是那桃花马和菊花青，在霜意深重的空气中沐浴着夕阳，被衬托得比画还要清晰鲜明。

狐狸扭回头，在枯草间风一般飞奔而去。

第二天巳时，一行人如期到达高岛。这是个小小的村落，地处琵琶湖畔，只有几间的稀稀疏疏茅草屋。天空阴沉，大不比昨日，从岸边松树的枝叶间隙中露出泛着涟漪的湖水，灰蒙蒙的，像忘了擦拭的镜子，透着清冷。

利仁回头对五品说："看，下人们来迎接了。"

果不其然，只见湖畔松林间，有二三十人正匆匆赶来，有的骑马，有的步行，牵着两匹备鞍的马，宽大的衣袖在寒风中翻飞。转眼间，他们已到了跟前，骑马的人连忙下马，步行的人赶紧在路旁行跪礼，毕恭毕敬地等待利仁。

"看来，狐狸果真去报信了。"

"那畜生天生通灵，这点小事，算不得什么。"

五品和利仁说话之间已经走到下人们面前。利仁道："辛苦了。"跪着的人们才连忙站起来，接过两人牵马绳，气氛变得轻松起来。

"大人，昨夜发生了稀奇事。"

两人下了马，正要坐上皮褥子，一个身穿暗红色袍子，白发苍苍的下人上来禀告利仁。

"什么事？"

利仁一边请五品享用从家里带来的竹筒酒和点心，一边随口问道。

"大人，昨晚刚到戌时，夫人忽然神志不清，喃喃说着：'我是坂本的狐狸，大人今天吩咐我来传话，你们仔细听好。'于是我们都凑上前去，夫人大概说的是，大人正和客人在回来的路上，你们派人明天巳时在高岛迎接，到时准备好两匹备鞍的马。"

"这真是稀奇哪！"五品看看利仁，又看看下人，讨好般地随声附和。

"还有，夫人浑身发抖，十分害怕的样子，说'不能去迟了。不然，我会被大人赶出去'，说完就哭起来。"

"接着说。"

"然后，夫人就昏睡过去，直到我们出门时，似乎还没醒来。"

"如何？"听完下人的话，利仁自得地看着五品，"连畜生都得听我使唤。"

"真真是难以想象。"五品挠挠红鼻头，低下头，然后故意做出张口结舌的样子，稀松的胡须上还坠着酒滴。

当天夜里，五品宿在利仁府的一间屋子内，看着方角灯台的灯火，竟然辗转反侧，难以入睡。回想傍晚到达这里之前，和利仁还有随从们一边谈笑风生，经过松林、山丘、小溪、荒原，还有草丛、落叶、石头、野火、青烟味……这些风景事物无不一一浮现在五品心头。尤其在黄昏时分的暮霭沉沉中，终于到达利仁府，看到火盆中熊熊燃烧的炭火，不觉长长松了口气。此时此刻，居然躺在这里，不禁令他觉得，那些仿佛都成了遥远的往事。躺在四五寸厚的黄棉被下，五品舒服地伸直了腿，情不自禁地打量起自己的睡姿。

棉被下面，五品身上还有两件浅黄色的厚棉衣，是利仁借他的，身上暖意十足，动辄出汗。枕边的格子窗外面，是一地寒霜的宽阔庭院，自己却是如此快意，无一丝苦寒。与他在京都的房间相比，这里完全是天壤之别。尽管如此，我们的五品心里却忐忑得很，总有一些不安。他希望这样的时间快点过去，同时，他又希望天亮——也就是吃山药粥的时刻，不要来得太快。这两种矛盾的感情相互交杂，境遇变化得过于急剧，令他的心情也不得安稳，就像今天的天气一样，陡然变得冷飕飕。这些都困扰着五品，难得的暖和竟然也难以使他入睡了。

这时，外面宽阔的庭院中有人高声说话。声音听起来好像是今天途中迎接他们的那位白发老仆。他似乎在吩咐什么，声音干涩，或许是从寒霜中传过来的缘故，一字一句如寒风般穿透五品的骨头。

"大家听好了！大人吩咐，明早卯时前，每人带一根长五尺，粗三寸的山药。千万别忘了，卯时前带来！"

这话反复说了两三遍，过了一会儿，外面又悄然无声，一如刚才，恢复了冬夜的宁静。静寂之中，只有灯油嘶嘶作响，火苗像红丝绵般轻轻摇曳。

五品把一个哈欠硬是吞了回去，又陷入胡思乱想之中。刚才提到山药，准是为了做山药粥才叫拿来。这么一想，刚才因为只顾听外面的动静而暂时忘却的不安，竟然又潜回到五品心头。比刚才更为强烈的是他不想那么快吃到山药粥的心理，跟他作对似的一直盘旋在脑中，不肯离去。如果"饱餐一顿山药粥"这一夙愿这样轻而易举地实现，那么他一直以来的苦苦忍耐，苦苦等待到了今天，岂不是徒劳无功了！如果可能的话，最好是突然来个节外生枝，喝不成山药粥，等麻烦消除，费了九牛二虎之力，终于达成心愿，事情照这么进展就好了。这些念头像陀螺一样骨碌碌地在五品脑中旋转。终于还是抵不过旅途的劳累，五品在不知不觉中酣然睡去。

第二天早上，五品一睁开眼睛，立刻想起昨晚关于山药的事，急忙推开房间格子窗张望。他才发现自己睡过了头，大概卯时已过。宽阔的庭院里铺了四五张长席，上面无数根圆木似的东西堆成了小山，几乎与柏木皮的斜屋檐一样高了，仔细一看，好家伙，全都是五尺长，三寸粗，齐刷刷的巨大山药。

五品揉着蒙眬的睡眼，惊得目瞪口呆，只怔怔地看着眼前这一切。偌大的庭院里新打上了多处木桩，架起五六口的大锅，足足能盛五石米，几十个穿着白布褂子的年轻侍女忙活个不停。烧火的、掏灰的、把新白木桶中的甜葛汁舀到锅里的，人人都在忙着准备熬山药粥。锅下冒出的灰烟，锅里腾起的热气，与还没消散的晨霭融在一起，把整个庭院笼罩在灰蒙蒙之中，甚至分辨不清人和物，只有锅下熊熊燃烧的炭火，发出红彤彤的亮光。所见所闻，喧闹一片，如同来到了战场或火场。

五品这时才想到，山药粥竟要用这么巨大的山药，在这么巨大的锅里熬煮！而自己就为了吃这口山药粥，路途遥遥地特地从京都一路跋涉到越前的敦贺来。他越想越觉得不是滋味，我们五品那让人同情的胃口，此时已经倒掉了一半。

一个小时后，五品同利仁、利仁的岳父有仁坐在一起享用早餐。面前摆着一口银锅，如海一般盛满着山药粥，令人心生害怕。五品刚才已经看到几十个年轻下人灵活地使着薄刃刀，把堆得有房檐高的那么多山药，麻利地切碎；侍女们则跑前跑后，把切好的山药捧起来，放入一口口大锅，拾掇得干干净净。最后，等长席上的山药一根也不剩时，便见几团热气分别从大锅中腾腾地冒出来，混合着山药味和甜葛味，升腾到早晨的晴空中。目睹了这一切的五品，此刻看到提锅中的山药粥，还不等尝到嘴里，便已觉得腹中饱胀，一点也不夸张。五品看着银锅，尴尬地擦着额头的汗水。

"这山药粥，您没有尽情喝够，现在请不要客气，只管喝吧！"

岳父有仁吩咐童儿再摆上几口银锅，每锅山药粥都满得几乎溢出来。五品本就红通通的鼻头感觉又红了一些，他把半锅山药粥盛入一只大陶碗里，闭了闭眼，硬着头皮喝了下去。

"家父也说了，请您千万不要客气。"

利仁坏笑着，劝他再喝一锅。五品怎么吃得消，如果真的不客气，从一开始他就连一碗山药粥也不想喝。刚才他忍耐着才勉强喝了半锅，若是再多喝一口，恐怕还没等咽下去就会吐出来。但如果不喝，又会辜负利仁和有仁的一片厚意。于是，五品又闭上眼睛，费劲地喝下了半锅粥的三分之一。最后，连一口也难以下咽了。

"实在感激不尽，已经够了——哎呀，实在是感激不尽。"

五品已经语无伦次，显然他确实忍受不了，胡须上，鼻尖上都是豆大的汗珠，实在不像是在寒冷季节。

"您吃得太少啦，客人还是太客气了。喂喂，你们愣着干什么？"

侍童们听从有仁的吩咐，又往五品碗里舀粥。五品慌忙地挥动着双手，就像在赶苍蝇，拼命推辞。

"不能要了，已经够了……太失礼了，我已经够了。"

这时，利仁指着对面的屋檐说："看那边！"不然有仁还在没完没了地劝五品喝山药粥。幸好，利仁的声音把众人的注意力转移到了屋檐那边。晨晖洒落在柏树皮屋檐上，一只动物端端正正地坐在屋檐上，皮毛的光泽在灿烂的阳光里显得更加柔亮——这不正是前天利仁在荒野中捉住的那只坂本野狐吗？

"狐狸也要吃山药粥哩。来人哪，给它吃点。"

利仁一声吩咐，下人们当然照办，狐狸从房檐上跳了下来，也到庭院里吃山药粥了。

五品看着狐狸吃山药粥，回想起来此之前的自己，心里满是怀念之情。那是被众多侍从欺侮的他，那是被京都孩童戏骂"你这个红鼻头"的他，那是穿着褪了色的外褂和宽腿裤，像丧家之犬游荡在朱雀大街上孤独可怜的他。但同时，又是因为独自珍藏和守护着"饱餐一顿山药粥"的愿望，充满幸福感的他。终于不必再喝山药粥了，五品放心了，同时，他满脸的汗水从鼻尖处开始逐渐干涸。虽然天气晴朗，敦贺的清晨依然寒风刺骨。五品急忙捂住嘴鼻，却还是冲着银锅打了好大的一个喷嚏。

大正五年（1916年）八月作

猴子

罗松涛 译

那时，我刚刚从一次远洋航行归来，作为"雏鸡"（军舰上对见习候补生的称呼）的见习期终于要结束。我所在的 A 号军舰停靠在横须贺港口[1]，在第三天下午大概三点的时候，传来嘹亮的号声，通知上岸人员集合。记得当时是轮到右舷的人上岸，大家在上甲板集合排好队，突然又响起全体集合的号声。肯定出了什么事，大家都不明就里，一边走上舱口，一边互相打听出了什么事。

全部人员集合齐备以后，副舰长开始讲话，大致是这样的意思：最近舰里发生了两三起偷盗事件。就在昨天，镇上钟表店的人来到舰上，带的两个银壳怀表也不见了。所以，现在要对全体人员进行搜身，同时也要检查每个人的随身物品……

钟表店的东西被偷了，我是刚刚才听说，但舰上丢东西的事情，我们都早有耳闻。据说有一个军士和两个水兵都丢了钱。

---

[1] 横须贺港口：日本军港兼商港，位于本州东京湾西南岸，港市之北。

既然是搜身检查，当然都得脱掉衣服。幸好刚进十月，耀眼的阳光暖乎乎地照着港湾的红色浮标，依然有夏天的感觉，所以也没觉得什么。倒是那些早早就拾掇好自己准备上岸痛快玩一把的家伙们，狠狠地丢了一回丑，口袋里什么春宫画、避孕套都被搜了出来，惹得一阵哄笑，他们也弄得面红耳赤，有几个还躲躲闪闪地不愿意接受检查，被军官给抽了嘴巴。

舰上一共六百来号人，都要检查一遍确实要花费不少时间。六百个人赤裸着身体、密集地排在军舰甲板上，真是一大奇观。尤其是脸和双手晒得黢黑的轮机兵，此时正一脸怒气。他们一度因为偷盗事件受到怀疑，被要求扒下裤衩，彻底搜个仔细。

上甲板正折腾得天翻地覆的时候，中下甲板也都开始检查随身物品。每个舱口都安排了见习军官守卫，上甲板的人肯定是下不来的。我被安排检查中下甲板，和其他人一起翻查士兵们的衣服口袋和小箱子。自从上舰以来，我还是头一回干这种事。既要查看横梁后头，又要翻看衣服口袋的隔层里都有些什么，可比想象中要麻烦得多。后来，和我一同当见习军官的牧田，最终找到了赃物，是在一个叫奈良岛的信号兵的帽箱里找到的，不仅有手表和钱，还发现了服务生丢失的那把镶着蓝贝壳的小刀。

大家解散，紧接着信号兵又被命令集合。其他人自然别提有多高兴了，尤其那些被怀疑过的轮机兵，更显得兴高采烈。在信号兵全部集合以后，大家才发现奈良岛不见了。

我对于这类事情毫无经验，只听说过，军舰上发现被盗事件后，往往抓不到犯人。因为他们基本都已经自杀，并且十有八九是吊死在储藏煤炭的房间里，几乎没有跳海的。我还听说，就在这艘军舰上，发生过用小刀剖腹的事件，最后那人被及时发现，保住了一条命。

正因为如此,当军官们听说奈良岛失踪时,个个都瞬间变了脸色,特别是副舰长,我至今都还清楚记得他惊慌失措的样子。听说他在前面那次战争中特别英勇善战,以骁将著称,而他此刻脸色煞白,惊慌失措的样子,实在可笑。我们互相交换眼神,露出轻蔑之色,心想:你平时净说些冠冕堂皇的话,瞧现在狼狈成这样……

副舰长一下令,我们便立刻在全舰展开搜索。沉湎于兴奋之中的人,大概不止我一个人吧。这就好比围观失火时看热闹的心情。警察抓捕犯人时,会担心对方拒捕,而军舰上绝对不可能发生这样的事。因为在我们水兵之间有着极其严格的等级之分,只有进过军队的人才能清楚这种界限有多严苛,正是这种严苛让我如此放心,几乎是一跃而起跑下了舱口。

牧田也跟我一起跑了下去,他似乎也很兴奋,从背后拍拍我的肩膀说道:"喂,我想起那次抓猴子的事了。"

"嗯,今天的猴子没那么敏捷,不用担心。"

"可别大意让他溜掉了。"

"什么?不过是只猴子罢了,不至于!"

我们一边说笑着,一边跑下去。

我们刚才所说的猴子,是军舰远洋航行到澳大利亚时,炮长在布里斯班港跟人要来的。然而,在军舰驶进威廉港的两天之前,那猴子拿了舰长的手表失踪了,结果整个军舰闹得天翻地覆。一方面也是因为大家在长途航行中实在闲得无聊透顶,炮长本人自不用说,我们连工作服都没换,就全体出动抓猴子,下到轮机舱,上到炮塔,四处翻了个遍,简直混乱至极。舰上其他人弄来或买来的小动物也不少,又是小狗乱跑,又是塘鹅大叫,还有吊在笼子里的鹦鹉,发疯一样拍打着翅膀,那情景就像是马戏团着了火。这时,那只猴子不知怎么钻了出来,蹿到甲板上,手里拿着手表,似乎想爬上桅杆。刚好有两三个水兵在桅杆下干活儿,猴子当然跑不掉了。其中一个人动作迅速地抓住它的脖子，于是它乖乖就擒。手表找了回来，庆幸的是只是玻璃外壳碎了，损失不大，后来炮长提出惩罚猴子禁食两天。可笑的是，还不到两天，炮长就自己坏了规矩，喂猴子吃起胡萝卜、芋头。他的解释是："瞧它没精打采的样子，尽管是猴子，也还是不忍心啊！"实际上，这会儿我们寻找奈良岛的心情，与那时找寻猴子的心情相差无几。

我第一个跑到下甲板，您也知道，下甲板一向都是黑黢黢的，里面堆满了擦得锃亮的金属机件，上了油漆的铁板，发出暗淡的微光。我突然觉得有点喘不上气，在昏暗中摸索着朝储藏煤炭的房间走了两三步，看见储藏室的装煤口露出半截身子。我惊得差点大声叫出来。这个人似乎正从窄小的装煤口往储藏室里面钻去，脚已经先放了进去。他的脸被深蓝色水兵服的衣领和帽子挡住，我看不出是谁，而且因为光线不足，只能依稀看见他模糊的上半身轮廓。直觉告诉我，他就是奈良岛。那么，他爬进煤炭储藏室里，当然是打算自杀了。

我异常兴奋，热血沸腾，感到一种难以形容的亢奋，像是手握猎枪的猎手看到猎物时的心情。我几乎是不顾一切地扑向那个人，以快过猎犬的敏捷，双手紧紧按住他的肩膀。

"奈良岛！"我的声音尖锐而颤抖，说不清是责备还是怒斥。毫无疑问，他就是犯人奈良岛。

"……"

奈良岛并没有想要挣脱我的意思，露出的上半身依然保持在装煤口的位置，他抬起头平静地看着我。"平静"这个词也许还不足以形容他当时的神情，这是使出了全部力量，可又不得不保持的"平静"。他没有选择的余地，万般无奈，好比是狂风暴雨过去之后，折断的帆桁想凭借剩下的那点力量，努力回到原来的位置。我因为没有遭遇到预料之中的反抗，心里反而产生一种类似不满的情绪,越发感到焦躁、气愤,默不作声地看着这张"平静"仰起的脸。

这是我从没见过的一张脸。恐怕连魔鬼看到也会哭出来吧。如果你没亲眼见过,就算我怎么说,肯定也是无法想象的。我也许可以把他那双水汪汪的泪眼形容给你听。你也可以想象他嘴角的肌肉突然不经意地抽动,还有那张汗涔涔且惨白的脸。然而如果把这些集中在一起,却是任何小说家都难以描绘的。在你这位小说家面前,我也敢这么断言。他这种表情闪电般击毁了我心里的什么东西。我没想到,这个信号兵的脸竟然带给我如此的打击。

"你想干什么?"我机械地问他。

不知怎么,这个"你",听起来好像指的是我自己。若是有人问我:"你想干什么?"我该怎么回答好呢?"我要把这个人作为犯人抓起来。"似乎谁都可以这么理直气壮地回答。但如果看见了这张脸,谁还会说出这样的话吗?我这么写下来,变成文字,似乎经历了好长的时间,然而其实就是一瞬间而已。这些自咎的念头闪过我的心头,就在这时,一个声音尖锐地钻进我的耳朵:"我没脸见人。"声音不大,我却好一阵难过!

也许你可以理解为这是我听到自己内心暗自发出的声音。我只感觉,这句话像一根针刺入我的神经。我当时恨不得和奈良岛一道说出"我没脸见人",然后在我们面前更伟大的什么东西前低下头去。不自觉地,我松开了抓住奈良岛肩膀的双手,仿佛自己才是那个被抓的犯人,怔怔地站在煤炭储藏室前面。

后来的事情我不说,大概也能料到。那天,泰良岛被关了一天禁闭,第二天就被押送到浦贺的海军监狱去了。那监狱有一种惯用的惩罚,我不太愿意说,就是"运地弹",在两个相距八尺左右的土台之间,让囚犯抱着二十来斤重的铁球来回地搬动,对犯人来说,大概再没有比这更痛苦的折磨了。 记得以前跟你借过陀思妥耶夫斯基的《死屋手记》，其中有这样的话："让囚犯不断重复毫无意义的劳动，比如从甲桶往乙桶倒水，再从乙桶倒回甲桶里，如此反复，囚犯准会自杀。"浦贺的海军监狱真就这么干了，还没有囚犯自杀倒也有些不可思议。 我抓到的那个信号兵就是被送到那里去了。 那个脸上有雀斑、个子矮瘦、看上去怯懦的老实人……

那一天傍晚，我跟其他见习军官一道凭栏眺望着暮色降临的港口，这时，牧田走到我身旁，揶揄地说道："你活捉了猴子，可立了大功啊！"他大概认为我内心正洋洋自得吧。

"奈良岛是个人，不是猴子。"我没好气地回了他一句，转身离开。 其他人想必觉得奇怪，我和牧田在海军军官学校关系就很好，从来没有吵过架。

我独自一人在上甲板走着，从舰尾走到舰首，我想起早前副舰长担心奈良岛时那副惊慌不安的神情，不由得心生亲切。 当我们都把信号兵看作猴子时，唯独副舰长对他寄予人类的同情，我们却还报以轻蔑的嗤笑，现在想来实在是愚蠢至极。 我羞愧得无地自容，默默低下了头，我沿着暮色昏暗的甲板，从舰首又走回舰尾，皮鞋尽量不发出很大的声音。 因为如果让禁闭室里的奈良岛听见我攒动的脚步声，未免太过意不去了。

据说，奈良岛的偷盗是因为女人。 不知道他的刑期有多长，起码也得在黑暗的牢房蹲上几个月吧。 因为猴子可以免受惩罚，人却不可以。

大正五年（1916年）八月作

烟草与魔鬼

罗松涛 译

烟草这种植物，日本原来是没有的。那么它是怎么引进来的呢？关于年代，种种记载并不相同。有说是庆长[1]年间的，也有说是天文[2]年间的，只是到了差不多庆长十年，日本各地都在栽培烟草了。到了文禄[3]时期，吸烟已在各地流行，还出现了这首讽刺的打油诗：

四无用，请君听，

无用不过禁烟令，

一纸空文禁钱令，

天皇御旨无人听，

庸医治病也不灵。[4]

---

[1] 庆长：日本年号之一，接在文禄之后，元和之前，自1596年到1615年。

[2] 天文：日本年号之一，后奈良天皇的第四个年号，自1532年到1555年。

[3] 文禄：日本年号之一，后阳成天皇的第二个年号，自1592年到1596年。

[4] 讽刺当时四种的社会现象：禁烟令、禁止使用劣质钱币令、武家政权下天皇的旨意以及庸医的医术。

那么，烟草究竟是如何传入日本的呢？历史学家的回答，莫过于西班牙人或者葡萄牙人，但未必尽然。传说中，还有一种答案，那就是烟草是魔鬼带来的，是一位天主教神父（最大可能的方济各[1]神父）不远万里带到日本的。

天主信徒们也许会责问我，为何玷污他们的神父。依我说，事实好像确实如此。因为，在南蛮[2]之神到来的同时，魔鬼也随之而来——西洋的善与恶同时被引进了过来，这都是极其自然的事。

但魔鬼是不是真的带来了烟草，我也不敢保证。只是在阿那托尔·法朗士[3]的书中写到过，魔鬼曾经用木樨草花引诱一位修道士。那么，魔鬼把烟草带到日本的说法就不一定是谣传的了。即使是个谣言，在某种意义上或许正是出乎意外地最接近真实。正因为如此，我才决定写一篇关于烟草引进日本的传说。

天文十八年（1549年），魔鬼化身成方济各·沙勿略神父手下的一名传教士，经过漫长的航程，安然抵达日本。原因是真正的传教士本人在阿妈港[4]上岸期间，没能及时返回船上被落下了。魔鬼本来用尾巴卷在帆桁上，倒吊着暗中窥视船上的动静，他一看机会来了，赶紧摇身变成那个传教士的模样，每天侍奉方济各神父。不用说，假如是去拜访浮士德博士，他还能变成体面的红衣骑士，所以这点小把戏，对他而言根本不算什么。

然而，魔鬼来到日本，发现这里的情形完全不同于他在欧洲时读过

---

[1] 方济各·沙勿略：西班牙天主教耶稣会的传教士，最早到东方传教，去世后被教会列为圣徒。
[2] 南蛮：日本近世对南洋诸岛的称呼，后来引申为经南洋到日本的欧洲人和物。南蛮之神即是天主，南蛮寺即天主教堂。
[3] 阿那托尔·法朗士：法国近代优秀小说家。
[4] 阿妈港：澳门的旧称。

的《马可·波罗游记》中所写。首先，游记里提到，日本国满地都是黄金，但他到处找遍也没看到金子。说起来，只需用指甲在十字架上搓上一搓，便能将其变成金子，绝对能够诱惑人。游记里还说到，日本人或许借助珍珠或是其他什么东西的力量，得到了起死回生的办法，这也是马可·波罗的谎言。既然如此，那么只需吐口唾沫到各处的水井里，让瘟疫传播开来，人们就会陷入痛苦而忘记未来的天堂。魔鬼尾随在方济各神父后面，满脸恭敬地到处观摩，悄悄地想起上面的主意，一个人得意地偷笑。

但是，单单有一件事很是麻烦，即使神通广大的魔鬼也毫无办法。这件事是，方济各·沙勿略神父才来到日本，还没有大范围传教，信奉天主教的几乎没有。因此，魔鬼最希望得到的诱惑对象，一个也不存在。这样一来，即便是魔鬼也非常困惑，首先当前这无聊的时间，就想不到用什么方式消磨掉。

魔鬼绞尽脑汁，终于决定先做一些园艺打发时间。他从欧洲出发时，通过耳朵眼带上了各种各样的植物种子。至于播种的土地，在附近租借一块就行，不费什么事的。况且，方济各神父对这个计划非常支持。当然，神父以为，跟他一起来的这个传教士是想要将欧洲的一些药草移植到日本。

很快，魔鬼借来犁锄农具，开始捺着性子耕种路边的土地。

正值初春，空中水汽蒸腾，雾霭缭绕。"咣——"传来远处寺庙懒懒的钟声。声音是那样悠闲，一点也不像魔鬼在西洋教堂听惯的钟声那样震耳响亮。那么，魔鬼待在这一派太平景象之中，是不是就轻松愉悦了呢？才没有那回事呢！

魔鬼一听到这梵钟响起，比听了圣保罗教堂的钟声更加难受，他眉头紧锁，只顾拼命地犁地。这是因为，人们听着这清悠的钟声，沐浴在和煦的阳光底下，心情便神奇地缓和下来，即使不想行善，也绝不会去作恶。魔鬼向来最讨厌劳动，曾因为手掌上没有茧子，挨过伊凡妹妹的责骂。[1]他肯如此卖力地抡起锄头，纯粹是为了驱走那一不小心就会缠住他，使他变得有道德的瞌睡。

魔鬼花了几天工夫耕完地，从耳朵里拿出种子撒在田地里。

几个月后，播下的种子开始萌芽、抽茎、生长，到了这年夏末的时候，已经长满密密实实的宽叶子，盖住了整块田地。但是谁也不知道这种植物的名字，哪怕方济各神父询问，魔鬼也只是咧嘴笑着，不肯回答。

不久，植物的枝茎上开了一簇簇的小花，花朵呈淡紫色，漏斗形状。魔鬼大概因为辛苦劳作一场，看到花儿颇为欢喜。每天早晚做完祷告总要来到田里，不遗余力地侍弄。

这事恰好发生在方济各神父某次外出传道期间。这天，一个牛贩子牵着一头黄牛，从田地旁边经过。一个身穿黑袍，头戴宽边帽的南蛮传教士，正围着围栏，在紫花满园的田地里不亦乐乎地捉着叶子上的虫。这紫色花朵实在罕见，牛贩子不由得停下脚步，取下斗笠，恭恭敬敬地跟传教士打招呼。

"神父大人，这是什么花呀？"

传教士循声转过头来。这是个矮鼻梁，小眼睛的西洋人，看起来很亲切。

"你说这个吗？"

"是啊！"

西洋人靠着围栏，摇摇头，用生疏的日语说："对不起，这个名字可

---

[1] 在俄国作家列夫·托尔斯泰的童话《傻子伊凡》中，伊凡为了防止不爱劳动的人骗吃骗喝，会检查来家里吃饭的人手上有没有茧子。而魔鬼的手光滑细嫩，总被留在最后吃大家的剩饭。

不能告诉人。"

"哦？难道是方济各大人不许说出去吗？"

"不，不是的。"

"那么能不能告诉我呢，我最近在方济各神父大人的感化下信了教啦！"

牛贩子指了指自己的胸口，他脖子上挂了个小小的黄铜十字架，正在阳光下闪耀着光芒。

也许太晃眼了吧，传教士皱了皱眉，低下头去，随即又用比刚才更亲切的口气开口，语气半真半假："那也不行哪！按照我们国家的规矩，是不能告诉别人的，不如你自己猜猜看吧！日本人都很聪明的，肯定能猜中。猜中了的话，这块地里长的东西，我全都送给你。"

牛贩子还以为传教士在跟自己开玩笑，他那晒得黝黑的脸上泛起了笑容，故意用力地歪了歪脑袋："这是什么呢？一时半会儿可猜不出来"。

"不用今天必须猜出来的。三天之内吧，你好好想想再来，问别人也没关系。要是猜中的话，这些统统都送给你。另外，还附带送给你红葡萄酒，要不，《地上乐园图》也行。"

对方如此热心，反倒让牛贩子有点吃惊。

"那如果我猜不中呢？"

传教士抬了抬头上的帽子，摆了下手，尖声笑起来，像是乌鸦在叫唤，牛贩子感觉有些奇怪。

"要是没猜中，你就给我点什么东西。这是打赌，猜不猜得中就押这一注。反正你若猜中了，这些全都归你。"

不知不觉中，西洋人的声音又变得亲切了。

"行。那我也豁出去了，您要什么，都给您。"

"都可以？那么给这头牛也可以？"

"如果您要的话，现在就给您。"牛贩子一边笑嘻嘻地抚摩着黄牛的头，好像一直以为这和蔼的传教士在跟自己开玩笑呢！

"要是我赢了，这开花的草可就是我的了。"

"好的，一言为定。"

"一言为定。我以主耶稣的圣名起誓。"

听到这句话，传教士的小眼睛闪烁着亮光，满意地哼哼了几下。然后，他挺起胸脯，左手叉在腰上，右手摩挲着紫花。"如果没猜中的话……我就要你的——肉体和灵魂。"

洋人说着，伸出右手摘下了帽子。蓬乱头发里冒出两只山羊的大犄角。牛贩子的脸变得刷白，手上的斗笠也惊得落在地上。或许是太阳西斜的缘故，田里的花和叶都一时间失去了光泽。牛也不知道怎么给吓到了，垂下牛角，低声哼叫着。

"你答应我的话也得算数。你刚才不是以那个我避讳的名字起誓了吗？别忘了！三天之内。那么，再见！"

魔鬼假装殷勤的语调中暗含嘲讽，还故作礼貌地向牛贩子鞠了个躬。

牛贩子十分后悔自己误入了魔鬼的圈套。毫无疑问，他肯定会被那个"恶魔"抓住，他的肉体和灵魂都将会被永无止息的烈火焚烧。这样一来，他不是白白放弃之前的信仰和受洗了吗？

可他既然以主耶稣之圣名发过誓，就不能违背。如果方济各神父在场，或许还能想出办法，可是偏偏是在神父外出的时候。于是，他连觉都不睡了，三天三夜都在思考，如何能以其人之道，还治其人之身，挫败魔鬼的阴谋诡计。无论如何，非得弄清楚那植物的名字不可，但是连方济各神父都不知道的名字，又有谁会知道呢？

终于，约定期限到来的前一个晚上，牛贩子牵着黄牛偷偷来到传教士的房子旁。房子和种花的田地是连在一起的，房前就是大路。传教士大概已经睡下了,房子窗户里黑乎乎的。月光朦朦胧胧,田地里寂静无声,昏暗中依稀可见紫色花寂寞的身影。牛贩子原本勉强想出了计策,但其实心里没底,好不容易偷偷摸摸地过来,眼前这万籁无声的景象,让他不禁望而生畏,真想干脆就这样回去算了。想到那位长着山羊犄角的"恶魔"先生,此时正在那扇门后做着地狱的美梦,牛贩子努力积攒起的勇气,便又没出息地泄掉了。转念又想到怎么能够把自己的肉体和灵魂都交给那个"恶魔"呢?决不能这么灰心丧气!

于是,牛贩子默默祈祷圣母玛利亚的庇护,一咬牙开始实施之前想好的计划。说是计划,其实就是解下黄牛的缰绳,照着牛屁股狠狠抽打几下,把它赶进田地里。黄牛屁股被狠抽,痛得乱冲乱撞,只见它一头撞垮了围栏,在田地里一阵乱窜,把园子践踏个稀烂,牛角三番两次撞在房子的墙板上,牛蹄声和哞哞的牛叫声响彻夜晚,闹腾个够。就在这时,房子的一扇窗户打开了,有人探出头来,黑夜中看不清脸,但牛贩子敢肯定,绝对是那个变身传教士的魔鬼,他只觉得透过黑暗都能清清楚楚看见魔鬼头上的两只犄角。

"你这畜生,竟敢踩坏我的烟草!"

魔鬼挥动手臂,睡眼惺忪地怒吼着。可能是才入睡就被吵醒,他生气得要命。

牛贩子正藏在田地后面窥探着呢,魔鬼这句话,简直就是圣主耶稣的福音。

"你这畜生,竟敢踩坏我的烟草!"

所有这类故事都大同小异,故事的结局相当圆满。牛贩子成功地说出了烟草的名称,赌赢了魔鬼。当然,田地里的所有烟草都归他所有。

我一直认为这个传说还有更深的含义。魔鬼虽然没有得到牛贩子的肉体和灵魂，却使烟草遍布全日本。牛贩子虽然自己得救了，也随之带来了堕落。同样，魔鬼看起来是失败了，同时却伴随着另一种的成功。魔鬼不会白白损失。当人们自以为战胜了诱惑，却说不定落入了别的圈套。

顺便提一下魔鬼的后来。方济各神父布道回来后，凭借手中五芒星的威力，把魔鬼驱逐出了这片土地。那以后，魔鬼似乎仍然扮作传教士四处漂泊。据记载，在天主教堂建立之时，他还时常出没于京都。也有关于捉弄松永弹正[1]的那位果心居士[2]就是这个魔鬼的说法。关于这件事，小泉八云[3]先生也已写过，这里就不再赘述。再后来，丰臣、德川二氏下令禁传外教，魔鬼起初还露露面，最后终于彻底消失在日本。关于魔鬼的相关记载，大致就到这里了。明治之后，他再度出现在日本的情形，我就毫无所知了，不胜遗憾……

大正五年（1916年）十月作

---

[1] 松永弹正：又名松永久秀，日本战国时代的武将。因官职为弹正少弼，通称松永弹正。

[2] 果心居士：日本战国时代的幻术师。据说他曾在松永弹正面前表演，重现松永亡故多年的妻子，令人毛骨悚然。

[3] 小泉八云：作家、学者。本名拉夫卡迪奥·赫恩，生于希腊，于1890年到日本大学任教。

蜘蛛之丝

罗松涛 译

一

  一天，佛陀正独自在极乐世界的宝莲池畔闲庭信步。池中莲花盛开，晶莹如玉，花心之中的金黄色花蕊散出荷香阵阵，清妙难言。极乐世界正当清晨时分。

  过了一会儿，佛陀停下来伫立池畔，透过铺满水面的莲叶间隙，佛陀偶然瞥见水下的景象。这座极乐莲池之下，恰巧是十八层地狱的最底层，澄清晶莹的池水中，三途河与刀山剑树上的各种情景历历在目，似乎透视镜一般。

  一名叫犍陀多的男子正和其他罪人一道在地狱底层挣扎着，佛陀通通看在眼里。犍陀多生前是个杀人放火、无恶不作的江湖大盗，不过话说回来，他倒也有过一次善举。那一次在密林中，犍陀多在路边看到一只正在爬行的小蜘蛛，他抬起脚就要踩上去，忽又转念一想："不行不行，蜘蛛虽然微小,也是一条生命。随意夺去它的命,它也是怪可怜的。"犍陀多最终没有下脚踩死蜘蛛,给它留了一条生路。

佛陀看着地狱中的众生相,想起了犍陀多放生蜘蛛这桩善举,当下思忖道:既然这人有过这般善行,那将他救出地狱也算是还以善报吧。此时,佛陀身边恰好有一只极乐世界的蜘蛛,正趴在碧绿的莲叶上牵搭银丝。佛陀轻轻拈过一缕银白的蛛丝,从莹洁如玉的白莲间放下,径直垂向深幽的地狱最底层。

二

这边,犍陀多正与其他罪人一道沉浮在地狱底层的血池中,周围一片都是黑黢黢,暗幽幽的,偶尔隐约地浮现出什么,却是阴森可怕的刀山剑树,让人胆战心惊。尤其四周死寂一片,仿佛身在墓穴之中,若是偶尔能听到点声响,也只是罪人们幽幽的叹息声。凡是堕入此间的罪人都受尽了地狱里的无尽折磨,疲惫不堪,连哭泣的声音都已然发不出了。所以,就算是大盗犍陀多,也只能呛咽着血水,如同濒死的青蛙般徒然地苦苦挣扎。

然而,犍陀多无意间的一次仰头,却瞧见血池上方无尽的黑暗中,悄然无息地垂下来一根银白色的蜘蛛丝。它仿佛避人耳目似的,细细一线,闪着微光,不偏不倚正好停落在自己的头顶上方。犍陀多见此情景,喜不自胜,拍手叫好。如果抓住这根蛛丝一直往上爬,说不定可以逃出地狱,脱离苦海。不仅如此,如果运气够好,没准还能爬进极乐世界呢!那样的话,就不会被赶上刀山,也不会被浸泡在血池里了。

这么想着,犍陀多赶紧伸出双手紧紧抓住蜘蛛丝,手脚并用,拼命往上爬。他原本就是大盗,这种攀爬之事对他来说是得心应手。

可是，地狱与极乐世界之间，何止千万里！不管犍陀多如何心焦气躁，想要快些逃离地狱，可实在太难了，爬了一阵子，犍陀多终于精疲力竭，一下也挪不动了。无可奈何之下，他只好先停下来歇口气，于是半挂在蛛丝上，朝身下看去。

这一看，犍陀多才发现不顾死活地拼命攀爬总算没有白费力气，刚才还浸泡其中的血池，早已隐没在黑暗之中，令人毛骨悚然的刀山剑树，也已落在他身下。照此继续往上爬，逃出地狱看来也并非难事。犍陀多两手紧紧缠住蜘蛛丝，放声大笑起来："好极了！我终于脱身了！"这是他落入地狱数年来，从来没有过的朗声大笑。然而就在此时，他蓦地发现，在他身后，蜘蛛丝的下方，无数的罪人正如同蚂蚁般，一个接一个地专心往上爬。

见此情景，犍陀多又惊又怕，好一会儿傻呆呆地张大嘴巴，只剩眼珠在转。如此细弱的一根蜘蛛丝，承受自己一个人尚且颤颤巍巍，如何能够承受得住这么多人的重量？自己好不容易爬到这里，一旦中间断掉，自己岂不是只有一头朝下，又跌回地狱里，那可就全完了！就在他左思右想的这会儿，成百上千的罪人正蠢蠢欲动地从黑洞洞的血池底，排成一列，沿着闪着微光的蛛丝，不停地爬上来。若不赶紧想办法，蜘蛛丝必将断成两截，自己也必将堕回地狱。

于是，犍陀多大声喝道："嘿，你们这帮罪人，这蜘蛛丝可是我的！谁让你们爬上来的？快下去，滚下去！"

就在这一瞬间，刚还好端端的蜘蛛丝，竟然"啪"的一声，从挂着犍陀多的上方断裂开来。这下，犍陀多仿佛一个陀螺般打着转，"嗖嗖"往下跌落，"咚"的一声，一头栽进了黑暗的深渊。

只有极乐世界的蜘蛛丝，依然闪烁着一缕细细短短的银光，飘垂在没有半点星月之光的半空中。

三

　　佛陀伫立在极乐世界的宝莲池畔，一直凝视着这一幕。当犍陀多最终如石头般堕入血池之底，佛陀脸上露出悲悯之色，再次踱起步来。犍陀多只顾自己脱离苦海，毫无慈悲之念，理应受到惩罚，终回地狱之中。在佛陀眼里，想必他是既可怜又低劣的吧。

　　极乐世界宝莲池中的莲花，并不理会这等事情。那晶白如玉的花朵，在佛陀足畔款款摇动，花心中间的金黄色花蕊散发阵阵荷香，清妙难言。极尽世界已近正午时分。

大正七年（1918年）四月作

地狱变[1]

罗松涛 译

一

像堀川大人这样的人物,不仅在当下和以往绝无仅有,恐怕到了后世也是独一无二的。据说大人诞生前,他母亲曾梦见大威德明王[2]出现在自己枕前,总之,他一生下来就非同常人。所以,大人的所作所为超乎我们的想象,也就不足为怪了。先说说堀川府邸的规模气派吧,那种宏伟,那种壮丽,终究不是我们这类普通人所能想象的。大家对此众说纷纭,不乏有人把大人的品性与秦始皇、隋炀帝那些人作比较,那可真是所谓的"盲人摸象"了。大人的心思绝不只是自己的光彩荣耀,他思虑更多的是为天下人。"与天同乐,与民同乐。"那是多么恢宏大度啊!

---

[1] 地狱变:又译为《地狱图》。
[2] 大威德明王:佛教金刚。

因此，即使当他遇到二条大宫[1]出现的百鬼夜行，也自然毫不在意。而且，在那座位于东三条的仿陆奥国盐釜风光的著名河原院里，据说每夜都能见到源融[2]左大臣显灵，后来在被堀川大人斥责后，那位左大臣的幽灵，就再也没有出现。大人的威望如此之大，以至于当时京城里的男女老少，都虔诚地把大人奉为神灵一般。记得有一次，大人从大内家的梅花宴归来，拉车的牛脱离了缰绳，撞到了一位过路的老人，那老人非但没有责难，反而双手合十，感念被大人的牛撞到，真是不胜荣幸。

在大人的一生中，流传给后世的逸闻数不胜数。比如大人在盛宴上一高兴就赏赐别人三十匹白马，时常命宠爱的童子立在长良桥的桥柱顶上，以及让一位会华佗之术的震旦和尚给他腿上的疮开刀……这样的事说起来，可是没完没了。然而，在众多逸闻中，恐怕再没有比现在大人府邸里珍藏的那座地狱变屏风的故事更可怕的了。平日向来泰然自若的大人，在那个时刻，也为之大惊。更不必说我们这些侍奉左右的人，简直吓得魂不守舍。我在大人身边侍奉二十年来，从没见过像那般凄厉悲惨的场景。

不过，在讲这个屏风故事之前，得先说说那座地狱变屏风的画师——良秀。

二

说到良秀，或许直到今天还有人记得他。良秀是当时名噪一时的画师，据说论绘画的才华，无人能与之相提并论。那事发生的时候，他已

---

[1] 二条大宫：令子内亲王，又被称为二条大后、二条之后、二条太皇太后等，死后被称为二条大宫。

[2] 源融：嵯峨天皇第十二子，后赐姓源，降为臣籍，官至左大臣，以英俊风雅著称。

经年过五十，看起来是一个矮小瘦削、心术不正的老头儿。他来大人府里时，总是穿着一件丁香色狩衣，戴着乌布软帽。不知怎么回事，他的嘴唇特别猩红，不像老人该有的样子，总令人联想起野兽之类，让人害怕。有人说那是因为他经常舔画笔，嘴唇沾上了红颜料的缘故，这也只是猜测罢了；更有些刻薄的人，说良秀的举止像个猴子，于是给他起了个外号"猿秀"。

说起"猿秀"，也有一个故事。那时良秀有个年方十五的独生女儿，在堀川大人的府中做侍女。这姑娘娇美可爱，跟父亲良秀很不一样。或许是因为很小就失去了母亲，姑娘年纪虽小却心思细腻，特别的懂事伶俐，有着超乎年龄的体贴和周到，府上夫人和其他侍女们都很喜欢她。

有一次，丹波国敬献了一只驯养的小猴子，被当时正值调皮年纪的小少爷恶作剧似的起名为"良秀"。那小猴子模样本来就够滑稽的了，再加上这么个名字，让府中每个人见到就想笑。光是笑笑倒也无妨，可是众人总一口一个"良秀"叫着："良秀"跳到庭院的松树上啦！"良秀"弄脏房间里的席子啦！变着法子地捉弄他。

有一天，良秀的女儿拿着系有诗笺的红梅枝条，走过长长的走廊，忽然看到小猴子良秀从远处拉门那边拼命跑过来，它似乎是伤了脚，没有像平常那样跳上柱子，只是一拐一拐地逃窜，身后是小少爷拿着树枝一边追一边嘴里喊着："好个橘子贼，别跑，别跑！"良秀女儿稍稍犹豫之间，小猴子已经逃到她脚边，扒拉着她的裤脚，哀鸣地叫着。姑娘再也按捺不住恻隐之心，她一手举着红梅枝，一手轻轻撩开浅紫色的衣袖，温柔地抱起小猴子，对小少爷躬下腰，用清澈的声音说："少爷，它只是个畜生，请您饶了它吧！"

小少爷正追得兴起，沉下脸来，气得直跺脚："为什么护着它？这猴子是偷橘子的贼！"

"它只是个畜生啊，所以……"姑娘重复说了一遍，又冷寂地笑了笑说道，"再说，它还叫良秀，让我觉得是父亲在挨打受骂似的，我实在不忍心看下去。"听她这样一说，小少爷一时无言以对，不得不让步了。

"是吗？既然你求情是为了父亲，那我这回就暂且饶了它。"尽管很不情愿，小少爷还是将树枝一丢，转身往拉门那边回去了。

三

自从那以后，小猴子和良秀的女儿变得亲密起来。姑娘把小姐赐给自己的金铃铛用好看的红丝带系在小猴子的脖子上，小猴子不管什么时候都跟在姑娘身边，形影不离。一次，姑娘受了风寒，躺在床上休息，小猴子便老老实实地守在她枕边，一副愁眉苦脸的样子，不停地啃自己的爪子。

奇怪的是，这样一来，人们也不像从前那样欺负小猴子了。不仅如此，大家慢慢开始喜欢上它了，就连小少爷也会时常地丢点柿子、栗子什么的给它吃。一次，因为有个侍从用脚踢了小猴子，小少爷为此大发了一通脾气。听闻此事，堀川大人还特意命良秀的女儿带着小猴子前来参见。而姑娘怜爱小猴子的缘由，也就自然而然地传到了大人的耳朵里。

"真是个孝顺的人啊，赏她！"

于是姑娘得到了大人赏赐的一件红色衫衣。小猴子模仿姑娘的样子，毕恭毕敬地高高举起红衫衣拜谢大人，大人的心情更加愉悦。可以这样说，大人爱护良秀的女儿，完全是因为她疼爱小猴子的孝顺之心值得赞赏，而非世间传说的迷上姑娘美貌。只是传言也并非毫无缘由，关于这个我后面会细说。这里我先交代一下，无论姑娘如何花容月貌，大人是不会对一介画师的女儿想入非非的。

因为此事,良秀的女儿在大人那里大大地体面了一回,她本就聪慧灵通,自然不会因为行事不妥招致侍女们的嫉妒。自那以后,府里上下都对姑娘和小猴子十分喜爱,尤其是小姐,几乎跟她是形影不离,连小姐乘车外出游览时也总带着她随行左右。

姑娘的事暂时先说到这儿,接着说说她的父亲良秀。虽然大家都疼爱小猴子"良秀",可是对良秀本人却依然十分不待见,背地里还是称他作"猿秀"。不仅堀川府对他的评价如此,就连横川的高僧[1],一听到良秀的名字,就如同看见妖魔鬼怪一样,脸色都为之一变。(据说那是因为良秀曾把高僧大人的行状描画得滑稽好笑,不过,这都是街头巷尾的传言,不能当真。)总之,不管在哪儿,良秀这人的坏名声都始终如一。偶尔也有不说他坏话的人,除了少数几个画师朋友,也就是只知其画不识其人的人了。

事实上,良秀这人不仅模样猥琐,更有招人嫌恶的怪毛病,所以他得来的坏名声全是他自作自受,怨不得别人。

四

说起良秀的毛病,那就是吝啬、贪婪、懒散、无耻、尖酸刻薄,其中最为厉害的,是他的高傲自满,脸上总是一副自己是当朝第一画师的样子,简直不可一世。如果仅仅是画技上的事倒也情有可原,可他的狂妄,已经到了无视世间一切规则和习俗的地步。一个长年跟随良秀的弟子说,有一天,府里有名的桧垣巫女因神灵附体,传达了可怕的谕旨,可良秀却

---

[1] 横川的高僧:指比睿山的高僧。横川是比睿山延历寺三大区域之一。

毫不在意，还用手头的笔墨，细致地画出了巫女那张狰狞的脸。可能在他眼里，神灵显明只不过是愚弄小孩子的把戏吧！

总之，良秀就是这样一个人，他画的吉祥天女，是一张卑劣木偶的面孔，画不动尊菩萨时，出现的又是一个流氓捕快的形象。他总是竭尽可能地做出种种过分的事情，当有人责问他，他又大言不惭地说："我良秀画的神佛，难道会降罪于我良秀？天大的笑话！"弟子们对此也无可奈何，其中一些人因为惶恐不安，很快离开了他。总而言之，他狂妄至极，他以为天下舍我其谁。

良秀在画技上的高深造诣，那自不必多说。就连他的画作在当时也是独树一帜，无论运笔还是用色都与别的画师截然不同，一些同他关系不好的画师批评他是故弄玄虚。一般说来，像川成[1]、金冈[2]等名画家，他们笔下的作品都出自一些美妙的传说，像木门上的梅花在月夜之时会暗香浮动，屏风画上的公卿们吹出悦耳笛声。可是良秀的画作带来的只有奇闻怪谈，就像他为龙盖寺大门画的那幅《五趣生死图》[3]，据说人们夜深人静时从门下经过，会听到天神的叹息和啜泣声，甚至还有人嗅到了尸体的腐烂臭味。还有，他曾依大人吩咐为女眷们画像，凡是让他画过像的女子，不出三年都因失魂落魄得病而死。说得难听点，这就是良秀作画堕入歪门邪道的有力证据。

总之，良秀就是这么一个天马行空、居高自傲的人，前面提到的恶评，反而他让愈发自大。有一次，大人开玩笑地说："看来你就偏好丑恶的东西。"只见他咧开那与年纪极不相称的猩红嘴唇，怪里怪气地笑着，同时大言不惭地答道："那是，平庸的画师怎会了解丑恶之美。"唉，就算

---

[1] 川成：即百济川成，平安时代前期著名的画家。

[2] 金冈：即巨势金冈，平安时代前期著名的画家。

[3]《五趣生死图》：描绘善恶轮回的佛教绘画。

是当朝第一画师，又怎么能在大人面前如此口出狂言？前面提到的那个弟子，背着给师傅起了个诨名叫"智罗永寿"，以讥讽他的不可一世，这也能理解。想必大家知道，"智罗永寿"是从震旦来的天狗名字，是个狂妄自大的邪恶之徒。

然而，尽管良秀目空一切、蛮横无理，也总有一点温情之处。

五

良秀对他的独生女儿，可以说是疼爱到了极点。前面说过，这女儿既聪慧又温柔，是个体贴孝顺的好孩子，而良秀对女儿的疼爱也毫不逊色。要知道，良秀向来对寺庙的募款无动于衷，一毛不拔，但只要是女儿需要的，无论是身上的衣服还是头上的发饰，他都毫不吝惜，极其慷慨，安排得妥妥帖帖，真让人难以置信。

不过，良秀对女儿却是只知道疼爱，从没考虑过女儿的未来，更别说想法帮女儿找个好丈夫。不仅如此，一旦有人想靠近女儿身边，他倒是会找几个街头无赖，暗地里把那人教训一顿。所以，当良秀女儿遵大人之命进府里做侍女时，做父亲的自是极不情愿。女儿进府好一段日子了，良秀都还是一脸愁苦的样子。于是，有人据此推测出，大人看上了姑娘的美貌，不顾人家父亲反对，强行把她召进府里。

这种传言虽然是无中生有，但爱女心切的良秀，盼着女儿能出府回家的心情，倒是真真切切的。一次，大人命他作一幅稚儿文殊菩萨[1]的画像，良秀模照着一个受大人宠爱的童子模样画出，画像十分出色，大人非常满意，说要嘉奖他。

---

[1] 文殊菩萨：佛教四大菩萨之一，释迦牟尼的左胁侍菩萨，代表聪明智慧。

"说说你想要什么赏赐？不必顾忌，尽管说。"

良秀有些犹豫，思忖了一下，还是厚着脸皮说道："请您放我的女儿回家吧！"若是别的府邸也就罢了，但是在堀川大人府里侍奉的人，就算你再怎么疼爱女儿，也不能如此不懂规矩地说出请辞的话。大人就算宽宏大量也难免会心生不悦。大人沉默地看了良秀片刻，然后冷冷丢下一句："不行！"拂袖离去。

像这样的事，估计前后发生不下四五回。回想起来，大人看良秀的眼神也一次比一次冷淡了。而且，因为这件事情，大概女儿也开始为父亲担忧，经常在自己房里咬着袖子嘤嘤啜泣。于是，大人对良秀的女儿别有用心这一谣言，传得更加满城风雨。甚至有种说法，那座地狱变屏风的事，就是因为姑娘不肯顺从大人才导致的。当然，这是不可能的事。

在我们看来，大人不放良秀女儿回家去，完全是出于同情她可怜的身世，把她留在府里自在地生活，远比待在冥顽不灵的父亲身边长大好太多。况且，大人对这个性情温柔的姑娘确实颇为喜欢，可是若要说大人是贪图美色，那真的是牵强，不，甚至可以说是无稽之谈。

无论如何，就在因为女儿的事，大人对良秀越发不快的时候，不知什么原因，大人忽然召良秀入府，命令他画一幅地狱变的屏风。

六

一说起这个地狱变屏风，那令人毛骨悚然的画面仿佛又立刻浮现在我眼前。

良秀所画的地狱图与其他画师的大不相同，首先从构图来讲，他在屏风的一角小小地勾勒出十殿阎王和鬼卒们的形象，其余部分就是满眼的熊熊烈火，火焰化成红莲卷起激烈的漩涡，刃树剑山也似乎要熔化。除了判官们身上的冥界衣服还有些许黄色和蓝色的点缀之外，整个画面几乎全是烈焰的耀眼火色，浓烟溅墨，火粉扬金，如"卍"字一般在空中飞舞，疯狂至极。

仅这些笔法就足够触目惊心，此外，那些在地狱中被红莲业火焚烧、痛苦挣扎的罪人形象，在一般的地狱图中从未出现过。这众多的罪人中，上至三公九卿，下至乞丐贱民，良秀都一一描绘，像峨冠博带的庙堂高官，浓妆艳抹的年轻仕女，挂着念珠的和尚，脚踏高屐的文人、武士，身着细长宫袍的女童，手捧神币的阴阳师……总之举不胜举。这形形色色的男女，无不惨遭牛头马面的狱卒们摧残，在汹涌翻滚的烈火浓烟中像风吹败叶般四下里狼狈逃窜。那个被钢叉挑住头发，四肢像蜘蛛似的紧紧蜷起来的女人，大概是巫女一类。那被长矛穿过胸膛，像蝙蝠一样倒挂着的男人，一定是某个新上任的国司。此外，有被铁鞭痛打的，有被磐石重压的，有被怪鸟啄食的，有被毒龙紧咬的——有多少罪人，就有多少种刑罚，五花八门，数不胜数。

其中最惊心动魄的，是跌落在半空的一辆牛车，它的一半已经掠过兽牙般的刀山剑树，且剑树梢上已经尸骸累累，刀剑刺穿了五脏六腑，车帘被地狱的狂风卷起，车内是一个满身绫罗的女官，装束华丽堪比宫中嫔妃，她那长长的黑发飘在火焰之中，白皙的脖颈用力地向后仰，痛苦不堪。不管是画面中女官的形象，还是熊熊燃烧的牛车，都仿佛让人切身体会到火热炼狱的苦难场景。甚至可以说，整幅画面的凄厉和恐怖都集中到了这个人物身上。它是如此出神入化，看着看着，仿佛耳中自然而然地听到了惨烈凄绝的喊叫声。

唉，是的，就是为了画它，才引发那件可怕的事情。不然，纵使良秀的画技再高超，又怎么能将落入地狱的苦难场景描绘得如此活灵活现？而他，成就了这幅屏风画的同时，也送掉了自己性命，不禁令人唏嘘。可以说，这幅画中的地狱，就是当朝第一画师良秀自己终将堕入的地狱。

或许我太急于讲述那幅奇特的地狱变屏风，而颠倒了故事的顺序，接下来，我接着说那良秀受大人之命画地狱图的事吧！

七

此后五六个月的时间，良秀都没有到府里参见大人，只专心致力于屏风的创作。说来也真是不可思议，那么爱女如命的人，一旦拿起画笔，竟可以几个月连女儿的面也不见了。据之前那个弟子说，无论什么情况下，良秀一旦开始作画，便仿佛狐仙附身一般入迷。当时还传言，说良秀之所以能成为画界高手，是因为他曾在土地爷前祈愿发誓。证据就是，如果从隐蔽之处悄悄窥视作画时的良秀，便会看见幽暗中有灵狐的身影，不是一只，而是成群聚集在良秀的周围。因而，他一旦拿起画笔，脑子里便只有绘画，其他一概置之不理，不分昼夜地关在屋子里，连阳光都很少见。尤其在创作地狱变屏风时，更是异常沉迷。

这么说，并不是指良秀在大白天拉上房间木窗，在高脚灯台下调制他的特别颜料，或者是让弟子们穿上官袍或狩衣，他仔细地描画下来。如此程度的癖好，是他平时作画的惯常风格，更别说画地狱变屏风了。就拿良秀画《五趣生死图》时来说吧，一般的人碰见道路上有尸体，是连看也不想多看一眼的，可他却悠然自得地坐在尸体前，一丝不苟地描画那正在腐烂的脸部和手脚，甚至连头发丝也不肯放过。他那走火入魔的痴迷劲，恐怕一般人难以想象，我也没法一一详述，就大致说说这么几件事。

有一天，良秀的一个弟子（还是前面提过那位）正在稀释颜料，师傅忽然来找他，说道："我想睡会儿午觉，可是最近总做噩梦。"这种事也不足为奇，所以弟子随口答一句："是吗？"手里的活儿也没停下。

谁知，良秀脸上竟然露出了从未见过的些许寂寞，客气地说道："那么，我睡午觉的时候，你能坐在我的枕边吗？"

弟子很诧异，师傅居然会在意做噩梦的事，这真奇怪。不过这要求也不是什么难事，弟子便同意了。师傅好像有些不放心，迟疑了一下，又吩咐道："那你进里面来吧。不过，不要再让别的人进我睡觉的地方。"

"里面"就是指良秀画画的房间。那天的房间也照旧像夜晚一样房门紧闭，油灯若明若暗地闪烁着，屏风上仅用炭笔勾出了轮廓图，竖放在地上。良秀似乎早已精疲力竭，一躺下便枕着胳膊呼呼睡着了。可是还不到半个时辰，坐在枕边的弟子，耳朵里便传入了一种无法形容，令人毛骨悚然的声音。

八

刚开始还只是声响，不一会儿，逐渐变成了断断续续的句子，好像是快溺死的人在水中痛苦地呻吟："什么？叫我过去吗？去哪里……要去哪里？去地狱……蒸笼地狱。谁呀？……你是谁？……你是……谁呢？"

弟子稀释颜料的手不由得停住了，胆战心惊地看向师傅的脸。师傅那布满皱纹的脸变得煞白，大颗大颗的汗珠流了下来，干涩的嘴唇大大张开，重重地喘着气，露出稀疏的牙齿，嘴里有个什么东西灵活快速地跳动着，像是被线牵引似的。定睛一看，竟是师傅的舌头！那断断续续的声音，就是从这根舌头上发出来的。

"你是……噢，是你啊！我也觉得是你。什么？你来接我？要去……

去地狱。 地狱……地狱里有我的女儿等我。"

听到这里，弟子不寒而栗，眼前似乎出现了无数隐隐约约、奇形怪状的鬼影，窸窸窣窣掠过屏风，蜂拥过来。他拼命地摇晃良秀，可良秀依然在梦魇之中，没有醒来的迹象。弟子情急之下，端起旁边的笔洗，将水哗啦地全浇到了师傅头上。

"她在等我，要我上这辆车……上这辆车，去地狱……"说到这里，良秀的声音变成了喉咙里痛苦的呻吟。就在这时，他猛地睁开眼睛，整个人像被针刺了似的弹跳起来。他眼神惊恐，嘴巴张着，呆呆地看着空中，似乎梦中的鬼怪还没从他眼前消失。好不容易回过神来，他对弟子冷冷地说了句："好了，你出去吧。"弟子明白这种时候如果违逆师傅，必定会被责骂，当下匆匆离开师傅的房间。当他看到外面依旧明亮的阳光时，这才舒了一大口气，仿佛自己才噩梦初醒。

这种事倒还好，大约一个月后，另一名弟子又被师傅叫到里面的房间。良秀在幽暗的油灯下正咬着画笔，看到弟子进来，突然说道："辛苦你，请把衣服脱掉。"

之前师傅也时常这么要求，所以弟子很快脱掉衣服，全身赤裸着。然而，良秀却皱起了眉头："我想看看人被锁链捆住的样子，虽然对不住，也请你忍耐一会儿照我说的做吧！"

他语气冷淡，丝毫看不出对弟子感到抱歉的意思。这弟子是个身强力壮的年轻人，喜欢拿大刀胜过握画笔，听了良秀这话，也不由得大吃一惊。很久以后回忆这件事，他也反复地问："师傅是不是疯了，要弄死我呢？"见弟子犹豫不决的样子，良秀忽然烦躁起来，不知从哪里抽出一根细铁链，扑到弟子背上，一个反手将他的双臂扭在一起，用铁链一圈圈地把他捆绑起来。然后，狠狠地一拉铁链，弟子受不住这个力道，一个趔趄，身体重重地摔倒在地板上。

九

　　弟子此时的模样,就如同一个翻倒的酒缸,手脚都被扭曲地捆成一团,能动的只有脑袋。他壮硕的身体因为铁链的捆扎勒得血液不畅,脸孔和身体的皮肤都憋得通红。可是,良秀不为所动,围着那酒缸般的身体走来走去,左右端详,勾描了好几幅相同的图画。在此期间,被捆绑的弟子经受了怎样的痛苦,我就不必特意交代了。

　　不过,如果那天事态毫无变化的话,弟子的痛苦体验恐怕还要持续下去。幸好(或许不如说是"不幸")过了一会儿,房间角落的一个陶罐后面,弯弯曲曲地流出黑油样的东西,细细的,刚开始似乎黏性很大,流淌得很缓慢,慢慢变成顺畅地滑动,一会儿工夫,就闪着幽光,流到了弟子的鼻子前面。弟子凝神一看,不由得倒吸一口凉气,大叫道:"蛇——蛇啊!"

　　弟子说,当时他感觉全身的血液一下子凝固了,这是自然。毕竟,那蛇冰凉细长的舌尖,就差一点伸向他被锁链勒住的脖颈了。突发这样的意外,良秀再蛮横,也显然吃了一惊,连忙扔下画笔,弯腰一把抓住蛇尾,把它倒提起来。蛇虽然被提着尾巴,头仍使劲往上抬,一圈一圈把身体向上卷,却怎么也够不到良秀的手。

　　"你这东西,害我画错一笔!"

　　良秀生气地嘟囔着,把蛇直接扔回房间角落的陶罐了,然后不甘心地解开弟子身上的铁链。对,他也只是解开铁链子而已,对受到这般惊吓的弟子,并没有一句表达歉意和抚慰的话。大概画错的那一笔远比弟子被蛇咬更令他懊恼——后来才听说,那蛇也是他为了作画,特意养在房间里的。

　　听了这些事,想必大家对良秀那种近乎疯狂,可怕至极的痴迷,大致有所了解了。不过,最后还要补充一件事,良秀另一个十三四岁的弟子,因为这地狱变屏风,差点丢了性命。那弟子天生皮肤白皙,像个女孩子,一天晚上,师傅随口把他叫进自己房间,当时良秀坐在高脚灯台下,手掌托着一块血腥的生肉,正喂食一只怪模怪样的鸟。那鸟儿跟猫差不多大小,两簇羽毛耸在脑袋两侧,像是两只耳朵,琥珀色的眼睛又大又圆,简直就是活脱脱的一只猫。

十

良秀本来就讨厌别人插手自己的事情,就像前面说过的养蛇之类,他的房间里有什么,从不让弟子们知道,桌上有时放着骷髅头,有时摆着银碗,或者泥金高脚漆盘之类,这取决于当时作画的情况,各种意想不到的东西层出不穷。至于平时这些东西都放在哪里,就没人知道了。传言说良秀受土地爷的暗中相助,恐怕也是由此而来。

于是,弟子想当然地认为桌子上这只怪鸟,一定又是用来画地狱变屏风的,便恭恭敬敬地问:"师傅,您有什么吩咐?"

良秀没有回答,舔了舔自己的红嘴唇,用下巴朝鸟儿努了努,问:"怎么样,很温顺吧?"

"这是什么鸟?我从没见过呢!"弟子有点胆怯地打量这只长耳朵、怪模样的鸟儿。

良秀依旧是平常那副嘲笑的口吻,说道:"没见过?城里人就是这样,少见多怪。这叫猫头鹰,几天前一个鞍马[1]的猎人送给我的。不过,这么温顺的倒很少见。"说着,良秀缓缓抬起手,从下面轻轻抚摩刚吃完生

---

[1] 鞍马:日本京都市左京区鞍马本町。

肉的猫头鹰的后背。忽然间，鸟儿发出一声尖锐的短啸，霍地从桌子上腾起，张开两只利爪，猛扑向弟子的脸。弟子慌忙用袖子护住脸，不然肯定会留下好几处抓伤。弟子"啊啊"地惊声大叫，胡乱用袖子驱赶猫头鹰，而猫头鹰尖啸着冲他又是一顿啄。弟子哪还来得及在意师傅就在跟前，不停地站起又蹲下，护头，驱赶，在狭小的房间里乱跑乱转，狼狈逃窜。这怪鸟则紧追不放，忽高忽低，一有机会便朝他的眼睛啄去。鸟儿呼哧呼哧地扇动着翅膀，仿佛有落叶的味道，又有瀑布的飞沫，或是猿酒[1]的酸腐味……十分怪异，恐怖至极。弟子觉得，那昏暗的灯光变成了幽朦的月光，师傅的房间也变成了深山老林里妖惑人心的山谷，心里害怕极了。

其实被猫头鹰袭击，并不是弟子最恐惧的，真正让他汗毛倒竖的，是师傅良秀在一旁的冷眼旁观。他一边观察这混乱，一边徐徐展开画纸，舔舔画笔，开始描绘白皙少年惨遭怪鸟袭击的可怕场景。弟子见此，心头顿感大难临头，那一瞬间，他真的觉得自己会被师傅害死。

十一

然而，死于师傅之手并不是不可能的。其实那天晚上，良秀是特地把弟子叫过去，挑动猫头鹰袭击他，自己就能画下他狼狈逃命的场景。所以，当弟子看到师傅的表情，不由得两手紧紧抱头，惊叫着蜷缩在房间角落的拉门边上一动也不动了。就在这时，只听良秀一声惊呼，似乎站了起来，猫头鹰扑腾翅膀的声音更加激烈，然后是什么倒地，破碎的尖锐声响，一片嘈杂。弟子更加恐慌，不禁抬起了头，房间里漆黑一片，只

---

[1] 猿酒：猿猴吃剩的果子在山间经自然发酵而成的酒。

听到师傅焦躁的声音在呼唤弟子。

不一会儿,远处有人应答了,一个弟子拿着灯匆匆跑了进来。房间又有了昏暗的灯光,只见高脚灯倒在地上,地板和席子上满是灯油,刚才那只猫头鹰正使劲地拍打着一边的翅膀,痛苦地挣扎打转。书桌对面,良秀半坐着身体,一脸惊呆的表情,嘴里嘟嚷着什么。原来那猫头鹰身上正紧紧缠绕着一条黑油油的蛇,脖颈和另一边的翅膀都被缠得结结实实。估计是弟子在惊慌之中躲到角落里,打翻了角落里的陶罐,惊动了里面的蛇,猫头鹰冒失地抓蛇,才引出这一场骚乱。两个弟子面面相觑,只是呆呆地看着这奇特的场景,之后,给师傅默默行了礼,悄然退出了房间。至于蛇和猫头鹰后来如何,就没人知道了。

还有很多诸如此类的事。前面也说过,大人是在初秋时节下令画地狱变屏风的,之后整个冬天,良秀的举动都十分怪异,弟子们深受其扰。到了冬末,良秀的屏风画创作似乎遇到了瓶颈,他的模样更加阴沉,言语也更加暴戾。同时,屏风画的底稿也只画到了大约八成,好像就进行不下去了。而且,照此情形,就连完成的这部分画稿,也有可能被他几笔涂抹了呢!

关于屏风画的创作到底遇到什么问题,谁都不知道,也没人想要知道。弟子们因为此前发生的种种事情,已经深受其害,给师傅做事已经变成危险的事情,所以之后他们尽可能地不靠近师傅。

十二

所以,在那期间并没有发生什么值得一提的事发生。如果非要说特别的话,就是那位固执的老头儿,会莫名其妙地在没人的地方独自流泪。特别是有一次,一个弟子因为有事到庭院里,无意看到师傅站在廊下,怔怔地望着春日的天空，饱含泪水。看到这番情景，弟子觉得有些难为情，一声不响地悄悄退回了。那个为了《五趣生死图》连路旁的尸体都仔细描画的孤傲之人，遇到屏风画进展不顺时，却像孩子一般哭泣，实在是反常。

就在良秀为了这屏风画变得如痴如醉，魂不守舍的时候，他的女儿也变得越来越忧郁，就连在我们面前，也常常一副强忍泪水的悲伤模样。她本来就皮肤白皙，面容恬静，此时睫毛低垂，眼睛像染了愁晕，更显得楚楚可怜。人们开始猜测，有说是因为过于思念父亲，有说是为感情的事烦恼，后来又有传言说是大人想强要了她。再后来，人们好像忘了这个姑娘的存在，对她的种种闭口不提了。

正好是那个期间的事吧，一天深夜，我独自走过廊下，小猴子良秀忽然不知从哪里蹿了出来，不停地拉拽我的裤脚。那是个温暖的春夜，梅花飘香，月色朦胧，月光中，我看到小猴子龇着白牙，皱着鼻尖，疯了一般地尖声叫唤。我心里有些发慌，加上才做的新裤子被它拉扯住不放，更有几分气恼，正想踢开小猴子，兀自离去。可是转念又想，之前有个侍从因为踢了小猴子，惹得少爷不快，再看小猴子异样的举动，肯定有什么不寻常。于是我打定主意，依着小猴子的拉拽，向前走了一段距离。

顺着走廊拐了个弯，正好看到水面泛着白光的池塘，对面是树影婆娑的松树。此时，忽然听到不远处的某个房间似乎有动静，那声音慌张却又清晰地钻入我的耳中。四周一片静谧，分不清是月光还是轻雾，偶尔有鱼儿跃水的声音，再没有半点人的声息。那窸窸窣窣声听来有点异样，我不由得停下脚步。如果有人暗中为非作歹，我定要给他点厉害瞧瞧。我屏住呼吸，蹑手蹑脚地藏到拉门外。

十三

　　小猴子良秀大概觉得我动作太慢了，急急地在我脚下转了几个圈，喉咙里发出被掐住似的尖声，猛地一下子蹿上我的肩膀。我不由得扭开脖子，想避开它的爪子，小猴子又咬住我的衣袖不放，以免掉下来。在这几番折腾中，我不由得摇晃了两三步，接着后背重重地撞在拉门上。事已至此，我也来不及再多想什么，顺势猛然拉开门，冲进月光深处的幽暗房间。与此同时，一个身影正好挡在我眼前——不，是一个女子飞快地奔出来，吓了我一大跳。女子险些和我撞个满怀，她大概也是惊吓到了，就势跌倒在门外，跪在地上大口喘着气，惊魂未定地抬头看着我，仿佛看到什么可怕的东西。

　　不用说也知道，那是良秀的女儿。可是那天晚上，这姑娘与平常判若两人，格外动人。她脸颊绯红，眼眸流转，再加上衣衫凌乱，平添了几分娇媚。这真是那个柔弱娴静、温顺达礼的良秀的女儿吗？我靠着拉门，看着她月光下美丽的身影，听到一个慌乱的脚步匆匆远离。我指了指那人的方向，用眼神默默地问姑娘：他是谁？

　　姑娘咬着嘴唇，轻轻地摇了摇头，表情十分委屈。于是，我弯下腰，在姑娘耳旁低声问道："他是谁？"她还是摇头，依然默不作声。我看到，她那长长的睫毛挂满泪珠，更用力地咬着嘴唇。

　　我本生性愚钝，除非是一目了然的事情，其余我都难以很快明白。所以，我一时间不知道该说什么，只呆呆站在那里，默默听着姑娘的心跳。虽然说不出缘由，我心里也隐约觉得不应该再追问下去了。

　　不知过了多长时间，姑娘的情绪似乎平复了些，我关上拉门，尽可能温和地对她说："请回屋去吧。"然后，我觉得自己好像看见了不该看的东西，心里带着不安还有一种莫名的羞愧，悄悄返回原路。可是，走出没到十步，有谁从身后拉住了我裤脚。我惊讶地回过头，猜猜是谁？

原来是小猴子良秀，学着人的样子，双手扶地跪在我的脚边，冲我恭恭敬敬地磕了好几个头，颈上的金铃铛在月夜里叮叮作响。

十四

此后大概又过了半个月，良秀忽然来到府里，请求马上参见大人。良秀虽然身份卑微，但平日里颇受大人青睐，尽管大人不随意亲自召见外人，那天也爽快地命他前来参见。良秀还是那身丁香色狩衣，头戴软乌帽，脸色比平常还要暗沉，他恭敬地拜见大人后，用沙哑的声音说道："之前受大人之命画地狱变屏风，我尽心竭力，夜以继日，如今已快要完成。"

"那真是可喜可贺，我也放心了。"大人如此说着，声音却是无精打采的。

"那没什么可喜的。"良秀似乎在对自己生气，低垂着眼睛，"虽说完成了大部分，可有一个地方，我到现在也画不出来。"

"什么，还有你画不出来的？"

"是的，如果没有亲眼见过，我是无法画出来的。即使勉强画了，也不会满意，那跟画不出来是一样的"

听了这话，大人笑了，脸上浮现出嘲讽。

"是吗？那画地狱变屏风，你就得一定下地狱看看了？"

"是的。前些年发生了一次大火灾，我目睹了蒸笼地狱般的熊熊烈火。画的那幅不动明王图的火焰，也是因为经历那场大火灾的关系。大人知道那幅画吧？"

"那么罪人和狱卒又怎么画？你亲眼见过吗？"大人对良秀的答话充

耳不闻，连连问道。

"我见过被铁链捆绑的人，也画过被怪鸟追逐的人，罪人们受苦受难的惨状我并非不知道。至于狱卒……"良秀带着一丝恐惧的苦笑，"至于狱卒，在我半梦半醒之际不知见过他们多少次了。无论是牛头马面的妖魔，还是三头六臂的鬼怪，他们拍着手，张着嘴叫喊，然而一切都是没有声音，这些几乎日日夜夜都折磨着我。我画不出来的，并不是这些。"

听到这里，大人吃惊不小，一时间只是若有所思地瞪着良秀的脸，过了好一会儿，他才挑了挑眉，厉声说道："你究竟画不出来什么？"

十五

"我打算在屏风的中央部分，画一辆从半空落下的蒲葵叶牛车[1]。"良秀挺起头，目光直视着大人的脸。

我早就听说，这人一旦说起绘画就如走火入魔一般，而此时，他的眼神里的确闪着一种可怕的光。

"熊熊烈火之中，牛车上有个衣着华丽的女人，她的黑发在火焰中飘扬，身体扭曲，痛苦地挣扎。她的脸在浓烟中若隐若现，眉头紧锁，仰头望着半空中的车篷。她的手使劲撕扯着车帘，似乎想要挡住飞溅落下的火星。牛车周围盘旋着一二十只凶恶的鸷鸟，伸着长长的嘴喙凄厉地鸣叫……唉，就是这牛车上的女人，我怎么也画不出来。"

"那么……你想怎样？"

不知为何，大人的脸上此时显现出某种愉悦，催着良秀说下去。良秀似乎发烧一般，猩红的嘴唇颤动着，呓语般地又说了一遍："我画不

---

[1] 蒲葵叶牛车：以蒲葵叶晒干装饰车厢的牛车，为当时贵族女性所乘的车。

出来……"

突然,他像用力咬住什么似的,猛然说道:"请求大人允许当面焚烧一辆蒲葵叶牛车,如果可以的话……"

大人的脸色蓦地阴沉下来,继而又放声大笑,笑得喘不过气:"好,就照你说的办,没什么可以不可以的。"

大人的话,让我心里涌起一阵莫名的恐惧。实际上大人此时的模样也是十分可怕,嘴角冒着白沫,眼睛上青筋跳动,似乎也陷入疯狂,太不寻常了。

话音刚落,大人又是一阵大笑,喉咙发出咯咯的响声:"那就点燃一辆蒲葵叶牛车吧。安排一名美艳女子,穿戴华服,坐到车里去。让她在烈焰和浓烟中,痛苦死去……不愧是天下第一画师啊!能想出此种场面。了不起啊,了不起啊!"

听了大人这话,良秀面无血色,嘴唇抖动地喘息着,终于,他身体瘫软下来,双手紧紧扶地,低声拜跪道:"多谢大人。"

他的声音低到几乎听不见。或许,随着大人的话语,良秀所想象的那个骇人场面,已经活生生地出现在他眼前了吧!此时此刻,我一生中唯一一次觉得,良秀真是可怜。

十六

两三天后,大人在夜里召见了良秀,按约定要让他目睹火烧蒲葵叶牛车的场面。焚烧地并不是在堀川府内,而是大人的妹妹以前居住过的叫雪融山庄的宅子,位于京城之外。

这座雪融山庄已经空置很久,偌大的庭园了无人迹,一派荒凉不堪的景象。大人的妹妹死于此地,因此传闻颇多,据说在没有月亮的夜晚,会有穿着绯红衣服的身影，在廊下飘过，足不沾地。这也难怪，即便白天山庄之中也是一派寂寞凄凉，到了深夜，园中的引流水声也响得越发阴森，星光下飞舞的鹭也更像是鬼怪，令人恐惧。

刚好这天晚上也没有月亮，漆黑一片。借着大堂上的油灯望去，大人已经来到檐廊前，他身穿浅黄色宽袍，深紫色挑花裙裤，在镶了白锦边的圆草垫上盘腿坐着。不用说，周围是五六名贴身侍从小心地侍奉，其中有一人格外彪悍，引人注意，据说在前几年的陆奥之战中，他因饥饿吃过人肉，力气大到可以掰断鹿角。此时，他身披铠甲，挎了一把后翘如鸥尾的长太刀，凛然蹲坐在檐廊下。灯火在冷冷夜风中摇曳，周围一切都忽明忽暗，阴森又凄然，如梦如幻如真。

一辆蒲葵叶牛车停在庭院中间，夜色沉甸甸地压着高高的车篷，车前没有牛，黑色车辕斜挂在踏架上，车上系了金属配饰，正如星星般闪闪发光。虽已是春天，看到此情此景，也不免让人身上寒意阵阵。车子被镶了明线绫边的蓝色帘子密闭得严严实实，看不到车内的样子。牛车周围是杂役们拿着熊熊燃烧的松明火把，小心翼翼地不让烟飘到檐廊方向，就地待命。

良秀跪坐在稍远一些的檐廊正对面，身上似乎还是那件丁香色狩衣，头戴瘪塌的揉乌帽子。或许是星空低沉的原因，他显得比平时更加瘦小寒碜。在他身后还有一个狩衣乌帽装束的人，估计是他的弟子。正巧两人都跪缩昏暗之中，从我所在的檐廊看去，甚至看不清他们狩衣的颜色。

十七

大约已是午夜时分，黑暗笼罩着这个偌大的庭院，窥探着众人的动静，大家都敛声息语，唯有夜风轻轻拂过，不时飘来松明木燃烧的烟味。

大人默然凝望着这一片奇异的光景,终于,他向前挪了一下膝盖,厉声唤道:"良秀!"

良秀似乎回答了什么,但我耳朵仿佛只听到低声呻吟。

"良秀,今夜就满足你的愿望,放火烧车给你看。"说着,大人的视线往身旁众人扫了一眼。

我觉得,也许是我的错觉,我仿佛看到大人和身边的某个人交换了一个别有意味的微笑。

良秀抬起头,敬畏地望着檐廊方向,没有回答。

"你看清楚些,这是我平时所坐的牛车,你记得吧?现在,我就放火烧了这辆车,让蒸笼地狱出现在你眼前。"

大人再次顿了顿,朝身边的侍从递了个眼色,语气变得阴郁:"车内绑了一个待罪的侍女,点燃牛车后,那女子必定被烧得皮焦肉烂,无比痛苦地挣扎死去。这是你要画地狱变屏风再好不过的范本。雪白的肌肤烧成焦烟,乌黑的秀发变成火花飞扬,你可要看仔细了,别漏掉什么。"

大人再一次停住,不知在想什么,然后他晃动肩膀,无声地笑了:"这可是百年难遇的奇观啊!我也要在此一饱眼福。来人,拉开帘子,让良秀看看里面的女子。"

听到命令,一名杂役举着火把,大步走到车前,伸手一下子掀起了车帘。燃烧的松明木发出刺耳的爆裂声,红红的火焰摇曳着,霎时间狭窄的车厢被照得红亮。车内一名女子被铁链残忍地绑着,啊!没有看错,那女子身穿刺绣华丽的樱花叠色唐衣,长长的乌黑的头发顺垂着,头上的黄金钗光芒闪耀。衣着装扮虽然变了,但那娇小的身姿,白皙的脖颈,还有那沉静到孤寂的侧脸,绝对是良秀的女儿。我差点叫出声来。

这时,我对面的侍卫腾地一下慌忙起身,一手握紧刀柄,眼睛紧紧盯着良秀。我惊慌地望过去,目睹此情此景的良秀大概已经失去一半理智,原本跪坐地上的他，猛然飞似的跳起来，伸出双臂，不由自主地朝牛车奔去。就如前面所说，良秀身在暗处，又距离太远，我看不清他的面容。但就这短短的一瞬间，良秀失去血色的脸，不，是良秀的身影仿佛被一种无形的力量提到空中，穿过黑暗，真真切切浮现在我的眼前。

就在此时，大人下令："点火！"

杂役们纷纷将燃烧的松明火把投向锁着姑娘的牛车，那辆蒲葵叶牛车顿时火光冲天。

十八

火焰瞬间包裹住车篷，篷檐上的紫色流苏缀饰被火焰掠起。白蒙蒙的烟气卷着漩涡，从车篷下弥散开来，即使在夜色中也惊心刺目。一时间火星四溅，无论是车帘、袖子，还是铜饰，都在转瞬间灰飞烟灭——那种惨烈真是无法形容。但更骇人的，还是那气势汹汹的火焰，吐着熊熊火舌舔过车门木格子，冲天而起直蹿上云空，简直像是日轮坠地，天火腾空。若说刚才我还差点失声惊叫，此时的我已经魂飞魄散，只是瞠目结舌望着眼前这番惨景。

那么，身为父亲的良秀呢？直到现在我也无法忘记他当时的神情。他本来下意识地朝牛车奔去，可就在火焰腾起的一刹那，他立即站住了双脚，双手依然保持前伸，眼神定定地盯着正在疯狂吞噬牛车的火焰和烟雾。他全身映照在火光中，丑陋的脸庞上，不仅皱纹，连胡须尖都看得清清楚楚。但是，他那瞠得几乎快要爆裂的双眼，那扭曲变形的嘴唇，还有那抽搐不停的脸颊，都分明传达出良秀心中交织的恐惧、悲痛和震惊。那种痛楚，即便是将被斩首的盗贼，甚至被拖到十殿阎王前罪大恶极的凶犯，也不可比。那个剽悍的侍卫也脸色大变，忐忑不安地看了看大人的脸。

大人咬紧嘴唇，不时露出惊悚的笑容，全神贯注地盯着牛车。那么车里呢？啊，当时车里姑娘的模样，我实在没有勇气详细述说。苍白脸庞被浓烟呛得向后倒仰，长发在火焰中飞舞湮灭，美艳的樱色唐衣瞬间幻化成团团火色……太惨烈了！特别是当夜风吹过，浓烟飘散，在金星四溅的火红烈焰中，便现出姑娘嘴里衔着发丝，几乎挣断铁链，痛苦挣扎的身影，让人不得不怀疑这就是活生生的地狱。不仅我，还有那个剽悍的侍卫，都感到不寒而栗。

这时，又一阵夜风吹过，掠过庭院树梢——大家都这么以为吧，突然，一个黑影蹿了出来，它既不着地也不飞上空中，只是像球一样跳跃着，从山庄的屋檐上一跃而起，径直跳进了熊熊燃烧的牛车里。木格子车门已经烧得通红宛如朱漆一般，正噼里啪啦往下掉，黑影抱住了姑娘向后倒下的肩头，发出了撕裂般的尖叫。那叫声冲破浓烟，惨烈至极，接着，又是第二声，第三声……我们不约而同地惊呼起来。火焰中抱住姑娘肩膀的，正是堀川府里那只名叫良秀的小猴子。当然，谁也不知道它究竟是如何找到山庄来的，为了与这位疼爱自己的姑娘不分离，小猴子也跳进了熊熊烈火之中。

十九

然而，小猴子的出现到消失不过一瞬间而已。随后泥金画般的火星猛地腾空而起，小猴子和姑娘的身影都湮没在了黑烟中，只剩一辆火焰车在庭院中央发出凄厉的声响，疯狂燃烧。不，那猛烈翻滚的骇人火焰，更像是直冲星空的火柱。

这时的良秀，伫立在火柱前凝神屏息。太不可思议！刚才他还饱受蒸笼地狱的痛苦折磨，而此时，他的脸上却绽放出难以描述的光辉，那

83

是出神入迷般法悦[1]的光辉。他似乎也忘了大人还在面前，紧紧抱着双臂，出神地伫立在那里。在他眼中，并不是女儿死去的凄惨模样，而是绝美的火焰色彩，以及女子在火中痛苦挣扎的身姿，这令他感到无比的愉悦。

还有更令人不可思议的，良秀不仅面对女儿的惨死流露出欣喜，此时他还表现了绝无仅有的威严感，俨然梦中雄狮的雷霆震怒，绝不是凡人所能拥有的。连那些受火势惊扰、啼叫盘旋的夜鸟们，也不敢靠近良秀的乌帽。或许，这些懵懂无知的鸟儿也看到了良秀头顶上威严的光轮吧！

鸟儿都是这般情形，更不用说我们这些家丁、杂役。众人都屏息敛气，内心震撼不已，充满了别样的随喜之心，满怀着瞻仰开光大佛的激情，目不转睛地望着良秀。那亮彻天空的燃车之火和为此神魂颠倒、凝神伫立的良秀——这是何等威严，何等欢悦！只有高坐在檐廊上的大人与之前判若两人，脸色苍白，嘴角泛出白沫，双手紧紧揪着紫色宽裤的膝部，如同饥渴的野兽般不停喘息……

二十

那一夜发生在雪融山庄焚烧牛车的事，不知怎的传了出去，一时间街头巷尾议论纷纷。首先，大人为什么要烧死良秀的女儿？对于这事，大多认为是大人爱恋不成以至于恼羞成怒。然而我觉得大人的本意，应该是惩戒良秀为了一幅屏风画，不惜烧车杀人的恶劣本性。这一点千真万确，而且，我就听大人亲口这么说过。

另外，良秀目睹女儿被烧死，仍要画那幅屏风图，人们对他的铁石心

---

[1] 法悦：由听闻佛法而产生的喜悦。

肠也是议论不休。甚至有人骂他是人面兽心的怪物，为了作画竟然不顾父女之情。那位横川的僧都大人也这样认为，他经常说："不论艺能再怎么精通，但凡做人也该懂得人伦五常，否则必会堕入地狱。"

大约一个月后，良秀终于画完地狱变屏风，他立即把屏风送到堀川府里，恭恭敬敬请大人赏鉴。那位僧都大人刚好也在场，他瞅了一眼屏风，立即被那漫天狂暴的烈焰火海所震惊。僧都忘了刚才还冷眼审视良秀，情不自禁地拍打着自己的膝盖，连声赞道："好画！好画！"听了这夸赞，大人脸上露出苦笑，那模样我至今仍记得。

自那之后，说良秀坏话的人，至少在堀川府里是几乎没有了。面对这幅屏风，平时再厌恶良秀的人，都不由自主地被那神圣庄严的心境所震撼，仿佛真切感受到了蒸笼地狱的深重苦难。

不过此时，良秀已不在这人世。在屏风画完成的第二天夜里，他在自己的房间里悬梁自尽了。失去了唯一的女儿，他恐怕是无法心安理得地独自活下去了。良秀的尸骸至今仍埋在那间房屋的旧址上，只是那小小的石碑经过几十年的风吹雨打，想必早已长满青苔，成了不知往昔的无名荒冢。

大正七年（1918年）四月作

枯野抄

罗松涛 译

> 芭蕉唤来丈草、去来，言道："昨夜无眠，心生一句，遂命吞舟书录。可各吟咏一首。"
>
> 病卧羁旅中，梦萦枯野上。
>
> ——《花屋日记》[1]

元禄七年（1694 年）十月十二日中午刚过。才睡醒的大阪商人们把目光望向远处，瓦屋房顶上的天空明明清晨时还朝霞红满天，怎么又像昨日一样，难道要下阵雨不成？幸好柳梢摇动的枝叶上，没有沾染半点蒙蒙烟雨，天空尽管阴沉，也还有些光亮，也算是一个静谧的冬日。在密密层层的商家之间，河水缓缓流过，然而今天的河水也似乎朦胧不清，失去平日的光泽。可能是错觉吧，连漂在水里的葱叶子，也绿得没那么清冷。

---

[1]《花屋日记》：日本江户后期的俳谐书。丈草、去来、吞舟皆为芭蕉门下弟子。

岸上的行人来来往往，无论戴圆头巾的，还是穿皮袜子的，人们似乎都忘记了身在这冷风瑟瑟的世界，浑然不觉地赶路。商号彩色的门帘，络绎不绝的车辆，远处传来三味线[1]伴奏的木偶戏的声音……这一切都在悄然维持着微微光亮的静谧冬日，街市桥柱间的宝珠雕饰上落下的尘埃亦纹丝未动。

此时，在御堂的南久太郎町，位于花屋仁左卫门出租屋的后厅里，著名的俳谐大师松尾芭蕉在来自四面八方的门下弟子的守护下，五十一年的短暂生命如慢慢冷却的灰中炭火，安静地迎接死亡的到来。申时中刻快到了。房间里的隔断都拆了下来，偌大的厅堂空荡荡的，线香在将去之人的枕边点燃，只见一缕青烟缓缓上升。崭新的推拉门挡住了庭院里的冬日严寒，可是唯独这个房间的拉门显得尤为黯淡阴郁，透着彻骨寒意。芭蕉头向着拉门方向，寂然不动地安卧在那里。木节大夫在他的身边，将手伸入被子下，一直把着脉，芭蕉的脉搏跳得极缓慢，木节面露担忧，眉头紧锁。从伊贺跟随芭蕉来大阪的老仆人治郎兵卫，从刚才就一直缩在大夫身后，嘴里一直喃喃念佛。挨着木节的，一看便知，是高大魁梧的晋子其角，和一表人才的去来，不眨眼地望着师傅。去来身穿小方格府绸袍子，茶褐色碎纹的外褂，耸肩挺胸，昂然地站着。其角身后是丈草，法师模样，规规矩矩地坐着，手上挂着一串菩提子念珠。丈草身边坐着乙州，不时抽动着鼻子，想必是难以控制涌上心头的悲哀。矮个子的僧人唯然，一副和尚打扮，一边目不转睛地盯着乙州，一边理顺自己旧僧袍的袖子，表情冷淡地抬起下巴，同肤色稍黑，有些固执的支考，并排坐在木节对面。其余那些弟子，左左右右地围在师傅身边，都静静地屏气凝神，为这生死别离留恋难舍。其中有一人，缩在房间的角落里，趴

---

[1] 三味线：一种日本传统弦乐器。

在席子上低声痛哭,那是正秀吧!然而即便如此,房间里依然笼罩着清冷的沉寂,就连枕边那缭绕的线香,都一丝不乱。

刚才,芭蕉因喘痰力竭声音变得嘶哑,在留下了模糊的遗言后,就半闭着眼睛陷入昏睡之中。他那带着浅痘印的脸颊十分消瘦,颧骨异常高突,早已失去了血色的嘴唇边布满皱纹。最让人心痛的是他的眼神,已经茫然无光,呆呆地望着远处,似乎看向那房顶以外,看向一望无际的遥远寒空。"病卧羁旅中,梦萦枯野上。"——三四天前芭蕉写下了这首辞世俳句,此刻他泛空的目光里,或许是那暮色中的茫茫枯野,没有一点月光,如梦般飘忽。

"拿水来。"终于,木节开口道,轻轻回头看向身后的治郎兵卫。那老仆早就备好一碗水和一根羽毛签,连忙拿起,胆怯地放在主人枕边,马上专心致志地念叨佛经。治郎兵卫来自山里,想法很朴实,他根深蒂固地坚信一个观念,那就是不管是芭蕉,还是其他任何人,只要都是去彼岸投生,就无可避免地需要佛陀的慈悲。

木节在叫"拿水来"的时候,一丝惯常的疑惑从心里闪现,即自己身为医生,真的已经竭尽全力了吗?不过他马上自我鼓励,掉头看了看身边的其角,默默地示意。此时,众人围在芭蕉床边,他们的心都忽然倏地收紧,"时候终于来临了"。但不得不承认的是,与这种紧张感随之而来的,还有一种松弛感——换句话说,该来的终究来了,一种近似于心安的情绪从心里掠过。只是这种情绪十分微妙,没有人愿意肯定它的存在。是的,哪怕在场所有人里最务实的其角,在碰巧与木节的目光对视,感觉出对方眼神里同样的心思之时,也免不了心惊肉跳。于是,他惊慌地移开目光,假装没事地拿起羽毛签,朝身边的去来说道:"那不好意思,我僭先了。"

随后,其角移动厚实的膝盖,用羽毛签蘸上茶碗里的水,窥视着师傅临终的脸庞。老实说,之前他早已预想过这种场景,想到从此在今生与师傅永远别离,肯定会万分悲伤。可是,终于到了为师傅临终点水的时候,自己的心情竟然一片平静,甚至是冷淡,这与之前矫情的预测截然不同。不仅如此,其角更想不到的是,师傅日渐衰弱消瘦,临终时真正瘦成了皮包骨,那恐怖的模样,让他生出一股强烈的厌恶之情,甚至忍不住要背过脸去。不,"强烈"二字,还不足以表达那种厌恶,那感觉仿佛是看不见的毒药,引起生理上的反感,最叫人难以忍受。此刻,其角是想借这偶然的机会,把自己对一切丑恶的反感都倾覆在师傅的病体上,或者,对于他这个乐"生"的人而言,眼前师傅身上所象征的"死"是大自然的威胁,比什么都该诅咒。

总之,其角看着芭蕉垂死的面容,有说不出的讨厌,更别说会有一点悲悯之心,他用羽毛签往芭蕉发紫的薄嘴唇上点了一点水,便皱着眉头很快退了下去。不过,在他退开的刹那,心头也掠过一丝自责。他先前感受到的厌恶太过强烈,实在应该在道德上有所顾忌。

去来紧接其角之后,拿起了羽毛签。从刚才木节示意的时候,去来就开始心慌。他素来以谦恭有礼著称,于是向众人轻轻颔首,凑近芭蕉的枕边,望着病榻上的俳句老师那气息奄奄的面容,去来的心里出奇混乱,既满足又悔恨,两者相互交织,虽不情愿却也不得不体会。所谓满足与悔恨,就好比一阴一阳,互为因果,不可分离。其实,从四五天前,生性谨慎的去来就不断被这种情绪困扰。一接到师傅病重的消息,他就立即从伏见乘船赶来,不顾正是三更半夜,敲开花屋家的大门,那之后一直护理师傅,没有一天懈怠过。而且还拜托之道[1]找人帮忙,派人去住吉的大明神社祈求师傅早日康复,又和花屋仁左卫门商量添置家居用

---

[1] 之道:即芭蕉的弟子槐本之道,一名大阪的药材商人。

品，事无巨细全靠他来张罗。当然，这都是去来主动包揽过来的，也没指望要谁领他的情。然而，当他意识到自己在全心全力地照顾师傅时，心底一下子滋生出一种自我满足的情绪。只不过在他没有察觉到自己的满足时，做什么事心里都是暖暖的感觉，在行住坐卧上，也没觉得有什么拘束。不然，在他熬夜看护病人，跟支考在灯下闲聊时，他就不会大谈什么孝道，高谈阔论地抒发自己是怎样以待双亲之心来侍奉师傅的。那时，正得意扬扬的他看出偏执的支考面露苦笑，他马上发现自己平和的心境乱了。心乱的原因在于他刚刚意识到的自我满足，以及对这种满足的自责。师傅重病在身，朝不保夕，自己一边尽心照顾，似乎十分担忧师傅的病情，一边却用得意的眼光欣赏辛劳的自己，对正直如他的人而言，难免会心怀愧疚。

　　从那之后，无论去来做什么事情，满足与悔恨两种情绪都相互抵触，让他深受桎梏。哪怕是偶然间，却也看出支考眼中的那抹笑意，便会更清楚地意识到自己的自满之心，结果便是更加无地自容，憎恶自己的卑俗。这些日子来，常常出现这种情形，去来深受其扰。直到今天在师傅枕边点临终之水的时候，道德上有洁癖，又格外神经质的去来，完全失去了镇定。说来有些可怜，却也无法避免。所以，当他拿起羽毛签时，身体一下子僵硬了，心头涌起一股奇怪的亢奋。他颤抖着用蘸水的白羽毛尖涂抹师傅的嘴唇。庆幸的是，他的眼泪也同时夺眶而出，润湿了睫毛。就连尖刻的支考见了，恐怕都以为那是因为太过悲痛了吧。

　　不大一会儿，去来身着茶褐色衣服，直起身子退到自己的席位上，将羽毛签递给身后的丈草。一向沉稳笃实的丈草，毕恭毕敬地低眉垂首，嘴里喃喃念诵着什么，轻轻地用水沾湿师傅的嘴唇。此情此景，无人不感到庄严虔敬。可就在这肃穆的时刻，一阵可怕的笑声突然从房间的角落传来。不，当时听起来像是笑声，那是从丹田涌上来的大笑，被喉咙和嘴巴堵住没法出来，想憋却没忍住，最终从鼻孔中断断续续地迸发出来。当然在这种场合，谁都不会放声大笑。声音是正秀发出来的，刚才他就悲痛欲绝，一直忍耐着，此时终于撕心裂肺地恸哭出来。这哭声悲怆至极，在场的弟子大概有不少人想起了师傅的名句"荒冢亦惆怅，悲怀一恸声断肠，萧瑟秋风凉"。[1]乙州也同样含着泪，听到正秀那凄厉的恸哭，心中涌起一些不快。如果"乙州觉得正秀太过夸张"这种说法不够恰当的话，那就是乙州对正秀缺乏理智且不够自制的意志力感到有些不痛快。然而，这也仅仅是出于乙州的理智，不管他的头脑里是否情愿，心绪却忽然被正秀的哀恸所触动，眼眶一时饱含热泪。刚才他还对正秀的恸哭感到不快，但现在也不觉得自己的眼泪就有多纯净，彼此并没什么两样，因此心里的感受并没有什么变化。可是，眼泪却越聚越多。乙州两手撑在膝上，不禁呜呜哭出声来。此时唏嘘不已的，不止乙州一人，守在芭蕉床尾的几名弟子也接二连三地啜泣起来，声音此起彼伏，搅动房间里冷寂的气氛。

在哀痛的悲泣声中，手腕挂着菩提念珠的丈草，依旧安静地坐回原位。其角和去来对面的支考移到了芭蕉枕边。支考号东华坊，出名的爱挖苦人，大概他的神经没那么脆弱，不会轻易被氛围感染而掉泪。他微黑的脸上一如平常，带着轻蔑和不屑，漫不经心地给师傅的嘴唇沾上水。不过身处此时此地，就算是支考，也难免生出些许感慨。"曝尸荒野上，心中戚戚未曾忘，秋风浸身凉"[2]——就在四五天前，师傅一再向弟子们道谢："我原以为自己会以草为席，以土为枕，命归荒野，没想到能躺在华美的被里，得偿往生的夙愿，心中甚感欣慰。"可是，无论在荒野中，还

---

[1] 芭蕉追悼弟子小杉一笑的名句。
[2] 芭蕉《野曝纪行》的开篇俳句。

是在花屋这间后厅里,又有多大分别呢?此时自己正在为师傅嘴唇点水,可是就在三四天前,心里还惦记的是师傅未完成辞世俳句的事情。而到昨天还在计划,等师傅百年之后,把他的俳句整理收录成册。即便是现在,自己不也一直饶有兴趣地观察着师傅临终的过程。若是再刻薄一点地说,自己观察的目的,很难说不是为了将来写关于师傅的《临终记》的章节。也就是说,虽然自己亲身守护临终的师傅,心里盘算的却是沽名钓誉,同门间的利益相争,甚至是自己的兴致所在——与垂死的师傅毫不相干。这样说来,师傅最终还是如他想象的那样,如他吟咏的俳句中那样,曝尸在茫茫的人生枯野上。我们这些弟子们,谁都不是哀悼师傅的去世,而是怜惜失去师傅的自己。没有叹惜死于枯野中的先师,而是感叹在日暮中失去了先师的我等。如果非要加以道德的批判,人类本就天性凉薄,我们也是无可奈何啊!支考一边沉浸在厌世的感慨中,一边为自己能有这样深度的思考而自鸣得意。给师傅的嘴唇点完水,支考把羽毛签放回茶碗,嘲讽地扫了一眼还在啜泣的同门弟子,从容回到自己的座位。性格温和的去来刚才就被支考冷冷的态度镇住,此时越发显得不安。唯独其角,对东华坊这副不以为然的神色颇感厌烦。

　　接下来是惟然僧,他挪到芭蕉身边,黑色的僧袍下摆拖在席子上。此时,芭蕉似乎就剩半口气了,血色全无的脸更加惨白,仿佛忘记了呼吸,沾湿的嘴唇中间偶尔才出来一点气息,隔上好一会儿,喉咙才又费劲地咕噜一下,有气无力地吸入一丝气。咽喉深处隐约咕噜了两三次痰喘声,呼吸几乎停滞。惟然僧手中羽毛签的白尖刚刚伸触到师傅的嘴唇,顿时,一种恐惧突然袭来,与死别的悲哀毫不相干。"师傅之后,下一个会不会就是自己?"他无缘无故地害怕起来,也正因为毫无理由,对这种恐惧的纠缠竟无计可施。惟然僧原本畏惧死亡就到了一种病态的程度,哪怕在自在快活的云游中,一旦想到死亡,也会吓得汗流浃背,恐慌至极。每当他听到有人死去，就会暗自庆幸，死的不是自己，谢天谢地。反过来，他又担心，如果自己死了，那可怎么办？还是深感不安。这次侍奉芭蕉临终也不例外，起初，师傅的病情看起来不像要大去的样子，冬日暖阳照在拉门窗纸上，园女[1]送的水仙花清香浮动，众弟子聚集在师傅枕边，吟咏对句，慰藉病中的师傅。在此期间，惟然僧的心绪便时明时阴，等到师傅临终之相越发显现——记得那天是第一场冬雨，师傅连一向爱吃的梨也无法咽下了，大夫木节看到这情形，也是忧虑地摇头，明白到了无力回天的时候。从那时起，惟然僧的心就不再平静，渐渐被惶恐吞没，最后变成了恐怖的阴影："下一个死的，没准就是自己！"恐惧的寒意在他心头弥散开来。所以，当惟然僧坐在枕边，小心翼翼往师傅的嘴唇点水时，因为恐惧，他几乎不敢正眼看向芭蕉临终的面容。不，他目光正要看过去，偏巧芭蕉喉咙中堵了痰隐隐作声，好不容易鼓起的勇气立马被吓了回去，没敢再看。"师傅之后，没准死的就是我自己。"这句预言一直回响在惟然僧的耳朵里，他缩起身子回到座位上，绷紧的脸越发冷淡，抬着头谁也不看。

接下来依次是乙州、正秀、之道、木节以及其他弟子，一一为师傅的嘴唇点水。期间，芭蕉的呼吸愈发微弱了，一次不如一次，间隔也越来越长，喉咙已经不再颤动，瘦小的脸庞仿佛蜡做的，浅浅地印着痘痕，失去神气的眼睛，朝向遥远的空中，下巴的胡须，白得像银——这一切都让人情的冷漠凝结了，一动不动，仿佛在梦想着即将往生的净土。

丈草坐在去来身后，一直闷声垂首，这位笃实的禅客丈草眼看着芭蕉的气息越来越微弱，一种无限悲哀又无限安然的情绪，缓缓地充盈自己的心中。悲哀是理所当然的，那种安然则如同黎明前的清冷光晖，在黑暗

---

[1] 园女：芭蕉的弟子。

中逐渐亮开，有说不出的明朗。它一点点地荡涤各种杂念，连泪水也毫无椎心之痛，化作澄清的悲哀。他为师傅的灵魂超越了虚幻，回归极乐净土而欣喜不已。不，这一点连他自己都无法相信。要不然——唉，谁会一味犹豫彷徨，自欺欺人呢？丈草这种安然，是一种解放的喜悦。长久以来束缚于芭蕉的人格压力，他自由的精神深深地被压抑着。而现在，他可以用自身的力量自在地舒展，不禁沉醉于悲喜交集的感情中。捻着菩提念珠，身旁啜泣的同门兄弟也仿佛消失在他的眼前，一丝微笑浮现在他唇边，丈草恭敬地向临终的芭蕉虔诚礼拜。

于是，无与伦比的一代俳谐宗师松尾芭蕉，在"无限悲痛"的众多弟子的簇围下，溘然长逝。

大正七年（1918年）九月作

毛利先生

罗松涛 译

岁末的一个黄昏,我和一位评论家朋友一起,沿着腰便[1]大道,在一片光秃秃的夹道柳树下往神田桥方向走去。黄昏的余晖下,我们同缓缓走过的人们擦肩而过,看样子都是些下级官吏。岛崎藤村[2]曾经慷慨疾呼:"请把头昂起来走路!"说的就是他们这类人了。大家似乎都怀着同样郁闷的情绪,却无力排遣吧。我俩穿着大衣,加快脚步肩并肩一直走过大手町电车站,彼此都几乎没有作声。这时,我这位评论家朋友朝那些在红柱子下面等候电车的人瞥了一眼,看到他们在寒风中瑟瑟的身影,忽然打了个哆嗦,自言自语地说道:"我突然想起一个人,毛利先生。"

"毛利先生,是谁呀?"

---

[1] 腰便:意为"挂在腰间的便当盒"。日本东京的职员、官吏上班时经常带着的午餐便当盒,来往行走的街道被戏称为"腰便大道",特指日本东京皇官到丸之内、大手町的街道。

[2] 岛崎藤村:日本著名作家、诗人,原名岛崎春村。

"我没跟你提起过他吗，我的中学老师。"

我默默地拉了下帽檐，表示"没有"。以下的文字，便是我俩继续走在路上时，朋友讲给我的有关毛利先生的回忆。

大概十年前，当时我是一所公立中学三年级的学生。教我们英语的青年老师安达先生因患流行性感冒导致急性肺炎，在寒假期间骤然病故。由于事发突然，学校来不及找到合适的接替者，情急之下就托请毛利先生临时接手安达先生的英语课程。当时毛利先生已不算年轻，在某私立中学也担任英语教师。

我初次见到毛利先生是在他来我们学校就任的那天下午。怀着对新老师的期盼和好奇，当听到走廊上响起老师的脚步声时，我们这群初三学生一反常态地安静下来，全班鸦雀无声等待着新老师的出现。阳光渐渐消逝，空气变得寒凉，脚步声停在阴冷的教室外面，片刻之后，门打开了……现在想来，当时的情景还历历在目，开门进来的这位毛利先生给人留下的第一感觉是个头矮小，像极了常在节假日杂耍节目中出现的小丑模样。只不过先生用他那光溜溜且散发出亮光，甚至可以形容为"标致"的秃脑袋，冲淡了这种灰暗的感觉。除了后脑勺残存的少许奄奄一息的斑白发丝之外，可以说他的脑袋差不多就是自然教科书上鸵鸟蛋的样子。还有，令人对先生的超凡风采印象深刻的，是他那件奇异风格的晨礼服，名副其实的复古风格，几乎让人忘却它曾经是黑色这一事实。而且，在那脏腻的翻领下面，他还一本正经地系上一个华丽刺眼的紫色领结，犹如一只展翅的飞蛾。所以，当先生走进教室的时候，各种勉强忍住的吭哧声四处起伏，这也实在难免。

然而，对于眼前学生们的搞笑反应，毛利先生好像并没有放在眼里，他怀抱着教科书和点名册，从容地站上高高的讲台，回应了我们的敬礼。

他那张和善而苍白的圆脸上浮现出亲切的笑容,用有些尖厉的声音说道:"诸君!"

在我们过去三年的学生生活中,从未得到过本校教师称自己为"诸君"的待遇。因此,毛利先生这一声"诸君"自然令我们刮目相看。我们心想,既然有了"诸君"这样的开场白,接下来必定是关于教学方针啦,教学方法啦,洋洋洒洒的慷慨陈词,于是大家都凝神屏息,热切地期待着。

可是,毛利先生在说过"诸君"之后,四下环顾了教室一圈,并没有再开口说话。先生脸颊上的肌肉虽然浮现出悠悠的笑容,嘴角的肌肉神经却在不断颤动着。他眼里的目光有点像家畜,带着明净又有点兴奋的眼神,还有一些不安在眼睛里逡巡。先生似乎怀着某种难以开口又有所恳求的心意,遗憾的是,可能先生自己也搞不清楚那心意到底是什么。

"诸君。"

终于,毛利先生开口了,同样的调子,同样的话,又说了一遍。接着,他仿佛是要抓住这一声"诸君"所带来的余响,匆忙加了一句:"从今天开始,由我来为诸君教授选读课。"

我们的好奇心被激发得更为强烈,全场一时间寂静无声,大家都目光热切地盯着先生的脸。可是,毛利先生在说完这句话的同时,眼神又浮现出了恳求之色,再次环视一圈教室之后,整个人突然像松弛下来的弹簧似的跌坐在椅子上。然后,他在打开的课本旁又翻开了点名册定睛看着。这场颇让人期待的开场白致辞就如此突如其来地结束了,别说我们有多失望,比失望更甚的是那种可笑的滑稽感。

幸好,几乎是在我们窃笑出声之前,先生从点名册上抬起了他那家畜般的目光,说出了班里一个同学的名字,称呼也是某某"君"。当然这是让他起立作答或者译读课文的意思。这位同学立即站起来,以东京中学生所特有的聪颖,译读了《鲁宾逊漂流记》里的一段。毛利先生一边仔细倾听,一边不时地触摸正紫色的领结,再细致地一一纠正学生的误译,甚至包括微小的读音差异。先生的发音有些做作,但大致也算正确清晰,他似乎也对于这一点也颇为自得。

当那位同学回答完毕坐回位子,先生开始讲授译读时,同学中忍俊不禁的笑声又开始此起彼伏。因为我们发现,先生的英文发音尽管惟妙惟肖,可一旦翻译成日文,他所知道的日文词汇量竟贫乏得令人难以置信,简直让人怀疑他不是日本人。或者也可能他即使知道那个词,却一时无法反应过来。仅仅只翻译一句话,他也大费周折一番,比如,"鲁宾逊·克鲁索终于决定饲养……饲养什么来着?嗯,就是那种怪模样的动物……动物园里多的是那种……叫什么呢?……嗯,会玩把戏的……嗯,诸君都知道吧……就是,红脸儿的……什么?猴子?对对,是猴子。他决定饲养一只猴子。"

连说"猴子"这样的词都如此费劲,其他稍微复杂些的词语和句子就更不必说,若不兜几个圈子思量半天,是找不到恰当的译词的。每每这时,毛利先生便显得狼狈不堪,一脸惊慌失措地看着我们,手不停地捏拽喉咙前面的紫色领结,真让人担心会不会扯断;有时他又会双手抱住自己的秃脑袋,把脸深深埋在桌子上,一副羞愧难当,束手无策的样子。此时,先生那本就矮小的身子更像是泄了气的皮球,无精打采地蔫缩在一起,从座椅上耷拉下来的两条腿,摇摇晃晃地悬在半空。同学们都觉得挺有意思,咪咪地窃笑着。随着先生对同一内容多次地重复译读,同学们渐渐变得肆无忌惮,最后就连最前面一排的同学也在先生跟前公然大笑起来。现在想起来,我们当时的笑声让善良的毛利先生多难堪啊!如今当我回想起那刻薄的笑声,连我自己都不禁想捂紧耳朵。

尽管如此,毛利先生仍坚持着勇敢地译读下去,直到下课的号声响起。他终于把最后一节读完,才又再次恢复了先前悠悠然的态度,回应我们的敬礼之后,镇定自若地走出了教室,似乎已经把刚才的狼狈苦战全然置之脑后。先生一走出教室,我们便爆发出一阵哄堂大笑,有人故意开关桌子盖弄得砰砰作响,有人跳上讲台,活灵活现地模仿毛利先生的姿态和声调……唉,当时身为班长的我怎么会不记得,我在五六个同学的簇拥下,洋洋自得地指说先生翻译中的错误之处。可是,具体是什么错误?实话实说,当时自己其实根本搞不清楚,又或者说是不是真的有错,现在想来,那不过是我们任性的肆意妄为罢了。

大约三四天后的一个午休时间,我们五六个同学聚集在器械操场的沙坑边。冬日的阳光晒在我们穿着粗呢制服的后背上,暖洋洋的。大家七嘴八舌地谈论着即将进行的学年考试。这时,戴着运动帽,穿着西装背心的丹波先生正和学生们一起吊单杠。据说他的体重达六十八公斤呢!只见他大声叫着:"一……二!"一下子跳进了沙坑。然后丹波先生走到我们中间,开口问道:"这新来的毛利先生怎么样啊?"

丹波先生也教我们三年级的英语,但他却以爱好运动而闻名,加上他擅长吟诵诗歌,因而在那些讨厌英语的柔道和剑道选手中颇具声名。

听先生这么一问,一位选手一边摆弄着保护手套,一边回答:"嗯,不大……行的样子,嗯,怎么说呢,大家好像都说不怎么样。"他说这话时扭捏的样子与他平日里简直判若两人。

丹波先生一边用手帕掸掉裤子上的沙粒,一边嘲讽地笑道:"还不如你吗?"

"当然比我强了。"

"那你还挑剔什么?"

选手用戴着护手套的那只手捋捋头发,怯怯地不作声了。不过,我们班的英语天才扶了下鼻子上的高度近视眼镜，用超乎年龄的老成语气辩驳道："可是，我们将来都想报考专科学校，所以还是希望有最好的老师来教我们。"

然而，丹波先生依然朗声大笑着说："什么话，只不过就这一学期，谁来教不都差不多嘛。"

"那么，毛利先生就只上这一个学期的课吗？"

这个问题似乎让丹波先生觉察出自己有点失言了。老练世故的先生故意没有回答，只是摘下运动帽，露出平头的脑袋，用力拍打头上的灰尘，然后飞快地环视一圈，巧妙地转换了话题："说到毛利先生，那可是一位老派守旧的人，跟我们大不一样啊！今天早上我在电车上看到他了，毛利先生坐在正中间的位置，到了快换乘的站点，他却高声大叫'售票员，售票员'！真是好笑，有点替他难为情呢。总之，看来多少是有点古怪的人。"

谈起毛利先生，不用丹波先生抛砖引玉，我们所亲眼见到的为之惊叹的事就数不胜数。

"听说一到下雨天，毛利先生就会身穿西装，脚踏木屐来学校上班。"

"总是挂仕腰间，用白色风吕敷[1]包着的，多半是毛利先生的便当盒吧。"

"据说有人在电车上看到毛利先生抓在吊环上的毛线手套上全是洞眼儿。"

我们围在丹波先生周围，你一言我一语地瞎说着这些无聊的蠢话。丹波先生似乎也来了兴致，随着我们越说越起劲。他把运动帽挑在手指上转圈，激动地随口说道："还有他那顶帽子，简直算得上老古董了……"

---

[1] 风吕敷：日本传统上用来搬运或收纳物品的包袱布。

就在这时,不知道是哪阵风吹来的,就在离器械操场不到十步远的对面二层楼校舍的门口,小个子的毛利先生戴着他那古董圆顶礼帽,一本正经地轻抚着紫色领结,正悠悠然地走着。六七个大概是一年级的学生正在门口玩跳洋马之类的游戏,一看到毛利先生便争先恐后地向他恭敬行礼。毛利先生也站在阳光明媚里的石阶上,举起圆顶礼帽微笑着跟学生回礼。大家看到这番情景,一种羞耻感从心里升腾起来,刚才还热乎的笑闹声戛然地停下来,顿时悄然无声。而丹波先生大概因为刚说过"那顶帽子简直算得上老古董了"这样的话,更是羞愧和狼狈到了极点吧。他噤口不言后,表情尴尬地吐了吐舌头,戴上运动帽,旋即转过身大叫着,跃起他那穿着西装背心的肥壮身体,双手抓住单杠,接着两腿往空中用力一蹿,再大叫着:"一……二!"灵巧地划过冬日的蓝天,轻松地上到了单杠。丹波先生这一串滑稽的掩饰动作,让我们忍俊不禁。刚才还哑然无声的器械操场,一下子又变得热闹起来,学生们仿佛是棒球比赛的啦啦队,哇哇地鼓掌欢叫起来。

我自然也与大家一起鼓掌喝彩,同时我也发现,自己对吊单杠的丹波先生本能地产生了厌恶之心。当然这并不意味着我就开始同情毛利先生。可以证明这一点的是,当我为丹波先生鼓掌时,心里还包含着另一个目的,即间接性地对毛利先生表示恶意。现在剖析当时的心理,或许可以理解为在道义上蔑视丹波先生,同时又在学力上瞧不起毛利先生。而且,对毛利先生产生轻蔑的恰当根据,又是源自丹波先生那句"那顶帽子简直算得上老古董了"。如此,我也就更加恬不知耻地放肆妄为了。于是,我一边大声喝彩,一边端起肩膀,昂然回望校舍门口。只见我们的毛利先生,仿佛一只贪恋冬日阳光的苍蝇似的,依然一动不动地站在石阶上,心无旁骛地注视着一年级学生天真童心地游戏。不知何故,他的圆顶硬礼帽和紫色领结——当时可都是我"嘲笑"的对象,却在我回望的一瞥之中,深深映入眼帘，至今也无法忘怀。

在毛利先生就任那天，因为他服装和学力的原因令我们产生的轻蔑感，在丹波先生那次不小心的失言之后越发浓烈了。没过一星期，有天早晨又发生了一件事。前一天夜里就开始下的雪一直不停歇，室内体育馆的屋檐上已是一片积雪，淹没了屋瓦的颜色。而教室里的炉火燃烧得正旺，雪花落在窗玻璃上甚至来不及闪烁出光彩就消融得无影无踪了。毛利先生把椅子放在火炉前，像往常一样扯着尖尖的嗓音和火炉一般的热情正给我们讲授《英语选读》中的《人生颂》。不用说，根本没有人认真听讲，不仅如此，我邻座的那个柔道选手还在课本下摊开押川春浪[1]的冒险小说，津津有味地读着。

大约过了二三十分钟，毛利先生忽然从椅子上站起身，就正在讲的朗费罗[2]诗歌谈起人生问题。讲了些什么，我已经全然忘记了，然而与其说是谈论，不如说是先生平常生活的所感所得吧。我依稀记得，先生仿佛一只被拔掉羽毛的鸟，不停地把两只手举起又放下，语速匆忙地诉说着什么，其中大概有这么一段：

"诸君还不了解人生，对吧？就算你们想了解，也还是无法理解的，所以，诸君是幸福的啊！到了我这个年纪，已经算洞彻人生，就算洞彻了人生又如何呢？只是体会到更多的苦恼罢了，苦恼何其多啊！比如我吧，养了两个孩子，这就得送他们去学校吧。要上学……嗯，要上学的话，就得交学费吧！对，是要交学费的，是不是？所以，苦恼的事情多着呢……"

---

[1] 押川春浪：日本冒险小说家。
[2] 朗费罗：美国诗人、翻译家。

对着不谙世事的中学生诉说生活的艰辛，先生原本可能本没有打算这么做，可他依然诉说了，但是我们怎么可能理解他的心情呢？我们能看到的只是他向我们学生诉苦，这一滑稽的事实。所以当先生饱含生活的感情对我们诉说时，大家都发出哧哧的窃笑。因为先生身上寒碜的衣衫与尖细的说话声音和表情，多少让人觉得人生艰难，生活不易，不由得涌出几分同情，我们才没有像往常那样哄堂大笑。虽然我们的笑声没有像以前那样肆无忌惮，可是没过一会儿，我邻座的那位柔道选手却突然扔下小说，腾地一下站了起来，气势汹汹地说："先生，我们上课是为了学习英语。您要是不讲英语，我们还进教室干什么？如果您还要继续说这些，那我马上就去操场了。"说完这话，柔道选手同学竭力绷紧着脸，又凶巴巴地坐回座位。

当时毛利先生奇异又难堪的表情，我是第一次见到，他仿佛遭到了雷击，嘴半开着，呆呆地站在火炉旁，眼睛只是盯着那个凶悍学生的脸，大概一两分钟的工夫。然后，他那家畜般的目光中闪掠过某种哀求的神情，用手慌乱地揪扯那个紫色领结，用他的秃脑壳接二连三对我们点头："哦，是我的不对。我做错了，郑重向你们道歉。确实，诸君来上课是为了学英语。没有好好给诸君教英语，是我的不对，我错了，我郑重向你们道歉。对，郑重道歉。"

先生的脸上带着哭似的笑容，翻来覆去地说着同样的话。炉口斜射出的红光映照在先生身上，让衣服肩膀上和腰部的磨损处越发显眼，每当他低下一次头，他的秃脑袋便好似染上了鲜亮的赤铜色，更加像鸵鸟蛋了。

可是，这番令人同情的景象在我们当时看来，只不过把先生那种拙劣的教师本性暴露无遗。为了避免失去工作，毛利先生甚至做出不惜讨好学生的举动，由此看出，他当教师只是迫于生计的无奈之举，根本不是怀着对教育事业的热爱和兴趣。模模糊糊之中，我便对先生这个人做出了自以为是的评价。至此，我对毛利先生的轻蔑态度不仅仅限于他的衣着和学问，甚至对他的人格也是瞧不上眼了。我用胳膊肘支在选读课本上，看着站在熊熊火炉旁，肉体和精神都遭惨烈炙烤之苦的毛利先生，发出一阵阵狂妄的嘲笑声。当然，如此这般自作聪明的并不只有我一人，刚才那个先发制人质问先生的柔道运动员，看到先生变了脸色，低声下气地向我们道歉的时候，回过头瞥了我一眼，脸上露出了狡猾的微笑，而后又坐下来继续钻研起他课本下藏着的押川春浪的冒险小说。

那时起，直到下课的号声响起，我们的毛利先生表现得比平常更加语无伦次，竭尽全力，专心致志地译读着可怜的朗费罗。"Life is real, life is earnest."[1] 他那苍白的圆脸上渗出汗珠，像是在哀求着什么说不清的东西，一刻也不停地尖声诵读着。那尖细的声音像是喉咙被堵住了一般，直到今天还响彻耳畔。那潜藏在尖细嗓音中的，仿佛蕴含了几百万人悲惨的声音，是如此沉重，深深刺激着我们当年的耳膜。于是，我们越发地疲倦不堪，好多人无所顾忌地打起了哈欠，我也包括在其中。然而，毛利先生那瘦小的身体依然坚持挺立在火炉旁边，丝毫不理会教室玻璃窗外飞过的雪花，就像是脑袋里的发条一时间全部松开了，不停挥动着手里的教科书，全力地高声呼喊："Life is real, life is earnest. Life is real, life is earnest……"

估计也是上面的缘故，在一学期的雇佣期满后，我们再也没有看到毛利先生的身影了。我们当时只觉得开心，自然是毫无半点惜别之情。不对，可能我们对先生的去留不以为然，也可以说极为冷淡，甚至连开心

---

[1] 出自朗费罗的作品《生命的诗篇》。

的情绪都没有过。在那之后的七八年时间里,我经历了从初中升入高中,再从高中考入大学,随着年龄渐渐增长,我的记忆中几乎已经没有了毛利先生这个人的存在,更谈不上有丝毫的怀念之情。

在我大学毕业的那年秋天,大概已是十二月上旬,天空在黑夜降临后经常会飘起浓雾,路边的柳树和悬铃木早已是黄叶萧瑟。那天晚上,才刚下过雨,我不厌其烦地转遍了神田所有的旧书店。自从欧洲战争爆发后,市面上的德语书籍明显减少,逛了很久好不容易才买到一两本。晚秋的寒意阵阵袭来,我不由得拉紧了外套的衣领。走过中西屋书店门前时,不知怎么想的,我突然对热闹的人群和温暖的饮品产生了依恋之情。于是,随意走进了一家咖啡店。

狭窄的咖啡店空空荡荡的,没有一个客人。大理石桌上摆着的电镀的砂糖罐反射出冷冷的灯光。我仿佛受了骗一般,体味着寂寞的心绪,默默在壁镜前的一张桌子前坐了下来。然后,我跟前来招呼的服务生点了一杯咖啡,取出雪茄烟,在划了好几根火柴之后,总算是点燃了烟。没过一会儿,冒着热气的咖啡端了过来,可是我沉郁下去的心绪却跟外面的雾霭一般,很难再变得晴朗。刚刚从旧书店淘来的哲学书,字体细密,尽管是非常出名的著作,但是此刻哪怕是读上一页也足以让我痛苦。无奈之下,我只能把头靠在椅背上,抽一口哈瓦那雪茄,再喝一口巴西咖啡,心不在焉地瞄几眼我面前的壁镜。

镜中映照出了二楼的楼梯侧面,还有对面的墙壁和白色油漆门,以及墙壁上挂着的音乐会广告画,就像是舞台的一面,一切都相当清晰并且带着寒意。不仅如此,出现在镜子里的还有大理石的桌子,栽着针叶树的花盆,悬挂在天花板上的电灯,以及大个的陶瓦斯炉,三四个服务生正围在火炉前说着话。我逐一看着镜中的影像,当看向火炉跟前的服务生时,我看到了一个令我大吃一惊的身影。他正朝向桌子的方向被一群服务生围在中间,先前我并没有特别注意到他,大概也是因为他站在服务生人群中间,于是不经意地把他当作了咖啡店里的厨师之类。不过,令我吃惊的原因,并不在于本以为再没有其他客人的店里,实际上还有一人,而是镜中那位客人的样貌。虽然我看到的只是他的一点侧脸,但是那个鸵鸟蛋似的秃脑袋和那身风格奇异的复古晨礼服,甚至那永久搭配的紫色领结,仅仅是一瞥,我便立即认出……他就是我们的毛利先生。

当我看到先生那一刻,间隔在先生和我之间的那七八年的光阴,蓦地出现在我的脑海中。英语学习选读时的班长,与此时此刻安静地从鼻孔中呼出雪茄烟的自己……这段光阴于我而言绝不短暂。然而,可以把一切推动的时间洪流,唯独在这位超越了时代的毛利先生身上显得无能为力。此时的夜晚之中,在咖啡店里与服务生们待在一起的毛利先生,依然还是那个在冷冷清清照不进余晖的教室里给我们教授英语的先生。秃脑袋没有变,紫色领结没有变,依然不变的还有他那尖细的声音……这会儿先生正扯着他的尖嗓子,毫不停歇地给服务生讲解着英语。我脸上不自觉地露出了微笑,一时间忘记了先前郁闷的心绪,仔细聆听先生的声音。

"看,这个形容词和这个名词,拿破仑是人名,所以称为名词,明白吧?这个名词的后面……紧接在名词后面的是什么呢?谁知道?嗯,你说说看。"

"关系……关系名词。"一个服务生支支吾吾地回答。

"关系……名词?嗯,没有关系名词这种说法。它是关系……嗯,关系代词,对,就是关系代词。所谓代词,就是代替名词,对,代替'拿破仑'这个名词。是吧,代词就是指代替名词的词。"

从对话中听得出来,毛利先生正在教咖啡店的服务生们学英语。我把椅子挪了下位置,继续观看镜子里他的周围,果然,桌子上有一本摊开的教科书,毛利先生正用手指不停地在书页上点拨,一副循循善诱的样子。

先生在这一点上仍然是和往日一样的风格。只是和那时的学生表现迥然不同的是，把他围在中间的服务生眼里都闪烁着热情的光辉，一个挨着一个，肩并肩地认认真真听着先生的讲解。

我呆呆地望着镜子里的场景好一会儿，一种对毛利先生的温情油然而生，尽管也许只是活跃在我的意识表层，也产生了想走上去与先生畅叙一番别情的冲动。然而，仅是短短的一个学期，仅是在教室里有过数次的碰面而已，先生还会认得我吗？就算先生记得……那，我忽然想起了那些日子我们对先生所做的一切，包括那尖刻的质问，那恶意的哄笑。最终，我放弃了上前相叙的想法。还是不要相认的好，这才是对先生更好的尊重吧。于是，我看看已经喝完的咖啡，扔掉还剩一点的雪茄，从桌旁轻轻地站起来，打算不声不响地离开，然而这样的举动似乎还是搅扰了先生的注意力，先生在我起身时，正好把他那苍白无色的圆脸，脏腻的翻领和紫色领结都朝我的方向转过来。就在这一瞬间，我的视线同先生那家畜般的眼神在镜中相交了。不出所料的是，跟我刚才所预想的一样，先生的眼睛中果然丝毫不见故人邂逅的那种神色，从他眼中浮现出的，依然是那种哀恳、令人痛心的目光。

我把目光尽量往前看，接过侍者递过来的账单，沉默地走到咖啡店门口的收银台。熟悉的领班正百无聊赖地待在收银台后面，一头短发分得规规矩矩。

"二楼好像有人在教英语，是你们店里请来的？"我一边掏出钱包，一边对领班说道。

领班服务生看着门口来来往往的行人，满脸无聊地回答："哪呀，没人请他呀。是他自己每天晚上都过来的，听说是个腐旧的英语教师，可是没地方请他上课，所以来这里消磨时间吧。每次过来买一杯咖啡，消磨一整个晚上，我们一点也不欢迎他。"

听到这番话，我们的毛利先生那带着哀恳的眼神，蓦地又浮现在我的脑海中。啊，毛利先生，直到此时我才开始对先生……对先生那可钦可佩的人格有所隐约的感悟。如果说，这世间真有天生的教育家，那么毛利先生正是这样的存在。对于先生而言，教授英语正如他呼吸空气一般，丝毫不能中断，若是强制停止的话，先生那赖以生存的旺盛生命力便会立即萎靡，就像植物失去了水分一般。所以，先生因为教英语的兴趣所致，才会特意每晚独自一人来到店里，点一杯咖啡，这并非服务生领班所认为的，只是消磨时间而已的悠闲行为。就如同从前的我们，轻易就怀疑先生给我们教授英语的诚意，嘲笑他的教学只是为生计所迫，很显然这是我们单方面的谬误，我们应当为此深感羞愧。无论是消磨时间也好，迫于生计也罢，这些平庸恶俗的世间观点，给我们毛利先生造成了多大的困扰和苦恼啊！在困境之中，先生却依然保持其悠悠然的态度，系着紫色领结，戴着圆顶硬礼帽，如堂·吉诃德那般勇往直前，努力不懈地坚持着译读教学。可是，在先生的眼中还是依然会闪现出令人痛惜的光芒，那是对自己所教的学生们，对先生所面对的这个世间——一种哀恳痛惜的光芒。

想到这里，我忽然被一种莫名的感动深深触动，我不知道是该落泪还是该微笑，我把脸低低埋在外套的衣领中，然后逃逸似的走出咖啡店。在身后明亮清冷的灯光下，在还没有客人来的空隙里，毛利先生依然用他那尖细的嗓门，热心地给专心致志的服务生们讲解着英语："这个是代替名词的词，所以称之为代词。对，代词，是这样的……"

大正八年（1919年）一月作

竹林中

罗松涛 译

樵夫接受巡捕讯问时的证言：

对的，是我发现了那尸体。今天一早，我与从前一样去后山砍柴，结果走进山后的竹林，就看到地上的那具尸体。那个位置，距离山科大路大约一里，除了竹林，还混杂了一些细小杉树，是个难得会有人去的地方。

尸体的外衣是浅蓝色绸子的，头上有一顶城里人戴的老式纱帽，平躺在地上，能看见胸口有一处刀伤，但血流得很多，把尸体旁边的竹叶都染红了。不对，血应该已经不再流了，伤口好像已经凝固，因为正好有一只马蝇叮在上面，并没有受到我脚步声的惊扰。

你说像太刀那样的凶器？没有，我什么都没有看见，除了不远的杉树上有一根绳子。哦，还有一把梳子，除了这两样，再没有其他东西了。但是，尸体周围的野草和落叶都被践踏得很乱，我想这里定然发生过一场激烈的搏斗。

什么？马？肯定没有，那地方马不可能进得去，能供马匹行走的山路，远在竹林的外面呢！

行脚僧接受讯问时的证言：

这个人，当然现在已经变成尸体了，我确实见过。昨天……大约是午后时分，在关山到山科途中，他与一个骑马的女人同行，那女的戴笠帽，遮面纱，我无法看清她的脸，只看到暗红花纹的外衣。马是桃花马，马鬃修剪得很短。那女人个头大约有四尺四寸高吧！我是出家人，对这方面的估计不清楚。那男的——是的，他不仅佩有一把腰刀，还背着弓箭，背上的那只箭筒涂着黑漆，装有二十多支箭。这些我至今都记得很清楚。

我是做梦也想不到，这个男人会遭此厄运。唉，真是人生如朝露，生命似电光一瞬啊！我该说的都说完了，唉，真是太不幸了！

捕快接受讯问时的证言：

我抓捕的这个男子，是叫多襄丸，就是那位臭名昭著的强盗。我抓捕他的时候，他刚从马背跌下来，摔在栗田口石桥上痛得"呜呜"叫唤。具体时辰？大概是昨夜初更。当时他身上就是这件藏青色的绸衫，佩刀没有刀鞘，就和现在这个样子差不多，还带有弓箭。正如你所见到的，这些都是死者生前携带的物品，如此说来，这凶手定然就是多襄丸了。牛皮包裹的弓，黑漆的箭筒，筒中的鹰毛箭一共十七支——这不都是那个受害人的东西嘛。是呀，还有那匹马，是短鬃的桃花马。他之所以从马上跌下来，可能是恶事做多了的缘故吧！那马拖着长长的缰绳，正在石桥不远处的路边啃着青草。

多襄丸这家伙，在京城一带的盗匪之中是出了名的好色之徒。去年秋天，在鸟部寺宾头卢尊者的后山，一个烧香的妇人和一个丫鬟被人杀死，就是这家伙干的。这起杀人案如果当真也是他干的，骑马的那位女人去了哪里呢？我不知道，也不敢乱说。我的话是不是有点多了，对不起啊，大人。

老妪接受讯问时的证言：

对的，这位被杀死的男子，正是我女儿的丈夫。不过，他不是京城的人，而是若狭国府的一名武士，名字叫金泽武弘；他才二十六岁，待人温和，怎么会被人给杀死了呢？

我的女儿，名字叫真砂，十九岁，性格要强，有些男儿脾性，除了武弘而外，没有与别的男人相好。她皮肤微黑，长一张小瓜子脸，左眼角有一粒黑痣。

他们夫妇俩是昨天动身去往若狭的，谁知道会发生这样的惨祸啊！只怕是前世带来的冤孽哦！现在女婿死了，女儿杳无音信，我非常担心啊！请大人们看我老婆子薄面，哪怕将山上的草木全部砍光，也要找到我女儿的下落啊！多襄丸这个挨千刀的强盗，不但杀死我的女婿，还把我女儿……（泣不成声）

多襄丸的口供：

这个男的是我杀的，但我没杀那个女的，至于她去了哪里，我也不知道。等等，不管你们用什么样的大刑，不知道的我总不能瞎编啊！人都被你们逮住了，我还隐瞒什么呢？

是昨天的午后，我在路上遇到了一对夫妇。那时刚好刮起一阵风，将女子笠帽上的面纱吹起来，女子的脸蛋在我的眼前一闪便被遮盖起来再看不见，可能正是这个原因，我觉得她像女菩萨一样美丽动人。那一刻我心生邪念，一定要把这个女子占为己有，即便需要杀死这个男人，也非干不可。

杀人，于我是稀松平常的事情，当然对你们而言可能是一件了不得的大事。不过，我是用刀杀人，你们不用刀，而是利用手头的权力和金钱，或者随便找一个什么借口，可能一句话就杀了人，不会流血，自己还活得风光体面——但这分明也是杀人呀！如果要说犯罪，你们和我比较起来，到底谁的罪更大，那说不清楚（嘲弄地笑了笑）。

如果可以不杀死男人就把女人弄到手，当然也是可以的。实际上，当时我的想法是，占有那女子，尽量不杀人。当然，在山科的那条大路上，是没有办法动手的。于是，我就设了个计，把那对夫妇引到山里头去。

这种事对我并不难，我很快地跟他们结上了伴，编了一些谎话出来，说那山里头有一座古墓，我挖出了一些古镜和刀剑之类的宝贝，已经悄悄地埋在山后的竹林里，如果你们想要，我可以贱卖，你们随意给一点钱就是。听了我的话，那男子有些动心了。然后——怎么说呢？贪欲这个东西总归是很可怕的。半个小时过后，那对夫妇就与我一道，驱马离开了大路。

我们来到竹林边，我随手一指，宝物就埋在那里，先过去看看吧。那男的早已心生贪念，自然毫无异议，只是，那女子不肯下马，要留在原地等，因为看到那茂密的竹林，也难怪她这样说。坦白讲，这正合我意，于是那女子一个人留下来，我和那男子一起进到竹林里去。

竹林刚进去一段全是竹子,走了大约十几丈远,出现了一些稀疏的杉树——这地方真是天赐的动手之地。我把竹子拨开,说宝物就埋在那边的杉树下面。话音未落,那男子就盯着前方杉树的位置,急匆匆地跑了过去。这地方竹子稀少,只生长着好几棵杉树——我疾步走了上去,冷不防将那男子按倒在地。男子身带佩刀,看样子武功不浅,但没提防我的突然袭击,最终被我捆绑在一棵杉树上。至于绳子,我们这个行当的人,得经常爬墙上房,总会随身带着绳子的。当然,我担心他喊叫,就从地上抓了一把竹叶,将他的嘴巴塞满。

我把男子收拾妥当,匆匆跑回女子那里,谎称男子突发急病,让她赶紧过去看看。女子果然中计,急忙脱下头上的笠帽,任由我拉着她的手,走进竹林之中。刚穿过林子,她一看见被捆绑在树上的男子,便马上从怀里掏出一把闪亮的小刀。她真是一位前所未有的刚烈女子,当时如果来不及防范,刀子便直接捅进我肚子里了。虽说躲过了那一下,她还不停地挥刀乱刺,换个人说不定一不留神就被她戳上几刀,少说也得留下几处刀伤。可我不一样,我多襄丸不用拔刀,便把她的小刀击落地上。不管多强的女子,赤手空拳终归是没有办法的。我最终达到了目的,没杀死那男的,而顺利地把女子搞到了手——没有杀那男的,是的,我本来就没打算杀他,但就在我撇开那哭哭啼啼的女人准备逃出竹林时,那女子却突然从地上跃起,发疯似的将我的胳臂拽住,急促地连声哭喊:"要么你死,要么我丈夫死,你们两个必须得死一个,我不能当着两个男人的面受到这样奇耻大辱,这比死还难受。你们谁活下来,我跟谁过。"——就这样,她气呼呼地喊叫。那时候,我才决定将那个男子杀死(阴沉而兴奋地)。

我这样说,你们一定认为我多么凶残,而你们是何等善良。但是,你们没在现场,没看见女子当时两眼射出来的火焰一般的目光,我的双眼碰上那目光，就觉得必须娶了这个女子，哪怕马上会被天打雷劈，也要让她做我的妻子——这就是当时我的唯一心愿。这并非你们认为的下三烂想法，当时我如果只想着色情之事而不存在其他念想的话，早已一脚把她踹倒在地，然后溜之大吉，我的刀子也不会被那男子的血染红了。可是当我回过头，从阴暗的竹丛窥视女子的脸色时，我已经明白——如果不将那男人杀死，我就不能离开那里。

不过，要杀人，就光明正大地杀！于是，我将那男人解开，让他赶紧出刀（就是那条掉落在杉树上的绳子，当时忘记拿走）。那男人早已涨红了脸，一言不发地拔出佩刀，怒气冲冲地朝我扑了过来——这场恶斗的结果已见分晓。我们你来我往打了二十三个回合，我才将刀刺进他的胸膛。真是二十三个回合，直到现在我都还暗地里佩服他。请你们不要忘了，能与我交手二十几个回合的，除了他之外还没有第二个人呢（得意地一笑）！

那男人倒下的时候，我拿着染血的太刀转头去看女子，也不知怎么回事——她已经不见了踪影。我不知她逃往何处，便在杉树林里四处寻找，铺满竹叶的竹林里根本没有她逃跑的踪迹，屏息倾听，唯有男子临死的喘息声。会不会在我们开始动刀之时，她就跑出去找人救命了呢？我这样想着，得先保住自己的性命要紧，便拿起那男人的刀和弓箭，朝来时的山路跑去。路边，女子骑的那匹马，还在那儿安静地啃草。

以后的事，就不必多说了吧。哦，还补充一句，进城时我将那把血刀扔掉了——这就是我的供述，反正我这颗吃饭的脑袋总有一天会如同椤树[1]凋零般被斩落，请你们马上判我死刑吧（傲气的样子）！

---

[1] 椤树：即椿树，花在开到最旺盛时会突然间连同花托一起掉落，如同日本武士斩首一般壮烈而凄美，所以，在日本又被称为"砍头花"，日本文学作品中常用"落椿"作为武士壮烈死亡的隐喻。

一个女人在清水寺的忏悔：

那个穿蓝黑绸衫的男人侮辱了我后，朝着被捆绑在树上的我丈夫嘲讽地笑了起来。我丈夫心中不知有多愤恨，可是不管他如何拼命挣扎，身上的绳子仿佛只是越勒越紧。我起身连爬带滚地向我丈夫而去，不，是我正想要跑向他身边时，那个男人提起一脚把我踹倒地上。就在那个瞬间，我察觉到丈夫眼中闪现着一种无法形容的光，简直不知道要怎样说才好——直到现在，这眼光还会令我浑身发颤。丈夫虽没法开口，但这刹那的眼光，已经表达了他所有的内心。他眼睛里闪烁的光，既不是愤怒也不是悲伤，而只有对我的蔑视，这冷酷的眼光比被踹一脚更加沉重，更加打击人。之后我忍不住叫唤着什么，便昏过去了。不知过了多久，等我苏醒过来，那穿蓝黑绸衫的男子已经不知去向，我丈夫还被捆在杉树上。

我艰难地从落满竹叶的地上爬坐起来，盯着丈夫的脸。他的神色还是原来的样子，没有一点变化，在冷漠的蔑视深处，还有憎恨之色。羞耻、悲哀、愤怒——我不知该如何形容我那时候的心情。我摇晃着站了起来，踉踉跄跄地走到丈夫的身边。"夫君，事已至此，你我不可能再一起生活了。我决心以死结束这一切，不过——不过，你也得死，你目睹了我的奇耻大辱，我不能让你就这样一个人留在世上。"我费了好大的劲，才说出了这些话，可丈夫还是一脸轻蔑地看着我。我的胸口似乎要炸裂，我努力忍耐着去找丈夫那把佩刀，可是草丛里既没有佩刀，连弓箭也找不到了，是被那个强盗抢走了吧！幸好那把小刀还落在我的脚边，于是我举起小刀，再一次对丈夫说："请让我现在要了你这条命，我随后就来陪你！"

听了我这话,他终于动了一动嘴唇,然而因为嘴里塞满竹叶,一点声音也没发出来,但我即刻明白了他的意思,他依然对我十分轻蔑,说了句:"杀吧!"我仿佛做梦似的把小刀插进他浅蓝绸衫的胸口。后来我又几乎晕厥过去了,等我清醒过来,环顾周围,发现丈夫还被捆绑着,已经气绝身亡,夕阳余晖透过竹子和杉树的间隙,照在他苍白的脸上,我努力忍住哭泣,解下他尸体上的绳子。然后……然后,我呢?我没有勇气说下去了,总之,我没有勇气自杀。我想用小刀刺进自己的喉咙,我想跳进山下的池塘,我想尝试各种死法,可是都没有死成,我还能说什么呢(寂寞地笑)?像我这样无用的人,也许连慈悲为怀的观音菩萨也不会怜悯。可是,我这种杀死了丈夫,又失身于强盗的女人,到底该怎么办才好呢?我到底……我……(突然痛不欲生地哭起来)

死者亡灵借巫婆之口说的话:

强盗强暴了我的妻子之后,便坐在那里对她百般抚慰。我当然无法开口说话,身体又被捆绑在树上,期间,我多次给妻子使眼色,想告诉她,千万不要听信强盗的话,他说的全是谎言。可是我的妻子却只是默然坐在落叶上,低眼望着自己的膝盖一动也不动,怎么看都是把强盗的甜言蜜语听入了神。我不禁妒火中烧,身心俱焚。可是强盗还在花言巧语地说:"你已失身,与你丈夫的关系不可能再和睦,与其跟他回去,还不如做我的妻子。我是真心爱怜你,才做出这样任性妄为的事情!"这大胆的强盗,最后竟说出这样无耻的话来。

听了强盗这番话,妻子神情似乎活过来,她抬起头,我以前从没见过这般美丽动人的她。可就是这美丽的妻子,在被捆绑的我面前,是怎么回答强盗的?哪怕我现在已在另一个世界游荡,可是一想到当时妻子对

强盗说的话,还是怒不可遏。我妻子清清楚楚地这样说道:"那么,你带我走吧,随便上什么地方都行!"(长时间的沉默)

然而,妻子的罪恶不限于此,假使仅仅是这样,冥道黑暗中的我也不至于这般痛苦。当她如痴如梦让强盗拉着手,正要离开草丛竹林时,忽然脸色一变,指着被绑在树上的我叫道:"杀了他!只要这人活着,我就不能跟你一起走!"她发疯一样连连叫了好几遍:"杀了他!"这话犹如疾风暴雨,至今依然吹打着冥道黑暗深处的我。如此恶毒的话,怎么能从一个人的嘴里说出来?如此可怕的诅咒,怎么能让人听到?即便只有一次也……(突然,发出嘲弄的笑声)听闻这话,连强盗也吃了一惊。"杀了他!"——妻子继续要求着,拉住了强盗的胳臂。强盗紧紧盯着我妻子没吭声,没说杀,也没说不杀——突然间,他一脚把妻子踹倒在落叶上(再次发出嘲笑声)。强盗两手抱在胸前,看着我说:"把这女人怎么办,要她死?还是要她活?你只要点头!杀不杀?"——就凭强盗这句话,足够让我心甘情愿地饶恕他一切罪过。(再一次长时间的沉默)

当时我心神不宁,正徘徊不定之际,妻子猛地大叫一声,跑向竹林深处,强盗立即飞身追上去,却好像连她的衣袖也没有抓住,我如同在梦境般看着眼前的场景。

妻子跑掉以后,强盗拾起佩刀和弓箭,砍断捆在我身上的绳子,也很快消失在竹林深处,那一当儿,我清楚记得他嘴里自言自语说了句:"现在我也得逃命了!"之后,四周一片寂然。不,我听到谁的哭泣声。我解开身上绳子,一动也不动侧耳听这哭声,猛然察觉到这不正是我自己在哭吗?(第三次长时间的沉默)

我拖着疲惫的身体,好不容易才从杉树下站起来,脚下,正好是妻子掉落的那把小刀,闪着寒光,我拾起来,一刀插进了自己的胸口。一股血腥涌进我的嘴里,我丝毫不觉得痛苦,只觉胸口逐渐冰冷,四周更加阒寂了。啊！多安静啊！在这山后竹林的天空，连一只鸣叫的小鸟也没有，只有透过杉树和竹林，漂浮着的寂寥阳光，这日影……也渐渐昏暗起来，现在，连杉树、竹子也看不见了。我倒在地上，包裹在深深的寂静里。

这时，我好像听到轻轻的脚步声，有谁走到我的身边，我想看看是谁，而四周已是暝色四合，是谁？……看不见是谁的手从我胸口悄悄拔出了小刀，同时，一阵血流又从我嘴里涌了出来，随后，我便这样永远地沉入了冥道黑暗之中。

大正十年（1921年）十二月作

六宫公主

罗松涛 译

一

六宫公主的父亲乃是以前宫里的一位公主所生，然而他一向传统古板，不知道顺应时代，所以他的官位只做到兵部大辅[1]，此后便再无升迁。公主跟父母都住在六宫旁边一座十分高大的府邸之中。六宫公主的称呼便是这么得来的。

父母自小就十分宠爱公主，只是他们的爱仍是老派守旧的，从未想到替她好好物色一位佳婿，公主就只是待字深闺，等着别人来上门求亲。就这样，公主遵照父母一贯的教诲，一天又一天地过着平静的日子，那是既没有哀愁也没有欢喜的人生。但是，不谙世事的公

---

[1] 兵部大辅：兵部省是日本古代律令制的八省之一，掌管军事防卫、武官考选、兵器管理等事务，长官为兵部卿。兵部大辅是位于兵部卿之下的次官。

主也并未觉得有什么不满意，她只一心想着"只要双亲康健长寿就足够了"。

古池边的垂枝樱每年绽放出寥寥几丛花朵。不经意间，公主已经长成了娴静柔美的淑女。可是，公主一直所依靠的父亲却因为常年酗酒突然病故，而她的母亲由于过度思念父亲每天郁郁寡欢，唉声叹气，半年的时间也随之故去，这可真是祸不单行，雪上加霜。公主除了悲痛万分，更多的是茫然无措，不知如何是好了。一向娇生惯养的公主，现在除了一位奶妈，身边再也没有什么人可以依靠了。

还好，奶妈对公主也算忠心耿耿，不辞辛苦地操持着生活。可是，家里长年积存下来的家具古董，像是螺钿镶嵌的手匣、白银香炉等等祖传遗物，不知不觉中都一件一件地拿出去变卖。府里的男女下人们也渐渐离开。公主终于也开始懂得生活的艰辛，但改变现状却不是公主的能力所能达到的。公主依然只是在越发冷清的府邸厢房中如往常一般弹弹琴，吟吟诗，一日复一日单调地生活着。

在一个秋天萧瑟的傍晚，奶妈来到公主面前，犹豫了半晌，还是开口了："我有个做法师的侄子跟我说，有一位在丹波国当过国司的官人，非常仰慕公主，据我侄子说这位国司大人可是一表人才，并且心地品性也极为贤良温和。他的父亲也在地方上做官，算得上公卿华族。依我看，公主跟这位官人见一面如何？现在这日子也是艰难，见见面也不是坏事，说不定还会有所补益。"

公主发出低低地啜泣声，因为眼下这困窘的生活，任由那个男人要了自己的身体，这不就是同卖身一样吗？尽管公主也明白，这都是世间常事，只是如今真到了这个地步，真发生在自己身上，她才感受到悲伤是那么深切。在葛叶纷飞的秋风中，公主面向着奶妈把脸久久地埋在衣袖之中……

二

没过多久，几乎每个夜晚，公主开始与那个男子相会。正如奶妈所说，男子相貌风雅，性情也甚为温柔，而且他对公主的美貌相当迷恋，那种神魂颠倒的状态，周围的每个人都有目共睹。公主对男子自然也并无恶感，有些时候甚至还有种终于找到可依赖之人的感觉。只是，公主在绘着蝶鸟双飞花纹装饰的屏风后面，在灯火明亮的光线下，哪怕与那男子两两相对、肌肤相亲时，也没有一夜是感到幸福的。

渐渐地，府邸里增添了鲜丽的气氛。黑漆色的妆盒架，崭新的窗帘帐幕，服侍的下人们也增加了好几个，奶妈也焕发出积极的精神，比先前更用心地照料着府上的事务。面对这些变化，公主倒表现得依旧是寂然又冷漠。

在一个下着绵绵细雨的深夜，男子与公主对酌闲谈，不经意说起了丹波国的一个可怕的故事。一名旅人到了出云国，中途借宿在大江山下的一户人家里，正巧当晚这户人家的女主人临产，平安生下了一个女婴。这时旅人忽然看到从产房中跑出来一个身份不明的高大男子，他急匆匆抛下一句话"命当八岁，止于意外"，便消失在门外不知所踪了。过了九年，旅人因故前往京都，竟又投宿在了同一户人家，想探个究竟。果然，闲谈之中才知道小女孩在八岁那年死于一个意外，当时她从树上跌落下来，正巧被地上的镰刀刺穿了喉咙——故事大概如此。公主听了很是难过，感到人生有命，以及宿命的残酷，想想自己还有这个男子可以依傍，相比那个夭折的小女孩来还算是幸运了吧。"一切都是命中注定！"公主思忖着，脸上露出了优雅而幸福的微笑，而那笑容也仅仅是浮于脸上。

盖过屋檐的松树被大雪几次压断枝条。公主白天跟从前一样弹弹琴，玩玩双陆棋，晚上同男子同席共枕，伴着水鸟跳进池塘的声音，过着既有点悲哀也有点喜悦的慵懒生活。但公主还是从这种闲散的安稳中，得到了暂时的满足。

令人没有想到的是，这种闲散安稳的日子突然到了尽头。冬去春来，一个初春的晚上，男子和公主两两相对时，他有些吞吞吐吐："今夜，是我与你最后一次见面了。"原来男子的父亲前不久被任命为陆奥国的国守，奉命调离，他不得不跟随父亲一道前往天寒地冻的陆奥国赴任，不得不与公主分开。他心里自然也十分难受，但当初与公主相好的事情，他一直未向父亲表明，事到如今，更是无法启齿。所以男子垂头丧气，连声叹息，一边安抚公主，一边向她解释这一原委。

"不过，等满了五年的任期，我们又可以团聚在一起了，请等着我吧。"

此时，公主已经哭得梨花带雨，扑倒在地，虽然她与男子之间谈不上情深义重，但总是自己以为可以依靠终身的人，如今不得已分离，这悲伤总是难以用语言表达的。男子轻抚公主的背，不停地百般抚慰，温柔地安慰她，可是他没说上两句话，便也声音哽咽，泣不成声……

此时，对这事还一无所知的乳母同一个年轻的下女刚好进来，手里端着酒壶和高脚餐盘，一边还笑着说，古池边的垂枝樱已经长出了花骨朵……

三

第六年的春天如约到来了，可是，陆奥国的那位男子却没有回到京城。这几年的时间里，公主的下人们已经四下散去，另投主人，全部走光了。公主居住的东厢房也在某一年的大风中倒掉，公主和奶妈便一起搬到下人们的屋子里。那屋子又小又破,充其量只能遮风避雨而已。自从搬到下房,奶妈一见公主那可怜的模样,总忍不住掉眼泪,有时候,她又会平白无故地发火。

生活的窘况,不必多说,每天吃的就只是些青菜和米粥,那也是用旧衣等物品换来的,如今公主也就只有身上的一套衣衫了。有时候,没有木柴可用时,乳母就去倒塌朽败的正房拆下木板来当柴烧。然而,公主仍然同过去一样,不是弹琴,就是吟诗,就这么排遣着心情,静静等待着男子的归来。

那年秋天,一个月明之夜,乳母又站到公主面前,踌躇良久,有些迟疑地说道:"恐怕老爷是不会回来了。公主还是别再等他,把他忘了吧!最近听说有一位典药寮[1]的次官,很想结识您,一直在托人带话呢……"

公主听着,不禁回想起六年前的事情。六年前,她是那么悲伤,一想起来就难以抑制地凄然哭泣,如今,自己的身体和心绪早已疲乏殆尽,一心只想"安静地枯朽下去就行了",此外再无他念。听完奶妈的话,公主抬眼望着皎白的月亮,面色憔悴,缓缓摇摇头。

"现在,我什么都不要,生也罢,死也罢,对我都没什么差别了。"

就在这同一片月光下,在遥远的常陆国府邸中,男子正与新婚的娇妻饮酒言欢。新娶的妻子是父亲为他选定的常陆国国守的女儿。

"哎,什么声音?"男子突然吃惊地抬头望向映照在月光之中的窗格。不知是何缘故,此时男子心头清晰地浮现出公主鲜活的身影。

"大概是树上的栗子落下来了吧。"妻子微笑着回答道,又用壶中的酒斟满他的酒杯。

---

[1] 典药寮:日本战国时期负责诊疗、药园管理的部门。

四

终于,在第九年的晚秋时节,男子回到了京城。他是带着他常陆的妻子一家一起回京的,为了挑一个吉利的回京日期,他们在粟津停留了几天。为了不惹人注目,他们特意在黄昏时分进入京城。男子还在郊外的时候,就已经几次派人前来打听京城公主的消息。但是,派去的人要么一去不回来,要么幸而回来了,却什么下落也没打听到,所以男子对公主目前的境况是一无所知。当他回到京城,对公主的思念之情也越发强烈。在把常陆的妻子平安送回家后,风尘仆仆连旅途的行装也来不及换下便匆匆赶往六宫。

来到六宫门前,从前的四柱大门,柏树皮屋顶的正堂及厢房全都荡然无存,只剩下断壁残垣,废墟一片。男子茫然伫立在荒草丛中,难以置信地环顾着庭院四周。池塘已经被土填埋了一大半,中间长着几棵雨久花,在朦胧的月光中静悄悄地摇曳着。

在原来是正院的附近,男子发现了倒塌的板房,走近一些,似乎里面有人影晃动。男子透过月光轻轻地朝里面唤了一声。有人踉踉跄跄地走出来,来到月光之中,是一个年纪稍大的老妇人,看起来有点面熟。

听男子报了姓名,妇人开始默默地哭泣。过了好一会儿,她才断断续续地讲起公主的境况。

"老爷应该是不记得我了吧。我和女儿以前都是这府上的侍女,自从老爷离开之后,我和女儿在这府里又待了五年。后来,她嫁人去了但马,我也随女儿一起辞别离开了。前一阵子,我心里特别惦念公主,就一个人回来京城探望她。可是老爷您看,这府里什么都没有了,连房子也倒掉了,公主也不知去哪儿了……我也不知道该如何是好。老爷,您还不知道吧，我和我女儿在这府里的时候，公主的日子真的是一言难尽，我都不忍心提起……"

听完这番话，男子默默地脱下自己的一件衬袍，送给驼着背的老妇人。然后低着头一言不发，从荒草丛中走了出去。

五

翌日，男子又在京城里四处寻找公主踪迹。可是，公主不知道遭遇了什么，竟然像消失了一般，杳无音信。

又过了几天，一个下雨的傍晚，男子在朱雀门前西曲殿的廊檐下躲雨，除了他之外，还有一个法师模样的人也在躲雨。大雨在朱红色大门上方飒飒地下着，雨声寂然，不停不休。男子心里烦躁，在石阶上走来走去。此时，似乎有人的声音从昏暗的窗格子里传出来。男子不经意往窗户里张望。

窗边有一个妇人，正俯身铺着一张破席子，旁边是一个病弱的女子。即便是傍晚的昏暗光线中，也能看出那女子枯瘦得不成人样，但男子还是一眼认出，眼前的人分明就是公主。男子正想开口呼唤公主，可是一看到公主那悲惨的模样，一时间竟然叫不出声。公主并不知道外面男子在注视着她，只是躺在破席之上，辗转反侧，悲苦地吟着诗句：

昔日枕君眠，
犹怯风隙寒。
此身今已倦，
随处寒苦惯……

听到公主的悲吟声,男子不禁脱口唤出公主的名字。公主从破席上抬起身来张望,一见是男子,低喊了一声什么,便在席子上伏倒不起。那位妇人——忠心的奶妈,同飞奔进来的男子一起,急忙扶起公主。看到公主惨白又枯竭的脸色,两人都慌了。

奶妈发疯一般跑到法师面前,恳请他无论如何也要为公主临终念经诵文,因为——公主可能即将不久于人世。法师答应了,跟随奶妈走了进来,坐在公主身边,但他并没有开口念诵经文,而是对公主说:"往生净土,不可借助他人,唯有自己虔诚念佛!"

公主奄奄一息地被男子抱在怀中,微声念诵起佛号。忽然,她眼睛盯着上方的藻井,惊恐地叫道:"啊!那里有一辆车子,被大火烧着了……"

"别怕,只管专心念佛!"

和尚安抚着,鼓励她继续念诵。又过了一会儿,公主开始梦呓般地喃喃低语:"金色的莲花,像华盖一样大的莲花……"法师刚要出声,公主又继续地自语道:"莲花,莲花不见了,黑了,全都黑了,有风吹……"

"一心念佛!为何不一心一意呢?"法师语气带着责备。

可是,这会儿,公主好像就快要断气,只是不断重复地说着同样的话:"什么……什么也看不见,黑暗,有风……寒风……"

男子和奶妈含着泪水,嘴里都喃喃念着佛。那和尚也双手合掌为公主大声念佛。在佛声与雨声的交汇中,破席之上的公主脸上渐渐现出死相……

六

又过了好些天,一个月夜里,那位劝导公主念佛的法师抱着衣衫破旧的膝盖,蹲坐在朱雀门前的曲殿里。这时,一名武士嘴里哼唱着什么,从月光下的大路走了过来。武士看到法师便停下了脚步，随口问道："听说，这朱雀门一带经常有女人的哭声？"

法师蹲坐在石阶上没动，只说了一句："你听！"

武士凝神侧耳一阵，除了隐约的虫鸣声，并没有什么声响，暗夜四周，空气中飘荡着松树的气息。侍卫正要开口，不知从何处突然传来女人低低的叹息声。

武士急忙用手按住佩刀，可是，那声音拖着长长的尾巴，飘过曲殿上空，远远地消失无踪了。

"念佛吧！"月光下的和尚抬起脸说道，"那是个分不清极乐净土和火热地狱的女人，那是个无用的魂魄而已。念佛吧！"

武士没有说话，只是仔细打量着和尚的脸。忽然，他似乎被惊吓一般，立刻跪倒在和尚面前，双手扶地敬畏地说道："您，您是内记上人吧？您，怎么会在这种地方……"

法师的俗家姓名为庆滋保胤[1]，世人把他称为内记上人，是空也上人[2]的弟子中一位德高望重的僧人。

大正十一年（1922年）七月作

---

[1] 庆滋保胤：平安时代中期的儒学者、高僧。官居从五品的大内记，世称内记上人。

[2] 空也上人：平安时代的高僧。

阿富的贞操

罗松涛 译

明治元年（1868年）五月十四日的午后，官厅发布了一则通告："官军明日凌晨进攻东睿山彰义队匪徒。凡上野一带居民，务须火速撤往别处。"到了下午，下谷町二条的小杂货店里空无一人，古河屋政兵卫家已经撤离，留下一只很大的三花猫，静静地蜷缩在厨房角落那一堆鲍鱼壳前打盹。

屋子的门窗紧闭，即使在下午也是黑暗一片，没有一点人声，只有数日连绵的雨声。雨时而倾泻在望不见的房檐上，时而又下到稍远的地方，消失在半空。每当雨声高奏，猫就瞪圆那对琥珀色的眼睛，在灶台都看不清的厨房里，发出两道幽幽的磷光。等习惯了雨声，再无其他动静时，猫便又一动不动，眼睛再次眯缝成一条线。

如此这般反复几次，猫大概困意袭来，眼睛也不睁了。但雨依然是急一阵子缓一阵子。八点，八点半……时间在雨声中渐渐到了日暮时分。

快到七点时，三花猫受惊般地忽然睁开眼睛，同时耳朵竖起来。雨比刚才小多了。外面没什么动静，只有轿夫从大街上跑过的声响。但是，几秒的沉寂之后，黑漆漆的厨房里隐约透进些光亮。两块窄木板之间的灶台，没有盖子的水缸里的水光，供灶神的松枝，还有拉窗的绳子，这些东西都一一显现出来。三花猫越发不安，一边盯着厨房门的缝隙，一边慢慢抬起肥大的身子。

这时，厨房门打开了，不仅如此，连带护板的拉窗也打开了，进来一个落汤鸡似的乞丐模样的人。他探进来的脑袋包着旧汗巾，侧耳听了一会儿屋里的动静。确定没人之后，才蹑手蹑脚地走进厨房。他身上披的席子倒是崭新的，挂着亮晶晶的雨滴。三花猫贴着耳朵，后退了两三步。乞丐并不惊慌，随手关好拉窗，慢慢取下头上的汗巾。他脸上满是胡须，还贴了两三块膏药，虽然蓬头垢面，长相也还过得去。

"三毛，三毛！"

乞丐抹去头发上的雨水，一边擦着脸上的水珠，一边低声叫着猫的名字。猫大概听过这声音，贴下的耳朵又竖了起来，站在那里一动不动，怀疑地盯住他的脸。乞丐扒开身上的席子，一下子盘腿坐在了猫面前，露出两条连肉都看不见的泥腿。

"三毛，怎么回事？这儿人都走了，看来是把你丢下了。"

乞丐笑着伸出大手抚弄猫的脑袋。猫稍微退了退，但没有逃走的意思，然后竟坐下来，眯起了眼睛。乞丐摸了一会儿猫，从旧布褂的怀兜掏出一把锃亮的手枪，在昏暗的光线下检查起扳机来。周遭充满了"战争气息"，一个乞丐在空荡荡的厨房里摆弄手枪——这罕见的光景倒真具有小说的色彩。猫像是洞悉这一切秘密似的，弓着背，眯起眼，依然保持不动地坐在那里。

"三毛啊，到了明天，这一带可就变成枪林弹雨的地方了，挨上一颗子弹就没命了，所以明天不管外面多闹腾，你都要藏在檐廊下面别出去，知道吗……"乞丐一边检查手枪，一边不时跟猫说着话。

"咱们也算是老朋友啦！今天就此道别。明天你在劫难逃，我可能也

129

会送命。要是大难不死,我以后也不再和你一起翻垃圾了。你怕是要高兴了吧?"

这会儿雨又哗哗下了起来。乌云压向屋顶,脊瓦雾气溟蒙。厨房里的光线更加昏暗了。乞丐头也不抬,只管专心查看手枪,检查完毕后再小心地装上子弹。

"还是说你会想念我吗?算啦,人都说猫记不了三年恩,我看你也靠不住……忘了也没关系,只是我一走……"

乞丐忽然住了嘴。门外好像有人,正朝着汲水门走过来。他赶紧把手枪揣进怀里,同时回过头去,差不多同时,汲水门的拉窗"哗啦"一声打开了。乞丐拉开架势,正好同进来的人四目相对。

进来的人,冷不丁儿看到乞丐,反而吓得叫出声来,"啊"了一声,又下意识地跑回雨里。那是一个赤着脚,提了把大黑伞的年轻女子。等她缓过神来,便借着厨房微弱的光线,盯着乞丐的脸。

乞丐大概也惊住了,支起旧布褂下面的一条腿,也盯着对方的脸。眼神已不像刚才那么警惕了。一时间,两人都一声不出,默默相觑。

"哎呀,这不是老新吗?"

年轻女人稍稍镇定下来,对乞丐说道。乞丐点了几下头,咧嘴笑了笑。

"对不起,对不起。雨实在太大了,我就进来躲躲雨……可不是趁屋里没人来偷东西的。"

"吓死人了,就算不是来偷东西,也够厚脸皮呀!"她甩甩伞上的雨水,又气呼呼地说,"喂,快出来!我要进屋了。"

"是,是,马上走。你不说我也要走的。阿姐,你还没有撤离吗?"

"撤了。只是撤了又——这跟你没有关系吧?"

"那是忘了什么东西?哎,先进来吧,在那里要淋雨的。"

她还是气呼呼的,不理睬乞丐,在门口的地板上坐下来,把泥脚伸进排水道，拿起长柄勺"哗啦哗啦"冲起脚来。乞丐仍盘腿安然而坐，一边用手摩挲着满是胡子的下巴，一边打量着她。女子皮肤微黑，鼻子那长了几颗雀斑，一副乡下姑娘模样，穿着也是女佣常穿的土布单褂，只扎了一条小仓腰带，眉眼倒是生动，身体结实丰满，有一种叫人联想到新鲜桃子和梨子的美。

"兵荒马乱的还回来取东西，是落下什么要紧宝贝了？哎，阿姐……阿富姐。"老新又问道。

"你管这个干吗！你快点出去！"阿富没好气地回了一句，又像忽然想起什么，抬头看看老新，认真地问，"老新，看见我们家三毛了吗？"

"三毛？它刚才还在这里——哎，跑到哪儿去了呢？"

乞丐朝四下看了看。原来，猫不知什么时候跑到搁板上，蜷缩在研钵和铁锅之间。阿富和老新几乎同时发现了猫。她把水勺一放，从木板上站起身，好像忘了老新还在这里，开心地唤起搁板上的猫来。

老新把目光从搁板上转回到阿富身上，纳闷地说："是猫啊？阿富姐落下的东西。"

"是猫怎么啦——三毛，三毛，来，快下来。"

老新突然"扑哧"笑出来，那笑声在只能听见雨声的空间里，显得特别怵然。阿富再次气得涨红了脸，劈头盖脸朝老新吼道："笑什么！我家太太正为忘了带走三毛着急得要死呢！又是哭又是念叨，说三毛要是死了，可怎么办。我也觉得可怜，就特意冒雨跑回来找。"

"好好，我不笑了。"

但老新依旧笑个不停，并打断阿富的话说："我不笑了。不过你想想，明天就要开战了，竟为了一只猫……怎么想都够好笑的。你们东家也太不懂事儿，没个分寸，不说别的，居然为找这只三花猫……"

"住嘴！我不想听你说太太的坏话！"

阿富气得直跺脚。不料乞丐并没有吓着，只管把放肆的眼睛直勾勾

131

盯着她身上看。她当时的样子极富野性之美,被雨水湿透的衣服,衣带全都紧紧贴在身体上,清清楚楚勾勒出她年轻的曲线,一看便知是生机勃勃的处女之身。

老新的视线定在她身上,又笑着说下去:"不说别的,居然为了找猫,把你打发出来。不是吗?眼下上野一带的人家全撤走了,街上房子虽一家挨一家,其实跟座空城一样。狼什么的当然没有,可是也难说不会碰上什么危险。这话一开始我就说过吧!"

"用不着你操这份心,还是快把猫抓下来吧!再说,又不是已经开战,有什么可危险的。"

"这可不是开玩笑。一个年轻女子一个人走在路上,这不危险还有什么危险?比如现在,这里就你我两人。万一我起了什么歪心邪念,阿姐,你要怎么办?"

老新的口气半真半假,不好琢磨。然而阿富清澈的眸子里全然看不出一丝害怕的影子,只是脸颊比刚才更红了。

"什么呀!老新,你想吓唬我吗?"阿富倒是像要吓唬老新似的,朝他凑近一步。

"吓唬?光是吓唬倒还好?如今这年头带肩章的坏蛋都多的是,何况是我这个要饭的。不一定光是吓唬哟,要是我真起了歪念……"

老新话没说完,头上就挨了一记雨伞。阿富已经挥起了大黑伞。

"你还敢胡说八道!"

阿富又把伞朝老新头上狠砸下去。老新慌忙一闪。伞砸在旧布褂的肩头,这一吵惊吓了三花猫,它蹬翻了铁锅,蹿到灶神架上,碰倒了供神的松枝和长明灯,接连滚落到老新身上。老新连忙避让,结果又连挨了阿富几雨伞。

"畜生!畜生!"

阿富连连挥动雨伞，打着打着，老新终于一把夺过伞，往地上一扔，猛地扑到阿富身上，两人在狭窄的地板上扭打成一团。这时，大雨再次向屋顶袭来，雨声轰鸣，同时有电光闪过，天色眼见着更暗了。老新被她又打又抓也没停手，还是一心想要制伏她。几次失手之后，终于把她压在身下，却又马上弹起似的被踢到汲水门边去了。

"你这女人！"老新背靠拉窗，定眼看着阿富。

不知什么时候，阿富的头发披散开了，瘫坐在地板上，手里倒握一把夹带在衣带里的剃刀，脸上露出一股杀气，却又分外冷艳，像极了那只在灶神架上弓着背的猫。两人都默不作声地留意着对方的眼神。过了片刻，老新故意冷笑着从怀里掏出刚才那把枪。

"哼哼，看你到底有多厉害！"

枪口缓缓对准了阿富的胸口。阿富愣了一下，但仍然气愤地盯着老新的脸，一声不吭。老新见她不闹腾了，仿佛想起了什么，转而把枪口朝上竖起。枪口上面的暗影里，闪烁着一双琥珀色的猫眼。

"听着，阿富……"老新带着笑意，像是要故意惹恼她似的，"这手枪'砰'的一响，那猫可就要滚下来了。你也一样的下场，怎么样啊？"扳机眼看就要扣动。

"老新！"阿富突然大叫道，"不行，不行，不能开枪。"

老新回头看向阿富，枪口仍对准猫。

"不行吗？我就知道。"

"那太可怜了，放过三毛吧！"

阿富现出和刚才截然不同的担忧神情，微微颤抖的嘴唇露出一排细密的白牙。老新半是捉弄半是惊讶地瞧着她的脸，总算放下枪口。阿富这时才露出放心的神色。

"好吧，我就放过猫。可是……"老新傲然地说，"得借用下你的身子。"

阿富错开他的视线。一时间，她心里五味杂陈，憎恨、愠怒、嫌恶、悲哀等各种感情一起涌上心头。老新留意着她情绪的变化，一边侧身绕去她身后，打开茶室的拉门。茶室自然比厨房更暗了，但还是可以将主人撤走后留下的茶柜和长方形的火钵看得分明。阿富身上开始微微冒汗，而老新伫立在那里，目光直落在她微微冒汗的领口。阿富似乎也感觉到了，扭过身子抬头望着身后的老新，脸上又恢复了之前活泼的神情。老新反倒感觉有些狼狈，尴尬地眨眨眼，突然又把枪口对准猫。

"不，不是说不要开枪吗……"

阿富作势拦住他，手里的剃刀同时掉落在地板上。

"不开枪，你就到那边去。"老新冷冷地笑着。

"讨厌！"

阿富不胜其烦地嘟囔着。然后突然站起身，下定决心似的急步走进茶室。她这样干脆地妥协，老新多少有些吃惊。这时雨声早已远去，云隙间露出夕阳的余晖，昏暗的厨房也渐渐有了光亮。老新站在那里，侧耳听着茶室里的动静。小仓布腰带解开的声音，以及似乎躺到榻榻米上的声音，此后，茶室里一片寂静。

老新略一犹豫，迈进微亮的茶室。茶室正中间，阿富用袖子掩住了脸，一动不动地仰面躺着。老新一见这场景，赶紧逃似的退回厨房，脸上显出无法形容的奇怪表情，既是嫌恶又像是害羞。他一回到厨房，便背对着茶室，不由得苦笑起来。

"开玩笑的，阿富姐。跟你开玩笑呢！出来吧……"

过了一会儿，阿富怀里抱着猫，一手提着雨伞，同铺着破草席的老新随意地说着话。

"阿富姐，我想问问你……"老新仍有些难为情，有意不看阿富的脸。

"问什么呀!"

"倒不是想问什么……委身于人,这可是女人一生的大事呀!可是阿富姐,你竟用来换猫的一条命——这不是太胡闹了吗?"

老新停了口,阿富轻轻笑着,手抚着怀里的猫。

"这猫就有那么可爱吗?"

"是啊,三毛当然可爱啦……"阿富回答得含糊其辞。

"还是因为你对主人忠心,在这附近你可是出了名的。如果三毛被打死了,你觉得对不起主人——是不是这样的?"

"嗯,三毛是很可爱啦!太太嘛,也很重要的……不过,我嘛……"阿富歪着脑袋,眼睛望向远处,"怎么说才好呢?那时只是觉得如果不那样,就说不过去嘛!"

又过了些时候,房间里只剩下老新一个人,他抱着旧裃子下的膝盖,怔怔地坐在厨房里。暮色在稀稀拉拉的雨点声中,渐渐逼近房内,天窗绳,水池边的水缸都模糊起来。很快,上野的钟声在云雨的天空里一下一下沉闷地展开来。老新仿佛惊醒过来,向静悄悄的四周扫了一圈,摸索着用长柄勺从水池里满满舀起一勺水。

"村上新三郎呀,源氏门中的繁光[1]!今天可是打了个败仗!"他嘴里念叨着,畅快地喝着黄昏中的凉水……

明治二十三年(1891年)三月二十六日,阿富同丈夫,还有三个孩子,一起走过上野的广小路。

这天,第三届全国博览会开幕式在竹台举行。黑门一带的樱花差不多都开了。广小路上人潮涌动,水泄不通。从上野参加完开幕式的马车、人力车排成长队,还在络绎不绝地涌来。前田正名、田口卯吉、涩谷荣一、

---

[1] 村上新三郎:老新的名字,表示出身名门。村上源氏是日本阀阅世家。

辻新次、冈仓觉三、下条正雄[1]——这些人也夹在马车和人力车的人群里。

阿富的男人抱着五岁的小儿子，衣角被大儿子拽着，挤在往来的人流中，留意躲闪着行人，还时不时回头看看身后的阿富。阿富拉着大女儿的手，对回过头的丈夫报以微笑。二十年的时光还是带给她一些沧桑。只有那对清澈的眸子，跟从前没什么两样。她在明治四年或五年前后同古河屋政兵卫的外甥结了婚，就是现在这个男人。男人那时在横滨，现在银座的某条街上经营一家小钟表店。

阿富身边驶过一辆双驾马车，她恰好偶然抬起头，安然坐在车里的，正是老新。

今天的老新，帽檐上插着鸵鸟毛，佩着派头十足的金饰带，戴着大大小小的勋章，身上更是挂满各种荣誉，花白的两鬓间那张红脸膛朝这边看过来，分明是当年那个乞丐。阿富不由得放慢脚步，然而奇怪的是她并未觉得惊讶。老新绝不是普通的乞丐——她好像早就知道。是因为长相，还是谈吐，还是他手里的那把枪？反正她就是知道。阿富脸上不动声色地定定地望着他的脸。不知是故意还是偶然，老新也注视着阿富的脸。二十年前那个雨天的记忆，一下子真切地浮现在阿富心头。那天她为了一只猫的命，竟然轻率地要委身于他。是什么原因？她自己也说不上来。而老新，在那种窘境之下，对她奉献的裸露身体，连根指头也没碰，他又是为什么呢？她也不知道。尽管不知道，对阿富而言，一切又都是理所当然的。马车擦身而过，她觉得心里似乎舒展开来。

老新的马车通过后，阿富的男人再次从拥挤的人群空隙里回过头看她。她跟刚才一样，看着他的脸若无其事地微微一笑，她的脸依然生机勃勃……

大正十一年（1922年）八月作

---

[1] 这些人都是明治维新时期的社会名流。

丝女纪事

罗松涛 译

秀林院夫人[1]是越中守细川忠兴[2]的夫人，谥号秀林院殿华屋宗玉大姐。夫人去世前后的情形现记录如下：

一、石田治部少[3]之乱的那年，也就是庆长五年（1602年）七月十日，我父亲鱼屋清左卫门到大阪玉造町的府上来拜谒，给秀林院夫人送上了十只金丝雀。夫人一向中意来自南蛮的舶来品，因而深表喜爱，不用说，连我脸上也风光得很。说起来，夫人所拥有的日常家什物件中，大多都是假洋货，像金丝雀这种，地地道道的正宗舶来之物，还真是少之又少。那天，我父亲向夫人禀告说："秋日凉风渐起，想请夫人应允小女告假，回家准备出嫁事宜。"算起来，我在夫人身边侍奉已经三年有余，夫人谈不上和蔼可亲，只

---

[1] 秀林院夫人：日本战国时代名将明智光秀之女，小苍藩藩主细川忠兴的夫人，基督徒，洗礼名：伽罗奢，本名：明智玉子。

[2] 细川忠兴：江户时代的武将、小仓藩的藩主。

[3] 石田治部少：号石田治部少辅，即日本战国时代和安土桃山时代的武将及大名，石田三成，丰臣氏政权的实权者。

能说始终保持着贤德女人的仪态举止对她而言是最要紧的。即便我常常待在夫人身边,也很少看见她言谈带笑,总之给人一种压抑气闷的感觉。所以当我听到父亲这番话,真心觉得喜出望外,简直开心得要飞起来。那天,又正好听到秀林院夫人说什么"日本国的女人之所以浅薄,都是因为不读西洋书籍的缘故"。我心里暗想,夫人来世没准会嫁给南蛮的王公贵族吧。

二、十一日,有一个叫澄见的妇人前来拜见秀林院夫人。听说这个妇人八面玲珑,现正忙着巴结大阪城里那些达官贵人们。她从前是京都一家丝铺的老板娘,前前后后嫁过六个男人,算不上什么正经女人。我每次看到澄见的那张脸就不由得涌起一种厌恶,简直令人作呕,但夫人似乎却没有这种感觉,有时还会留她聊上一会儿天呢。每当这种时候,我们这些贴身服侍夫人的侍女,没有一个不发怵的。因为那个妇人全找夫人爱听的奉承话说。比如,澄见一看到夫人就会说:"夫人总是这么漂亮,无论哪位大人老爷见了,准以为夫人也就二十刚出头呢。"她总这么煞有介事地说话,听起来简直会让人信以为真,可是,夫人哪有她说的那样美貌无比,生得也就算一般姿色吧,尤其是鼻子看起来忒高了点,再加上还有几颗雀斑。而且,夫人毕竟已经三十八岁了,就算是在黑夜里看,或者从远处望过去,怎么也不会像是二十刚出头。

三、澄见这次前来拜访夫人,是受治部少一方私下之托,劝说夫人搬到大阪城里去住。夫人虽然对澄见说是要考虑一阵再做答复,可看起来夫人似乎也并没有拿定一个主意。澄见离开以后,每隔半个钟头,夫人便跪在圣母玛利亚像前,相当虔诚地做那个"奥拉消"[1]。顺便提一句,秀

---

[1] 奥拉消:oratio 的音译,意为"祈祷"。

林院夫人口中念念有词的"奥拉消"并不是咱们的日本话，而是南蛮人的拉丁话。我们只听到她念着什么"闹思[1]，闹思"，真是滑稽至极，我们都得强忍着才能不笑出来。

四、十二日，今天没什么特别的事。只是，秀林院夫人从一大早起来似乎就不痛快。夫人心情不好的时候，不用说我们，就连她的儿媳妇——与一郎（忠兴之子，名为忠隆）公子的妻子[2]也会被夫人抱怨责难。这样一来，谁都不敢轻易靠近夫人。今天也是如此，夫人觉得与一郎少夫人的胭脂抹得太过浓艳，于是提起《伊曾保物语》[3]中一段孔雀的故事，对她喋喋不休地念叨说教。大家都觉得少夫人很可怜。少夫人是隔壁浮田忠纳言夫人的妹妹，虽说人算不上有多机灵，但模样，不比任何一位名家制作的美人偶逊色。

五、十三日，小笠原少斋（秀清）和河北石见（一成）来到了厨房。根据细川家一直以来的规矩，别说男人，就连小男孩也不能进入后院内宅。惯例的做法是，外面有事要办的家臣会到厨房来，托我们向内宅里递话禀报。这是因为三斋大人（忠兴）同秀林院夫人彼此心怀妒忌的缘故。听说黑田家的森太兵卫曾经笑话，竟然有如此不方便的家规。但是规矩也是人定下的，私下总会找到变通的解决办法，其实也没有那么的不便。

---

[1] 闹思：noster 的音译，意为"我们的"。

[2] 秀林院夫人有三个儿子，长子忠隆，次子兴秋，三子忠利。长子与一郎忠隆的妻子为大名前田利家的女儿千世。秀林院夫人遇难后，千世逃到姐姐豪姬家避难，这惹恼了细川忠兴。他命儿子忠隆休妻，忠隆不同意，于是被剥夺了家族继承权。藩主之位由弟弟细川忠利继承。

[3]《伊曾保物语》：即《伊索寓言》。

六、少斋和石见两人把侍女阿霜叫了出去，细细叨叨地说了好一阵。听说，这次治部少是突然做出决定，凡追随东军的诸侯各家都要留下人质。虽说还只是些风闻，但届时要如何应对，还是要请夫人示下。当时，阿霜告诉我："留守府中的这些人，消息也太不灵了，前几天澄见过来就跟夫人提起过这事儿了。唉，我该怎么去禀报好呢？真是难为人啊！"可不是嘛，这又不是什么新鲜事，外面的消息，我们总是比府中的家臣们更早知道。少斋年纪大了，又是个循规蹈矩之人，石见呢，一介武夫，成天只知道舞刀弄枪的。总之，这种情况已经是屡见不鲜了，我们内宅的人要表达"世人皆知"的时候，一般就说成"连府中留守之人都知道了"。

七、阿霜当即如此这般禀报给了夫人。夫人的意思是，治部少与老爷向来不和，此次索要人质，多半第一家就从我们开始，如果不是头一家，我们就照别人家的样儿办。如果第一个找到我们家，就由少斋和石见他们两人拿主意吧。可是少斋和石见两位不就是因为拿不出决断才来请夫人示下的，所以说，夫人的答话也等于没有回答。不过，慑于夫人的威严，阿霜还是把原话如实告知那二人。就在阿霜回厨房的时候，夫人又到圣母玛利亚像前"闹思，闹思"地开始祈祷。新来的侍女阿梅没忍住，笑出声来，结果被夫人狠狠地责罚了一顿。

八、少斋和石见两位听从夫人的示下，还是感到为难，于是对阿霜说："要是治部少那边过来提这事，我们便回说，与一郎与五郎（忠兴之子，名兴秋）两位少爷都在东军那边去了，内记公子（忠兴之子，名忠利）现在江户做人质。本宅中实在无人可做人质，就是说我们交不出人质。如果那边非要不可，我们就说得派人去田边域（舞鹤）请示幽斋老大人（忠兴之父，名藤孝），等老大人的示下。如何？"夫人已经说了让他们二位决断，可是从二位的话中，哪有看出一丝一毫的决断？可不是一点主意也没有拿出来嘛！且不说武士的深谋远虑，就是一个但凡有点主见的武士，也应当先安排秀林院夫人出去躲一躲，哪怕是到田边域也好。之后再让我们这些下人各自躲藏起来，最后留守两位家臣负责看好家里，拼死守卫府邸。如果直接生硬地就回人家说什么府中无人，无法交出人质之类，准得立刻打起来，我们这些人也会受到牵连，那才真是倒霉极了！

九、阿霜将这番话又禀报给了夫人，夫人没有说话，嘴里只一个劲儿地念着"闹思，闹思"。过了一会儿，她才神色如常，若无其事地说了一句"就这么办吧"。既然留守的家臣没说请夫人暂避风头，她自己大概也难以启齿说要离开躲一躲吧。所以少斋和石见这两人这样无能，夫人心里定时恨得牙痒痒的。从那时起，她的脾气就越发恶劣，事事都要借机责骂我们一番，骂人时还会念什么《伊曾保物语》，谁是青蛙啦，谁又是狼啦，大家都感觉比当人质还要难受。尤其是我，被比作各种动物，如蜗牛啦、乌鸦啦、猪啦、乌龟啦、狗啦、蝮蛇啦、野牛啦，还有些什么乱七八糟的棕榈啊、病鬼啊之类，骂得我好窝心，真是到下辈子也忘不了。

十、十四日，澄见又来到府上提起人质的事。秀林院夫人表示，在没得到三斋老爷的许可之前，无论如何也不可能提交人质。于是澄见说："不错，听从三斋大人之命，确实可谓贤德淑良。不过，这可是细川府上的大事，就算不搬到大阪城里去，先搬到隔壁浮田忠纳言[1]的府里，总是可以的吧。浮田忠纳言的夫人可是与一郎少爷的大姨姐，就这层关系，

---

[1] 浮田忠纳言：即宇喜多秀家，安土桃山时代大名，丰臣政权的重臣，娶前田利家之女豪姬为妻。德川家康家族得胜后，被流放八丈岛。

三斋大人总不至于责怪吧,就这么办吧。"我一直最讨厌澄见这只老狐狸,但今天所说的这番话倒是颇为在理。如果是搬到隔壁浮田忠纳言的府邸,一来名声好听,二来我们也保住自己的性命了,这真是再好不过的主意了。

十一、可是,你听夫人说些什么。不错,浮田忠纳言虽是亲戚,但他与治部少是同党,她早有耳闻,所以即便搬到他府上,人质总归还是人质,所以实难认同。澄见又游说了好一会儿,耗费不少口舌,可夫人还是一点也不为所动,澄见的妙计终于化为泡影。夫人还提到孔子呀,"伊曾保"呀,橘姬[1]呀,耶稣呀,不仅有日本和中国的经典,还提到了南蛮国的故事。夫人如此善辩,看样子就连巧舌如簧的澄见也是自叹不如了。

十二、这一天的傍晚,阿霜哭丧着脸对我说,仿佛看见一个金色十字架从天而降,掉到庭院的松树枝上,这可是大难临头的前兆,就像做梦一般。不过,阿霜的眼睛本来就近视,胆子又小,平常总被大家伙取笑,所以她这话实在也是没个准头,很难令人相信。我想她准是眼花,把明亮的星星当成十字架了。

十三、十五日,澄见又来了,说的还是昨日那事。夫人说,无论她再来说多少遍,自己也不会改变主意的。澄见大概也生气了,临走时看着夫人说:"您想来也是为此忧虑忡忡,看您的脸,都像是四十好几的人了呢。"夫人听了大为光火,命令下人,以后若是澄见再来,一概不见。

---

[1] 橘姬:日本神话中的人物。

这一天接下来的时间，夫人又开始每隔半个钟头便"奥拉消"一次。看来这私下里的交涉已经是谈崩了，府里人人都惶惶不安，连阿梅都绷住脸不笑了。

十四、这天，河北石见和稻富伊贺（佑直）又发生了争吵。伊贺对炮术颇为擅长，他的弟子遍布其他各大府中，声誉蛮高。少斋和石见对他不免生出些嫉妒之心，所以时常发生争吵的状况。

十五、这天半夜，阿霜做梦时以为敌人冲杀到府里来了，吓得她魂飞魄散，一边大叫着，一边在廊下来回奔跑。

十六、十六日巳时许，少斋和石见两人来告知阿霜："刚才治部少正式派人前来府里，要我们务必把夫人交出来，否则，他们就要上门强行带走夫人了。如此狂妄嚣张，真是岂有此理！我们就是切腹，也决不会将夫人交出去。但夫人也要有所准备，以防不测。"听说当时，少斋偏巧正闹牙疼，由石见代为讲述整个事情经过，石见简直是怒发冲冠，气昏了头，恨不能拔出刀来乱砍一气，连面前的阿霜都不放过一样。这些事都被阿霜[1]写进她的书里了。

十七、夫人听完阿霜禀报的详细情形，当下找来与一郎少夫人一同商量对策。后来我才听说，当时夫人劝说与一郎少夫人一起自尽，这实在太悲惨了。如今事情到了这个地步，虽说是谁都不愿意看到的，但首先

---

[1] 即《霜女手记》，阿霜为秀林院夫人的侍女，其书写的是夫人自杀前后的事情。

是他们留守的家臣太不决断了，把事情弄到最糟糕的境地；其次是夫人自己的脾气倔直，这也加快了她的死路。而且，夫人既然劝说与一郎少夫人自尽，就难保不会让我们也陪着一起送命。她心里到底是何打算，实在是难以揣测，大家越发忐忑不安。就在这时，有人召唤我们都到夫人跟前去集合，究竟会发生什么事，大家都提心吊胆。

十八、不一会儿，大家都聚到了夫人跟前。夫人开口说道："去往'帕雷索[1]'的极乐世界的时刻就快到了，我感到格外欢喜。"可夫人看起来，脸色发青，声音颤抖，压根就是心口不一的表现。夫人接着又说："不过，你们的归宿，却是我黄泉路上的重重阻碍。因为你们愚昧不觉，又不皈依天主，将来恐怕都是要下'因弗诺[2]'的阴黑地狱，让魔鬼给吃掉不可。从今往后，你们可要洗心革面，听从天主的教诲。不然，就要你们全部随我自尽，我们一起离开这尘世秽土。那时，我会恳求'阿堪久[3]'，再由'阿堪久'恳请耶稣基督，让我等得以瞻仰'帕雷索'的庄严。"我们听了感动涕零，大家纷纷异口同声地表示愿意皈依天主。夫人也欣慰道："这样一来，黄泉路上已再没有任何障碍了，我也可以安心上路，个需你们陪伴了。"

十九、接下来，夫人分别给三斋老爷和与一郎少爷写了遗书，两封都交由阿霜保管。然后，夫人又用什么洋文给京都一位叫格列高利的神父也写了一封信，交给了我。洋文信大概写了五六行，可夫人竟花了半个多钟头。顺便提一句，当我送信给格列高利神父的时候，有一位日本修

---

[1] 帕雷索：paradise 的音译，意为"天国"。
[2] 因弗诺：inferno 的音译，意为"地狱"。
[3] 阿堪久：archanjo 的音译，意为"大天使"。

士神情庄严地说:"通常情况下,天主教是禁止自杀这种行为发生的,秀林院夫人恐怕是升不了天国。不过若是做一场弥撒,全心祈祷,弘扬其功德,或许可以免于堕入恶道。如果要做弥撒的话,请交银币一枚。"

二十、敌人大概是亥时闯进来的。照之前的安排,府邸正大门由河北石见守卫,稻富伊贺守卫后门,小笠原少斋守护内宅的安全。听到敌人攻进来的消息,秀林院夫人吩咐阿梅去请与一郎少夫人,可是少夫人早已不知去向,房间里空无一人。我们都感到松了一口气,可夫人却显得十分愤慨,激动地对我们说:"我父亲是在山崎会战中与太阁殿下[1]决一死战的惟任将军光秀,我生来由父亲呵护,死后又将有天国的圣母玛利亚保佑,临行之际却因为这不懂事的小诸侯之女,蒙受这奇耻大辱,实在是岂有此理!"夫人当时那怨愤的神情,至今还历历在目。

二十一、不一会儿,身穿藏青线缝缀铠甲的小笠原少斋,手提小打刀,来到隔壁的屋子里,预备为夫人介错[2],随后再了断自己。当时他牙痛得特别厉害,左半边脸都肿了起来,看上去毫无武士气概。少斋禀告夫人道,"若冒昧进入夫人起居室多有不便,所以会隔着门槛为夫人介错送行,随后再切腹自尽。"而见证他们临终的差使就落在了阿霜和我两人头上,因为到了这个时点,大家早已各自逃命去了,剩下的人也就只有我们两个。夫人看着少斋,说道:"那就有劳你送我上路了。"后来我听阿霜说,夫人自从嫁到细川家以来,除了夫妻、母子以外,再未看到过其他男人的脸,像今天这么看少斋是破天荒头一回。少斋在隔壁屋里两手扶地,

---

[1] 太阁殿下:丰太阁,即丰臣秀吉。

[2] 介错:作为切腹者的助手在最痛苦一刻替其斩首。

嘴里说出:"最后时辰已到!"然而由于他一边脸肿胀着,说话含混不清,夫人没有听明白,要他说得再大声些。

二十二、此时,一个身穿葱黄线缝缀铠甲的年轻武士手提长刀冲进隔壁屋,慌张地禀报,"稻富伊贺反了,敌人正从后门蜂拥进入府邸,请夫人速速决断。"夫人右手麻利地绾起头发,表现出决心赴死的气概。或许是当着年轻武士的面不免有些羞涩吧,夫人脸上忽然变得绯红,一直红到了耳朵根。我这辈子,只在此时此刻,才觉得夫人竟然这么美,这是以前从没有过的。

二十三、当我们走出大门时,府邸已经在熊熊大火之中。门外,聚集了很多人,不过,他们并不是敌人,而是来围观火势的人。其实,敌人在夫人自尽之前就带着稻富伊贺撤离了。当然,这些都是我后来听说的。总之,有关秀林院夫人临终的经过,大致如上所述。

大正十二年(1923年)十二月作

点鬼簿

罗松涛 译

一

我母亲是个疯子。在她那里,我从来没有感受过母亲般的慈爱。她总是独自坐在芝区的家中,头发用梳子盘成髻,嘴里一口一口地抽着长烟管。她的脸跟身体一样都很瘦小,一直笼罩于灰气蒙蒙之中,毫无生气,也不知是什么缘故。一次,我在《西厢记》里看到一句"土气息,泥滋味"。脑海中立刻浮现出母亲那张脸——那张消瘦无比的侧脸。

母亲从来没有照料过我。记得一次,我跟养母去二楼专门看望母亲,她却冷不丁地拿长烟管敲了我的头。然而,总的说来,母亲还算是个安静的疯子。我和姐姐会缠着她画画,她就把画纸折成四分之一的大小,在上面为我们画画。她画画不仅用到墨水,还有姐姐的水彩,把画中玩耍的女孩子所穿的衣服,以及各种花朵都涂画得五颜六色。只是,她画中的人物都是一副狐狸脸。

母亲去世是在我十一岁那年的秋天。导致她死亡的与其说是患病，不如说更多是因为体力衰竭。而在我的记忆深处极为清晰的印象，则是母亲去世前后的情形。

那是一个深夜，空气中没有一丝风，大概是接到了母亲病危的电报，我跟养母从本所乘坐人力车赶往芝区。记得那天晚上，我第一次戴上了一条水墨山水图案的丝质围巾，丝巾散发出一种菖蒲似的香水味，让我记忆颇深。

母亲恹恹地躺在一楼八铺席大小的房间里。我和比我大四岁的姐姐都坐在母亲枕边，一直小声地呜咽。尤其当听到身后有"临终"之类的词语时，我的心头愈发涌上真切的悲伤。母亲始终双眼紧闭，看起来就跟死人没什么两样，这一刻却猛地睁开眼睛，嘴里咕哝了句什么。处于悲伤之中的我们又情不自禁地轻声偷笑起来。

第二晚依然如故，我坐在母亲枕边直到快天亮，但跟前一天晚上不同的是，我一滴眼泪也没流，不知道为什么。然而，姐姐还是哭个不停，这让我在她面前羞愧难当，于是，我只好努力假装哭泣。而同时我也认为，既然我没有哭，母亲就绝对不会死。

第三天晚上，母亲去世了，可以说是毫无痛苦的。她似乎在临终之前终于恢复了正常的神志，眼睛紧盯着我们的脸，泪水簌簌地流下来。可是，她还是什么话也没有说，跟平常一样。

母亲入殓后，我依然还会不时地哭泣。一位远亲老太太，我们称呼为"王子的姨母"，对此说道："真让人感动啊！"这让我觉得，她所谓的感动之处真是奇怪。

举行葬礼那天，我们都坐在人力车上，姐姐捧着母亲的灵位，我拿着香炉跟在后面。我总想打瞌睡，差点把香炉弄掉。长长的送丧队列在秋日晴朗的东京街道上缓缓地行进，我感觉总也到不了谷中墓地。

母亲的忌辰是十一月二十八日，戒名叫作"归命院妙乘日进大姐"。

父亲的忌辰和戒名，我却没什么印象。这大概是因为在我十一岁的时候，以为记住忌辰和戒名是一件值得骄傲的事情吧。

二

我有一个大我四岁的姐姐，虽然她一直体弱多病，却做了母亲，有两个孩子。所以，我写进《点鬼簿》的当然不是这个姐姐，而是我出生之前夕那个突然夭折的姐姐。而且，在大家口中，这个姐姐是我们三姐弟之中，最为聪明的。

我这个姐姐是长女，大概也是这个缘故，父母给她取名叫初子。在我家的佛龛上，至今还有一个小小的镜框，里面存放着一张"初儿"的照片。初儿有一张圆圆的脸蛋，嵌着甜甜的小酒窝，看上去就像熟透的杏子，一点也没有孱弱的感觉。

初儿无疑得到过父母最多的宠爱。他们把初儿从芝区的新钱座町专门送到位于筑地的桑马斯夫人幼儿园，周六和周日便会让初儿住在母亲的娘家，也就是本所的芥川家。初儿外出时，身上穿着的是明治二十年代那个时期非常时髦的小洋装。我在小学时给洋娃娃做衣服用的碎布头，便是那些初儿衣服的边角余料，无一例外的都是外国货——印着小碎花和乐器纹样的细洋布。

一个周日的下午，初儿在早春的庭院里转悠，她问房间里的大姨母（在我想象的画面里，初儿自然是一身洋装）：

"姨母，这是棵什么树呀？"

"哪一棵？"

"有花骨朵的这棵树啊！"

这是一棵矮矮的木瓜树，枝条低垂下来，一直搭到古井上。这时，梳

149

着小辫子的初儿大概是睁大眼睛，目不转睛地盯着枝条带着刺的木瓜树吧。

"这棵树呀，跟你的名字一样哦！"

这当然是大姨母的玩笑话，可惜，初儿没听明白。

"就是傻瓜树呗。"

每当提起初儿，大姨母都要把这一段问答重复一遍，到现在都是如此。实际上，关于初儿的故事也就只有这一段了吧。在那过后没几天，初儿就躺在棺材里了。初儿的戒名刻在小小牌位上面，但我记不得是什么了。只是奇怪得很，我一直清清楚楚记得初儿的忌辰，那是四月五日。

我对这个姐姐总怀有一种特别的亲密感，说不清到底是何缘故，尽管我跟她未曾谋面过。假如，初儿仍然活在人世，现在也是四十多岁了。四十来岁的初儿会是什么模样呢？可能会跟在芝区的家中二楼上始终茫然抽烟的母亲很相像吧。我时常会有一种幻觉，总觉得有一个四十岁的女人，或者是母亲，或者是姐姐，一直在某个地方默默守护着我的一生。这到底是跟我受咖啡和烟草侵蚀的神经愈发疲惫有关呢，还是由于某个奇妙的机缘，一种超自然的力量在现实世界终于显露了模样呢？

三

我生下来不久便被送到了养父母的家里（养父母其实就是我的舅父舅母），原因是我母亲发疯了。所以，我跟生父之间谈不上有多少感情。我的父亲是一个做牛奶生意的商人，据说还算是小小的成功。当时，父亲教会我认识了一些稀奇的水果和饮料，像是香蕉、冰激凌、菠萝、朗姆酒之类，可能还有别的什么。我记忆中至今还有，那是在新宿牧场外的橡树荫下喝朗姆酒的情景，朗姆酒是那种低酒精的橙黄色饮料。

父亲用这些稀罕之物"诱惑"幼小的我，为的是把我从养父母家要回去。我记得有一天晚上,父亲在大森町的鱼荣店里给我买冰激凌吃,极力劝说我"逃"回他那里。父亲简直是巧舌如簧,然而不幸的是,他的劝诱对我从未奏效,因为我对养父母感情深厚,尤其是深爱我的大姨母。

父亲性格比较急躁,和谁都能吵起来。我上中学三年级的时候,有一次和父亲玩相扑,我得意地使出一招外绊腿摔,干净利落地将他摔倒在地。父亲一骨碌爬起来,接着说"再来",我再一次轻松地把他摔倒。这时,父亲脸色变了,嘴里说着"再来一次",便全力朝我扑了过来。我的小姨母,也就是母亲的妹妹,父亲后来的妻子,看出了情形不对,连忙朝我使眼色。我一下子便明白了,在我和父亲扭在一起之后,我瞅准时机仰面朝天地摔倒在地上。如果我不及时认输,父亲肯定还会一直扭住我不放的。

二十八岁那年我还在当教师,收到了"父病住院"的电报,于是慌忙从镰仓出发回到东京。父亲得了流行性感冒,在东京医院住院治疗,连着三天,我跟养父家的大姨母,还有生父家的小姨母都睡在病房的角落里。我渐渐感到有些无聊,这时,一位与我关系不错的爱尔兰记者正好打来电话,约我见面吃个饭。我以那记者近期就要去美国为借口,把垂死的父亲弃之不顾,去了筑地市场的一家酒馆赴约。

我们一起愉快地吃了日式晚餐,陪同的还有四五名艺妓。十点钟左右晚餐结束,我先行一步离开,当我从狭窄的楼梯往下走时,听到身后有人叫着"芥……"我在楼梯中间停住脚,抬头望过去,原来是一个之前熟识的艺妓,在此不期而遇。她从楼梯上方目不转睛地注视着我。我没有答话,继续走下楼梯,坐上大门外的出租车。汽车随即开动,但我心里想的却不是病中的父亲,而是那个梳着西式发型的艺妓,那娇嫩的脸,尤其是她的眼睛。

我回到医院,父亲似乎一直在焦急地等着我。他吩咐我留在他身边,其他人都到两扇屏风外面去候着。他一边握起我的手摩挲着,一边开始说起往事——他跟我母亲结婚那时的事情,都是我所不知道的。像是他和我母亲两人一道买衣柜，一起吃寿司等等，虽然都是些再琐碎不过的小事。可是，我的眼眶不知不觉变得温热起来，父亲消瘦的脸上也淌着泪水。

第二天早晨，父亲去世了，临终之时并没有经历多少痛苦。弥留之际，他的神志已经模糊不清，嘴里嘟囔着："军舰来了，挂着旗帜，高呼万岁！"对父亲葬礼的记忆，我已经有些恍惚，唯一记得的是，把父亲从医院运回家时，那春夜的月光正洒落在父亲的灵车上。

四

今年三月中旬的一天，我怀里揣着暖炉，同妻子一道去扫墓。已经有日子没去那里了，时隔许久，不仅那座小小的坟墓毫无变化，就连那株伸在墓地上方的红松枝条也依然如故。

《点鬼簿》中的那三个人都葬在谷中墓地的角落里，而且是埋葬在同一座石塔之下。我不禁回忆起母亲的灵柩静静放入墓中的情景。我想，初儿的葬礼大概也是相同的场景吧。只有父亲——我还记得父亲烧成的骨灰浅白而细碎，其中还混有他的大金牙……

对于扫墓之事我谈不上喜欢。如果能够选择忘记，我是想竭力忘掉父母和姐姐的。可是那一天，在早春午后的阳光中，我或许在肉体上格外虚弱，默默地望着泛黑石塔的我，心想：他们三人，到底谁感觉到了幸福呢？

　　春阳映孤坟，垅中逝者陌上人，幽明本难分。

我从未像此时此刻，体会到丈草[1]那切实的心情。

大正十五年（1926年）九月作

---

[1] 内藤丈草，江户时代的俳谐师，"蕉门十哲"之一。

河童[1]

罗松涛 译

请把"河童"发音为 Kappa。

序

  这是某精神病院的 23 号患者见人就说的故事。他大概三十多岁,实际看上去还要年轻一些。这小半生的经历……也罢,其实都无关紧要。他总是抱着双膝,不时用目光扫一眼窗外(镶着铁栅栏的窗户外,阴沉的天空好像快要下雪,一棵光秃秃的栎树,枝条伸得老长)。面对院长 S 博士和我,他滔滔不绝地讲述他的故事。当然,他也会不时配上身体语言,比如说到"大吃一惊"时,他会猛地将头往后仰……

  感觉我已经非常忠实地记录了他所说的故事。如果还有人觉得我的记录不够完整的话,那么请去往东京市外 X 村的 S 精神病院,模样年轻

---

[1] 河童是日本民间传说中的生物,有鸟的喙、青蛙的四肢、猴子的身体及乌龟的壳,仿佛多种动物组合而成。

的23号病患一定会彬彬有礼地深鞠一躬,示意你坐在没有坐垫的椅子上,然后带着忧郁的笑容,再次平静地讲述这个故事。我对他讲完故事之后的模样印象深刻。他蹦起来,激动地挥舞着拳头,朝面前的每一个人怒吼:"滚出去,你这个恶棍!你这个愚蠢、嫉妒、猥琐、下流、残酷、自私的动物!滚出去,你这个恶棍!"

一

那是三年前的夏天,我跟寻常的登山者一样,背着双肩包从上高地的温泉旅馆出发,准备攀登穗高山[1]。您应该知道,攀登穗高山只有沿着梓川河[2]溯流而上的这条路线。在这之前,我可是登上过枪岳山[3]的,所以我没有找向导带路,独自在晨雾霭霭的梓川山谷中前行。说是晨雾……可是,似乎没有一点消散的迹象,之后反而越发浓重。走了大概一小时,我就犹豫要不要折回上高地的温泉旅馆。可是即便要回上高地,也必须等雾散之后,浓雾却持续加重。"算了,干脆继续爬吧。"有了这个决定,我便沿着梓川山谷,尽量不偏离路线,继续在山白竹林间穿行。

然而,眼前的一切都笼罩在浓雾之中,遮住我的视线。偶尔能从雾中看到山毛榉和冷杉伸出的树枝垂着浓绿的叶子,也会有放牧的牛马突然地出现在眼前,转瞬间又淹没在迷离的浓雾中。渐渐地,我感到腿脚酸痛,饥肠辘辘。雾气浸透我的登山服和毛毯,让它们变得湿沉得要命。再也坚持不住了,我决定掉头往梓川山谷的方向,循着石涧溪流走回去。

---

[1] 穗高山:日本第三高峰,海拔3190米,附近有新穗高温泉。

[2] 梓川河:日本长野县中部的河流。

[3] 枪岳山:位于长野县松本市,属于北阿尔卑斯山脉,海拔3180米,日本第五高峰。

先在水边的一块石头上坐下,打算吃点东西。我打开牛肉罐头,找了些枯枝生起火,大概忙活了十来分钟,这期间,那恶作剧一般的浓雾竟然不知不觉地消散了。我啃着面包,看了一眼手表,已经下午一点二十分了。同时,更令我吃惊的事情发生了,在我手表的圆盘玻璃上,映出一张奇怪又可怕的面孔。我下意识地赶紧回头,生平第一次见到了河童。我身后的一块石头上正站着一只河童,样子跟画上的一模一样。他一只手抱着白桦树干,一只手挡在眼睛上方,用好奇的目光打量着我。

我愣住了,一时间身体似乎僵住,动弹不得。而河童也大吃一惊,保持着姿势不动。片刻之后,我纵身跳起,朝石头上的河童猛地扑去,同时,河童也立即逃跑。准确地说,是我推测他"逃跑"了。因为,只见他敏捷地一个闪身,转瞬就消失不见了。我十分惊诧,朝山白竹林中四下张望,发现河童就在距离我两三米远的地方,正回头盯着我,一副时刻准备逃掉的姿势。他的这种反应倒是没什么奇怪的,令我意外的是河童皮肤的颜色。刚才在石头上时,河童浑身都是灰乎乎的,可现在已经是通身变成绿色了。我大叫一声:"畜生,站住!"再次扑向他,河童自然转身便逃。此后的三十多分钟,我不时在山白竹林中穿越,在岩石间跳跃,不顾一切地追赶着河童。

河童奔跑起来的敏捷度和速度绝不亚于猴子。在我全力追赶他时,好几次都差点追丢,而且脚下几次打滑,险些摔倒。幸好,在河童跑到一棵高大茂盛的七叶枫树下时,一头放牧的牛挡在了他面前。那是一头牛角粗壮、两眼通红的公牛。眼见公牛挡住了自己的去路,河童一声惊叫,慌不择路地冲进了一片高大的山白竹林中。我心中大喜,心想"机会来了",立即紧跟着冲了进去。

谁知,那里竟然有一个坑洞,当我的指尖终于触碰到河童滑溜溜后背时,我顺势一头栽进了深深的黑暗之中。在千钧一发之际,人类的头脑里总是闪现一些不着边际的事情。我在心里惊叫一声之后,想到上高地的温泉旅馆和它旁边的一座"河童桥"。然后……接下来的事就一无所知了。我感到眼前有闪电般的东西划过,之后就失去了意识。

二

当我再次清醒过来时,发现自己仰面躺着,被一大群河童包围。一只有着宽大嘴巴,架着眼镜的河童正跪坐在我身边,将听诊器放在我胸口上检查。见我睁开眼睛,连忙做出手势,大概是示意我"安静",然后对身后说了句:"Quax, Quax."身后两只河童抬着担架走过来,把我抬到担架上,一大群河童簇拥着我静静地朝前面行进了几百米。出现在眼前的街道与银座大街看起来差不多,两旁是山毛榉的行道树,树荫下林立着带遮阳篷的五花八门的店铺,街道上不时有汽车往来穿梭。

没一会儿,抬着我的担架拐进了一条狭窄的小巷。河童将我抬进一座房子,后来我才知道,这就是那位戴眼镜的河童——医生查克的家。查克让我躺在一张干净的床上,让我喝下一杯透明的药水。我躺在床上,任凭查克摆布,实际上,我的身体根本动弹不了,每个关节都异常疼痛。

查克每天都会来看我两三次,给我检查一下身体。我最初见到的那只河童——渔夫巴古,也至少每隔两三天就过来看我一次。大概因为河童所捕获的人类,要比人类捕获的河童数量多得多的缘故,河童对我们人类的了解,也远远多于人类对河童的了解。在我之前,也曾有过人类进入河童国的情况,并且有人选择留下来生活。说到留下来的原因,那就是在河童国,仅仅凭着我们是人类而不是河童这一特权,就可以享受不劳而获的生活,衣食无忧。听巴古说,有一个年轻的筑路工偶然间来到河童国,并与一只雌性河童做了夫妻,一直生活在这里,直到去世。据说,那只雌河童是本国第一的美人，很会逗丈夫开心。

一周之后，按照河童国的法律规定，我作为"特别保护居民"，在查克家隔壁的房子住了下来。我住的房子虽然不大，却修建得颇为别致。这个国家的文明水平与我们人类的国家——至少相对日本而言，相差无几。面朝街道的客厅一角放置了一架钢琴，墙上装饰着一幅镶框的铜版画。唯一感到不便的地方是从房屋大小到家具尺寸，都是按河童的身高建造的，所以感觉像是住进了儿童房。

每到黄昏时分，查克和巴古都会来到我家，教我学习河童的语言。不只他们，其他人对我这个"特别保护居民"也都充满了好奇，比如那位玻璃公司的经理——戈尔，每天都要找查克帮他测量血压，也总来我的房间看看。然而在最初的半个月里，和我相处得最亲近的，还数渔夫巴古。

在一个温暖的傍晚，我和巴古在桌旁相对而坐。不知什么原因，巴古忽然间沉默不语，眼睛睁得很大，目不转睛地盯着我。我自然莫名其妙，问道："Quax, Bag, quo quell, quan？"翻译出来就是："喂，巴古，怎么啦？"巴古没有说话，而是猛地站了起来，伸出长长的舌头，像青蛙跳跃般作势朝我扑来。我顿时惊恐万分，"嗖"的一声从椅子上起来，朝门口跑去。幸运的是，查克医生恰好在这时出现在门口。

"喂，巴古，你干什么？"戴着眼镜的查克盯着巴古问道。

巴古脸上露出惶恐的样子，手摩挲着脑袋，道歉道："真是对不起。我觉得这位先生害怕的样子很有趣，就跟他开个玩笑。先生，请别见怪啊！"

三

在接着讲故事之前，我必须要先介绍一下河童。河童这种动物是否真的存在，至今都还有诸多疑问。但既然我在他们河童国生活过一段时间，对此问题的肯定自然是毋庸置疑的。那河童究竟是一种什么样的动物呢？他们头顶也长有毛发，比人类短一些，手脚上都有蹼，这一点与《水虎考略》[1]中记载的基本一致。河童身高一般约为一米，据查克医生说，体重在二十磅[2]到三十磅之间，偶尔也会有五十多磅的大型河童。他们的头顶中央长着一个类似圆形的凹陷，会随着年龄的增长变得坚硬。这点从上了年纪的巴古和年轻的查克之间就可以看出，他们头顶凹陷处摸起来的感觉完全不同。当然，最不可思议的还是河童的肤色，不似我们人类的皮肤一直不变，而是随着身体周围的颜色变化而发生变化。如果是在草丛中，他们就变成草绿色；在岩石上则变成岩石的灰褐色。当然，自然界这种现象不是河童独有的，变色龙也一样。或许，两者在皮肤组织上有某种近似的成分。当我了解这一事实时，便想起在民俗学上看到过的记录，说西部地区河童是绿色的，东北地区的河童是红色的。

我还记得追赶巴古的那时候，他突然从我的视线里消失不见的情形。还有，河童的皮下脂肪似乎相当厚，在这个温度偏低的地下之国（平均大约50华氏度[3]），他们也从不穿衣服。当然，河童也会戴眼镜，以及随身携带香烟盒和钱包之类的物品。他们的腹部有一个类似口袋的部位，就像袋鼠那样，刚好可以装这些零碎杂物，所以他们倒不觉得有什么不方便。不过，有一点让我觉得可笑，他们腰部附近并没有什么遮盖物，我曾问过巴古这种习惯的缘由，结果巴古大笑起来，笑得前仰后合，最后来上一句："你们这样遮掩着，我才觉得好笑呢！"

---

[1]《水虎考略》：日本江户时期的儒学家古贺侗庵编著的河童考证文献集。水虎，即河童。

[2] 磅：英制质量单位，1磅合0.454千克。

[3] 华氏度：德制温度计量单位，50华氏度合10摄氏度。

四

我逐渐掌握了河童的日常用语，也随之了解了河童的风俗习惯。其中最让我费解的是，河童对我们人类认真思考的事情感到好笑，对我们觉得好笑的事又表现得非常严肃，在这点上可谓是天壤之别。比如"正义""人道"这些对于我们人类非常严肃的词汇，在河童听来就是个笑话。对于严肃与可笑的认定标准，他们与我们迥然不同。有一次，我和医生查克谈到控制生育的问题，查克放声大笑，笑得前仰后合，眼镜都几乎要从鼻子上掉下来了。我很是难堪，生气地质问他到底有什么可笑的。查克的回答大致是这样的，细节上可能有些许偏差，毕竟，当时我还不能够完全掌握河童的语言。

"如果只从父母的角度把方便放在第一位，未免太可笑了！实在是自私透顶。"

然而，如果从我们人类的角度来看，再没有比河童的生育更滑稽的事情了。恰好没过多久，我就去巴古家看了他太太生产的情景。河童生产也跟我们人类一样，需要医生或助产妇的帮助，只是在临产之时，父亲会像打电话一般，对着母亲的生殖器那里大声问道："你想降生到这个世界上吗？请务必考虑清楚再回答我。"巴古蹲在地上，反复询问了好几遍这句话，之后用消毒药水漱了口。这时，有声音从他太太肚子里传来，那孩子似乎有些顾虑地低声答道："我不想出生。我父亲要是把精神病遗传给我就麻烦了，而且，我认为河童的存在是罪恶的。"

听到这样的回答，巴古难为情地挠了挠头。旁边的助产妇立即将一根粗大的玻璃管伸进巴古太太的生殖器口，注射入某种液体。然后，太太如释重负地深深呼了一口气，与此同时，刚才还胀鼓鼓的肚子仿佛突然

159

泄气一般,整个瘪了下去。

河童的婴儿既然能这样回答问题,那么他们自然从生下来就能走路和说话。据查克说,有个河童孩子在出生后二十六天,就对神的存在问题进行了一番演讲。不过,听说那孩子在出生后的第二个月就死掉了。

顺便说一下,我来河童国第三个月时,曾在街角偶然看到一张大海报。海报的上半部写满了河童那种像钟表弹簧一般的螺旋状文字,下半部分画着十二三只河童,有吹着喇叭的,有手拿利剑的。文字翻译过来大意是这样的,细节之处可能略有出入,不过,这是我一路的同伴,一位叫瑞普的学生一字一句为我大声念出来,我逐字记在笔记本上的。

> 征召遗传义勇队!!!
> 号召身体强健的男女河童!!!
> 为了消灭恶劣的遗传,
> 请和不够健全的男女河童结婚吧!!!

当叶,我卜意识地对瑞普说:"人类绝不会做这种事情的。"结果不光是瑞普,围在海报周围的河童们都大笑起来。

"绝不会吗?可是,你所讲的你们那边的情况,不也和我们一样吗?你说,你们那里为什么会有贵族公子爱上女仆,小姐迷恋司机这种事情?这不都是在无意识地消灭恶劣的遗传吗?至少,比起你此前说过的人类义勇队的事——为了争夺一条铁路而相互残害的义勇队,我们这个义勇队不知道要高尚多少呢!"

瑞普神情认真地说着,但肥胖的大肚皮却笑得像波浪似的阵阵起伏。我没工夫一起发笑,正忙着要去抓一只河童,那河童趁我不注意的时候偷走了我的钢笔。可是河童皮肤太光滑，不容易抓住，这时，他哧溜一下灵活地闪开去，一溜烟跑了。他瘦得像蚊子一样的身体踉踉跄跄，几乎要跌倒……

五

　　河童瑞普跟巴古一样都对我十分关照，让我最难忘的是他把托库介绍给我认识。托库是河童中的一位诗人，诗人都要留长发，这一点和人类是完全一样的。为了消磨时间，我经常去托库家里玩。托库的房间不大，里面摆满了各种盆栽高山植物，他身在其中，抽着烟写着诗，看起来十分逍遥。房间的角落坐着一只雌性河童，正做着编织的活儿。托库是单身主义者，所以并没有结婚。托库一看到我，就会微笑着（只是河童的微笑完全不好看，至少开始时我觉得很可怕）说："哦，你来了！快请坐。"

　　托库经常和我谈论河童的生活、艺术之类的话题。托库认为，再没有比寻常的河童生活更愚蠢的了，生活在一起的父母、子女、夫妻、兄弟都以折磨对方为唯一的乐趣。特别是荒谬至极的家族制度。有一次，托库指着窗外冷冷地说："看他们那蠢样！"窗外有一只年轻河童，正气喘吁吁地走在大街上，他的脖颈上吊着他的父母，还有其他雌的雄的大约七八只河童。我被这只年轻河童的自我牺牲精神深深打动，对他的勇气和顽强表示了赞赏。

　　"哦，那看来你在这个国家，也完全具备成为公民的资格了。这么说来，你是社会主义者吧？"

　　我当然回答说："Qua."（这在河童的语言里表示"是"的意思）。

　　"那么，你也会赞同为了一百个平民的利益可以牺牲一个天才？"

"托库,你信仰什么主义呢?记得有人说过,你是无政府主义者……"

"你说我吗?我是超人(直译过来就是'超河童')。"托库昂然地说。

托库在艺术上的确有独特的见解,他认为,艺术不该受到任何束缚,艺术是纯粹的,是为了艺术而艺术的,所以首先艺术家自己必须超越善恶。这不仅是托库一只河童的意见,他的诗人朋友们大都持有同样的观点。我曾经好几次跟托库去过他们的超人俱乐部,那里聚集了诗人、小说家、戏曲家、评论家、画家、音乐家、雕刻家等艺术专业人士。他们都是超人。他们在灯光辉映的沙龙里快乐地聊天,时而还会得意地展示他们的超人风采。比如,一位雕刻家在栽着全缘贯众[1]的花盆间追逐着少年河童,频频卖弄男色。一个雌性的小说家跳到桌子上,连续喝下六十瓶艾酒。不过在喝到第六十瓶时,她一头栽下桌子,当即命归西天了。

一个月明之夜,我和托库抱着胳膊从超人俱乐部出来,走在回家的路上。托库一反常态地显得很消沉,一语不发。我们正好路过一个亮着灯光的小窗户,窗子里有一对夫妇模样的雌雄河童与三只小河童围坐在桌子前吃晚餐。

托库叹了一口气,忽然说道:"我自认为是超人恋爱家,可见到这样的场景,还是会心生羡慕。"

"这样的话,岂不是太矛盾了吗?"

托库没有作声,只是在皎洁的月光下交叉着双臂,怔怔凝望着那个小窗口里一家五口河童安宁地坐在晚餐桌前。隔了好一会儿,他才说了一句:"那盘玉子烧[2]怎么都比恋爱更卫生。

---

[1] 全缘贯众:一种蕨类植物。

[2] 玉子烧:一种日式鸡蛋卷。

六

  事实上，河童的恋爱跟我们人类差别很大。当雌性河童看到中意的雄性河童，便开始不择手段地追逐他。如果是那种性格特别直率的雌性河童，更是拼尽全力地追逐雄性河童。我就曾经见过一只雌河童像发疯一样地追逐雄河童。不仅是年轻的雌河童自己追，她的父母兄弟都会一起加入。被追的雄河童可就悲惨了，被撵得到处逃窜，如果最终幸运地没被逮住，也多半得在床上躺两三个月。有一天，我正待在家里读《托库诗集》，学生瑞普突然跑了进来。他连滚带爬地冲进我家后一头栽倒在地上，气喘吁吁地说："要命了！我差点就被逮住了！"

  我赶紧放下诗集，锁住大门。从锁孔往外望去，一个脸上涂抹着硫黄粉的小个子雌河童正在我家门口张望。从那天开始，瑞普在我家地上睡了好几个星期，而且他的嘴巴也开始溃烂，脱落……

  当然，也有雄河童拼命追逐雌河童的情形，但其实也是雌河童设计好的，引诱雄河童不得不追。我碰见过一只雄河童拼命追赶雌河童，那雌河童在逃跑时，时不时地故意停下来，或者干脆趴在地上。看到时机合适的时候，雌河童便做出一副精疲力竭的样子，让自己轻而易举就被抓住。我看到那只雄河童一把抱住雌河童，随即翻滚在一起，当雄河童终于站起身时，脸上是一副无法形容的表情，既像是失望又像是后悔，让我心生同情。不过，这倒算好了。我还见过一只矮小的雄河童追逐雌河童，雌河童也是一边逃走一边诱惑。正巧这时，一只大个子雄河童从对面街上喘着粗气走过来。雌河童一瞧见大个子雄河童，立即尖声大叫："不好了，救命啊！他要杀我！"于是，大个子雄河童一把抓起小个子河童，把他扔到了大街中央。小个子河童用长着蹼的双手在空中抓了几下，就断气了。这时候,雌河童却一脸欢喜地搂住了大个子雄河童的脖子。

在我认识的雄河童里面,几乎无一例外地都被雌河童追逐过。即便是有妻子的巴古也曾被抓住过两三次。唯有哲学家马格(他是诗人托库的邻居)是个例外。首要原因大概是因为像马格这么丑陋的河童实在少见。另外,马格一般都待在家里,很少出门。我也会常去马格家和他聊天,他总是在那昏暗的房间里点上七彩的玻璃提灯,坐在高脚书桌前读着厚厚的书。

有一次,我和马格讨论河童恋爱的话题。

"为什么政府不严格取缔雌河童追赶雄河童的行为?"

"首先,官员中雌河童的数量太少,而且相比雄河童,雌河童的嫉妒心更加强烈,只要增加雌河童在官员中的比例,雄河童被追赶的现象一定会比现在有所减轻。不过估计这样的效果很有限,你看现在的官员之中,也是雌河童在追赶着雄河童。"

"哦,这样说来,你这样的生活其实才是最幸福的。"

听完这话,马格从椅子站起来,握着我的双手,叹息道:"你不是河童,可能你无法体会。有的时候,我也会希望被那些可怕的雌河童追逐一番呢!"

七

我经常和诗人托库一起去听音乐会,最难以忘怀的是第三次听音乐会的情景。音乐会场的布置跟日本的没什么差别,阶梯式的席位上坐满了雌雄河童,大概有三四百只,手里都拿着节目单,身心投入地倾听着演奏。这次音乐会,我和托库、托库的情人,还有哲学家马格一起坐在最前排。在大提琴的独奏结束后,一只小眼睛河童抱着乐谱漫不经心地上台了。

正如节目单上所介绍的，他就是库拉巴克——河童国著名的作曲家。其实，不用看节目单我也知道他，因为库拉巴克是超人俱乐部的成员。

"Lied-Craback.（乐曲—库拉巴克。）"（这个国家的节目单通常使用德语。）

库拉巴克在热烈的掌声中向我们微微施礼，然后走到钢琴前，开始行云流水般地演奏起自己的名曲。按托库的说法，库拉巴克是这个国家前所未有的天才音乐家。我对他的音乐和他的另一爱好——抒情诗都怀有相当的兴趣，所以专注地倾听从那架大弓形钢琴传出的音乐声。托库和马格也是陶醉至极，唯有那只美丽的雌河童（至少是河童们的说法）——托库的情人，手里攥着节目单，时常不耐烦地吐出长舌头。听马格说，十年前她曾追求过库拉巴克，但没有得手，直到现在对他还心有芥蒂。

库拉巴克倾尽全部的激情，战斗般弹奏着钢琴。这时，一个雷鸣般的声音在会场里突然响起："停止演奏！"我吓了一跳，朝声音方向望去。原来声音是来自坐在最后一排一位体格健壮的警察。只见他悠然地坐在位子上，用更响亮的声音吼道："停止演奏！"紧接着现场是一片混乱。

"警官粗暴无理！""库拉巴克，别停下！""浑蛋！""白痴！""滚回去！""不要屈服！"……骚动中各种声音交织在一起，座椅倒地，节目单满场乱飞，还有不知哪里扔出来的汽水瓶、石块，啃过的黄瓜。我惊呆了，想问托库到底怎么回事，可是托库似乎也异常兴奋，站在椅子上大声喊着："库拉巴克，接着弹！接着弹！"不仅如此，托库的那位情人河童也忘记了刚才的芥蒂，一起大叫着："警官无理！"我只好无奈地转向马格，问："这是怎么了？"

"这个啊，在我们国家太常见了。不管绘画呀，文艺呀……"时不时有什么东西从空中飞过来，马格会稍稍缩一下脖子，之后语气平静地继续解释："不论绘画还是文艺要表达什么内容，看的人都会明白它的意思，所以国家绝不会对它们采取禁止发行或禁止展览的措施。但是,国家禁止演奏,是因为河童听不出音乐的好坏,即使再不堪入耳的曲子,河童也是听不出来的。"

"可是,那个警察就听得出来吗?"

"嗯,这点倒值得怀疑。大概刚才的旋律让他想起和他太太一起睡觉时的心跳了吧。"

这期间,场内的骚动愈演愈烈。库拉巴克依然端坐在钢琴前,傲然地望向我们。不过,无论姿态多么骄傲,也不得不躲闪着各种飞来的东西。也就是说,每隔两三秒钟,他就得辛苦调整一下自己的造型。但总的来说也还是基本保持了大音乐家的威严气度,细小的眼睛闪出亮彩的光芒。至于我嘛……为了避开危险,只得把托库当成身体盾牌,一方面又受好奇心驱使,颇有兴致地和马格继续谈论。

"这样的检查是不是太粗暴了?"

"什么,应该说是比其他任何一个国家都进步。就说日本吧,就在一个月前……"

刚说到这里,一个空罐子击中了马格的脑袋,他发出一声"Quack"(这只是个语气词),便晕过去了。

八

我也说不出为什么,就是对玻璃公司的经理戈尔颇有好感。戈尔是位名副其实的资本家,在这个国家的所有河童中,再找不出像他那么大肚子的了。当戈尔坐在安乐椅上,陪伴左右的分别是荔枝样的太太和黄瓜似的孩子时,他就是幸福本身了。我有时候会跟着法官佩朴和医生查克去戈尔家一起吃晚餐。戈尔还帮我出具介绍信,让我有机会去戈尔或戈尔的朋友们有关系的很多工厂参观。其中我对书籍的制造工厂最感兴趣。年轻的河童工程师为我介绍工厂，望着用水力发电作为驱动的大型机械，我才后知后觉地为河童国工业的进步感到惊叹。那座工厂制造的书籍年产量居然达到七百万册，然而令我吃惊的不仅仅是书的数量，而是制造如此数量的书籍的方式竟然如此轻而易举，毫不费力。造书的时候，他们往机器的漏斗口投放纸张、墨水和一种灰色的粉末。三种原料进入机器后大约五分钟的时间，就会出来各种规格的书籍，像大三十二开、三十二开、大六十四开等，应有尽有，无数的书籍像瀑布一般倾掉下来。我问昂然站着的工程师那灰色粉末是什么，站在黑亮亮的机械前的工程师淡然回答：

"那个啊？是驴的脑髓。是驴脑髓干燥之后磨成的粉末，市价是每吨两到三分钱。"

当然，这种工业制造奇迹不仅出现在书籍公司，还有绘画公司和音乐公司。听戈尔说，实际上，这个国家平均每个月新设计的机械多达七八百种，不需要耗费过多的人力，大规模生产就可以顺利进行。据说因此又有超过四五万的工人将失去工作。不过我每天早晨读报纸时，从没见到工人罢工的报道，自然是十分纳闷。于是在一次和佩朴、查克去戈尔家吃晚餐时，我借机问他们这事的缘故。

"因为，他们被吃掉了啊！"晚餐后，戈尔衔着雪茄烟，漫不经心地回答了我。我一时不太明白"被吃掉"是什么意思。戴着眼镜的查克似乎看出我的困惑，在旁边解释说："那些工人都被杀了，他们的肉被做成食品。你看，这张报纸上写着本月被解雇的工人有六万四千七百六十九名，于是肉价也下跌了。"

"那么工人就乖乖地等着被杀吗？"

"就算大闹一通也毫无意义的，毕竟有《职工屠杀法》。"坐在杨梅盆栽前的佩朴板着脸说。

我心里自然十分不舒服，但不仅主人戈尔，就连佩朴和查克也觉得这是再正常不过的事。

查克露出嘲讽的笑容说："也可以说，是国家帮他们省却了饿死或自杀的烦恼。只是闻一下毒气，不算很痛苦。"

"可是吃他们的肉……"

"别说笑了。如果马格听到了，定会笑死了。你们国家社会底层的女孩们不一样也会沦为陪酒女吗？在这里因为吃工人的肉而愤慨万千，那不就是感伤主义吗？"

听着我们的对话，戈尔让我尝尝桌上手边的那盘三明治，他毫不在意地对我说："怎么样，尝尝这个吧？这就是用他们的肉做的。"

我当然唯恐避之不及。随即，我冲出了戈尔家的客厅，佩朴和查克的笑声在我身后回荡。那个夜晚十分阴沉，天空没有一点星光。我在黑暗中一边呕吐一边奔跑，朝自己的住处跑去。即便是夜色中，也能看得出白晃晃的呕吐物。

九

玻璃公司经理戈尔是个待人十分亲切的河童。我跟戈尔一起去过好几次他加入的俱乐部，在那里度过了十分愉快的夜晚。这首先是因为，这个俱乐部比起托库那个超人俱乐部，让人感觉舒服得多。戈尔总是用金勺搅着杯里的咖啡，愉快地聊着各种话题。虽然戈尔的谈话不似哲学家马格那么有哲理，有深度，但却在我眼前展示出一个全新广阔的世界。

一个大雾弥漫的夜晚，我在插着冬玫瑰的花瓶前同戈尔聊天。那是一间维也纳分离派[1]风格的房间,白色的桌椅镶着细细的金边。 戈尔脸上洋溢着比往常更加自得的微笑,他谈起刚取得执政权的 Quorax 党的内阁。"Quorax"一词是个并无含义的语气词,只能翻译为"哎呀"之类。 总而言之,那是一个鼓吹"河童全体利益"高于一切的政党。

"Quorax 党的领导人,是声名显赫的政治家罗培。 俾斯麦曾经说过,'诚实是最好的外交'。 罗培认为在内政方面也理应诚实……"

"可罗培的演说实在……"

"哎,你先听我说。 他那个演说自然通篇都是谎言。 可也正因为是众所周知的谎言,和诚实也没什么不同了! 你们把它统统称为谎言,其实是你们的偏见。 我们河童可不像你们那样……但是,这些都无所谓的。 我想说的是罗培,他是 Quorax 党的实际控制人,而操纵罗培的则是 Pou-Fou 报纸('Pou-Fou'也是个没有含义的语气词,非要翻译出来的话,只能是'啊'之类)的社长奎奎。 然而,奎奎也不能自己做主,控制奎奎的人,正是你眼前的——本人戈尔。"

"可是……恕我失礼,据我所知 Pou-Fou 报是代表劳动者利益的吧? 如果社长奎奎是在你的控制之下,那么……"

"Pou-Fou 报纸记者们的立场当然是劳工那一边的。 可是,管理记者们的是奎奎,而奎奎必须依靠我戈尔的支持。"

戈尔把玩着金勺,脸上依然挂着微笑。 看着他那副模样,我不仅心生厌恶,更多的则是对 Pou-Fou 报纸的记者们感到深深的同情。 戈尔似乎从我的沉默中察觉到了这种同情,他鼓起肥胖的大肚子:"再说了,并不是所有 Pou-Fou 报纸的记者们都站在劳工一方的。 对我们河童来说,

---

[1] 维也纳分离派:19 世纪末维也纳艺术界的一种艺术派系,主张造型简洁、抽象,采用线条和几何造型设计的一种新艺术表现形式。

无论站在哪一方,首要的是为自己考虑……但现在最麻烦的是,我自己也是受制于人。你知道是谁吗?就是我的太太啊,美丽的戈尔夫人!"

戈尔爽朗地大笑起来。

"那可真是幸福啊!"

"我是非常满足的。但这些话也就是在你面前说说——因为你不是河童,我才能毫无顾忌,大胆吹嘘。"

"那么,也可以说 Quorax 党的内阁实际上是由戈尔夫人掌控的?"

"这样说也可以……事实上,发生在七年前的那场战争,确实是由一只雌河童引发的。"

"战争?河童国也会发生战争吗?"

"当然,而且将来什么时候再发生,也很难说。只要有邻国存在……"

这时我才了解到,河童国并不是一个单独的存在。据戈尔的说法,河童的假想敌一直是水獭,而水獭的军备实力丝毫不比河童的逊色。我对河童与水獭之间的这场战争颇感兴趣。(河童的劲敌是水獭,这是一个全新的发现,《水虎考略》的作者就没有提到过,就连《山岛民谭集》的作者柳田国男[1]先生似乎也不了解。)

"那场战争发生之前,两国都十分小心地窥视着对方的动静,双方都对彼此怀有戒备和畏惧。这时,在我国的一只水獭前去拜访一对河童夫妇。不巧的是,雌河童正计划杀死她丈夫,因为丈夫既游手好闲又放荡不羁,并且还买了生命保险,这多少对她也有诱惑。"

"那这对夫妻你认识吗?"

"嗯,不,我只认识雄河童。我太太认为他是个大浑蛋,我倒觉得他

---

[1] 柳田国男:日本民俗学的奠基人。在 1914 年出版的《山岛民谭集》第一卷中,他集中整理了关于河童的民间传说。

顶多算一个有被害妄想症，怕被雌河童抓住的疯人。据说，雌河童往丈夫的可可杯里掺入了氰化钾，可偏偏出了差错，这杯水让来做客的水獭给喝掉了，水獭当即毙命。随后……"

"随后战争就打起来了？"

"是的，更不巧的是，那只水獭是受领过勋章的。"

"最后是哪一边赢了战争？"

"当然是我们赢了。这场战争中，我们有三十六万九千五百只河童英勇牺牲。不过比起敌方来，这损失也算不得什么。我国的毛皮几乎都是水獭皮。那场战争中，我不仅要制造玻璃，还往前线运过煤渣。"

"煤渣？是做什么用的？"

"当然是粮食了。河童只要饿了，什么都能吃下去。"

"呃……请你别见怪，让战场上的士兵吃煤渣……这样的事若发生在我国绝对是丑闻。"

"在我国同样是丑闻。不过一旦我自己说出来了，也就不会再把它当作丑闻了。哲学家马格不是说过吗？'自己的罪恶通过自己的嘴说出来，罪恶也就自然消失了。'何况对我而言，除了追求利益，也是有爱国心的。"

这时，俱乐部的侍者走了过来，向戈尔施了一礼之后，用朗诵般的声音说道："您家隔壁着火了。"

"火……着火！"戈尔大惊失色，马上站了起来。我也跟着站起来。而那个侍者又不慌不忙地接着说："火已经扑灭了。"

看着侍者离开，戈尔脸上浮现出啼笑皆非的表情。戈尔，眼前这位玻璃公司经理的模样，让我不禁从心底生出一种憎恶。然而此时的戈尔也不再是什么大资本家，只是一只平凡的河童。我从花瓶中拔出冬玫瑰，放到戈尔手中。

"火虽然扑灭了,夫人肯定受了惊吓。带着这个快回去吧。"

"谢谢!"戈尔握住我的手,忽然咧嘴笑了,低声对我说:"隔壁房子是我用来出租的,至少我能拿到一笔火灾保险金。"

我至今依然清晰记得当时戈尔的微笑,那种既无法鄙视又难以厌恶的微笑!

十

"怎么了?今天又是不开心的样子?"

火灾发生的第二天,我衔着香烟,和学生瑞普一起坐在我家客厅里。瑞普左腿搭右腿地跷着,呆呆看着地板,他那溃烂的嘴巴几乎看不出形状了。

"瑞普,你到底怎么了?"

"没,没什么,一些无聊的小事……"

瑞普终于把头抬了起来,带着悲伤的鼻音说道:"今天我看着窗外无意嘀咕了一句'捕虫堇开花了'。谁知我妹妹马上翻了脸,冲我大发脾气,说'反正我就是个捕虫堇'。我妈妈最宠爱妹妹便也冲我发了火。"

"捕虫堇开花,你妹妹为什么会生气?"

"唉,大概她以为我是讽刺她追逐雄河童的意思吧!然后,平时和我妈妈关系不好的姑妈也加入了争吵,火上浇油,越闹越凶。后来,一天到晚酗酒的父亲,也趁乱发酒疯,不分青红皂白地大打出手。这还没完,我弟弟又偷了妈妈的钱跑去看电影。我……我真的快要……"

瑞普把脸深深埋进双手中,只是一个劲默默地哭泣。我自然非常同情瑞普,同时想起了诗人托库对河童家族制度的深恶痛绝。我拍拍瑞普的肩膀,尽量安慰他。

"这也是很常见的情况。打起精神来。"

"可是……要是我的嘴巴没烂……"

"那也是没办法的事。走,我们去托库家吧。"

"托库瞧不起我,我不像他那样敢随便抛弃家庭。"

"那我们去库拉巴克家吧。"

自那场音乐会的事之后,我跟库拉巴克成了朋友,于是我带着瑞普去了这位大音乐家的房子。库拉巴克的生活比起托库来,要讲究得多,但也并非资本家戈尔那样奢华。房间里摆满了他收藏的各种古董,有塔纳格拉的陶俑[1],波斯的陶瓷,屋子中央摆着土耳其风格的长椅,他经常陪着孩子们在他自己的肖像画下面玩耍。这天不知什么原因,库拉巴克抱着双臂,一脸严肃地坐在那里,脚下是一地的纸屑。瑞普虽然跟着诗人托库见过库拉巴克好几次,当时看到他那副神情,瑞普也似乎有点畏惧,拘谨地行了礼之后,便默默地跑到房间角落里待着了。

"这是怎么了,库拉巴克先生?"

我顾不得寒暄,问大音乐家发生了什么事。

"那些白痴评论家!他们说我的抒情诗跟托库的没法相提并论……"

"不过,你可是音乐家啊……"

"如果仅仅这么说我还能忍耐。可他们还说,我跟洛克相比实在是有辱音乐家之名!"

洛克也是一位音乐家,他经常被人用来与库拉巴克进行比较。可惜他不是超人俱乐部的会员,我也没有机会和他交谈,我只是经常看到他的照片,那是一张嘴巴上噘,很有个性的脸。

"毫无疑问,洛克也是个天才。但洛克的音乐中,缺少你音乐中所洋

---

[1] 塔纳格拉:古希腊的城市。

溢的那种时代的激情。"

"你真的这么想吗？"

"当然了。"

然后，库拉巴克猛地站了起来，抓起一个塔纳格拉陶俑，用力摔到地板上。瑞普尖叫一声，拔腿就要跑。库拉巴克做了一个手势，示意我们"别紧张"，语气冷峻地说："那是因为你跟那些俗人的耳朵一样。我其实一直很畏惧洛克……"

"你吗？请不要谦虚了。"

"谁在谦虚？我在你们面前装什么样子，那样还不如去评论家们面前装呢。我……库拉巴克是个天才，这一点上我绝不输洛克。"

"那你怕的是什么？"

"我说不清楚，也可以说是怕支配洛克的星星。"

"我有些不明白……"

"我这么说吧，洛克不会受我的影响，而我却在不由自主地受洛克的影响。"

"这是因为你的感受力比较……"

"听我说。这不是感受力的问题。洛克能够安于做那些他能够做的事情，但我却心浮气躁。也许在洛克看来，我跟他只是一步之遥的距离，但对我而言，实在是相去甚远。"

"但是，您的《英雄交响曲》……"瑞普怯怯地说。

库拉巴克眯起原本就很细小的眼睛，不悦地瞪了瑞普一眼："闭嘴。你知道什么？我对洛克的了解，胜过那些对他点头哈腰的走狗们。"

"唉，你冷静一下。"

"如果能够冷静……我一直在想，一定有我不知道的存在，为了嘲笑我库拉巴克，才有意让洛克出现在我面前。哲学家马格对此再清楚不过，虽说他总是在彩色玻璃提灯下读那些旧书。"

"为何这么说呢?"

"你看一下马格最近写的那本书就知道了,名字叫《痴人语录》。"库拉巴克递过来一本书——准确说是扔给我的。然后,他抱紧双臂,生硬地说:"你们先回去吧!"

我和没精打采的端普又一次走在大街上。街道上人来人往,街道两侧山毛榉树荫下,林立着各种各样的店铺。我们默默无语地走着,这时,长发诗人托库恰好路过,他一边从腹袋里拿出手绢擦着额头,一边对我们说:"啊,有日子没见你们了,还有库拉巴克,我今天正想去拜访他……"

为了避免这两位艺术家之间发生无谓的争吵,我委婉地告诉他库拉巴克现在的心情不太好。

"是吗?那我今天还是不去了。库拉巴克的确是有些神经衰弱……其实我这两三周也一直失眠,十分痛苦。"

"那跟我们一起散散步如何?"

"今天就算了。哎!"托库突然惊叫一声,紧紧抓住我的胳膊,他似乎全身直冒冷汗。

"你怎么了?"

"您这是怎么了啊?"瑞普也问道。

"我刚才好像看到,那辆汽车的窗口探出一只绿猴子的头。"

我有些不放心,劝他去医生查克那里做个检查。可是无论我怎么劝说,托库都百般推辞。而且,他还一直疑虑重重地看我和瑞普的脸,说出了这样的话:"我绝对不是无政府主义者,请务必记住这一点。好了,再见。去查克那里什么的恕难从命。"

我们呆呆地站在那里,目送托库远去。我们——不,实际上已经不是"我们",不知何时学生瑞普已经站在街道的正中间,他埋下头张开双腿,从胯下看着来来往往的车辆和行人。我觉得这只河童也一定发疯了,急忙把他拽起来。

"开什么玩笑,你在干吗?"

瑞普一边揉着眼睛,一边从容却又出乎意料地答道:"哦,我实在太郁闷了,所以想颠倒过来看看这个世界。可结果还是一样的。"

十一

这是哲学家马格所写的《痴人语录》中的一些内容:

白痴总是相信除他自己之外,所有人都是白痴。

我们热爱大自然,其实是因为大自然不会憎恨我们,更不会嫉妒我们。

最明智的生活方式,是鄙视这个时代的习俗的同时,不去破坏它。

我们最想夸耀的,往往是我们没有的东西。

任何人都不会反对打破偶像,同时,任何人也不会反对成为偶像。然而,能够安然坐在偶像宝座上的,一定是受到众神眷顾的。——要么是白痴,要么是恶棍,要么是英雄。(这一段文字留下了库拉巴克的爪痕。)

指导我们生活的思想,可能早在三千年前就已经具备,我们所做的不过是在旧柴堆上添加些新火苗而已。

我们的特色,就在于我们常常超越自己的意识。

如果幸福与痛苦相伴,和平与倦怠相随,那么……

为自己辩护,远远比为他人辩护更为艰难。不信的话请看律师。

自大、情欲、疑惑——三千年来,所有的罪恶都始作于这三者。同时,恐怕所有的道德也是如此。

减少对物质的欲望并不一定带来和平。而若为了获得和平,我们必须减少精神上的欲望。(这一段也留下了库拉巴克的爪痕。)

我们比人类更加不幸,因为人类还没有进化到河童的程度。(看到此处,我不禁哑然失笑。)

所做之事就是能做之事,能做之事也就是所做之事。我们的生活终究无法摆脱这种循环,并始终贯穿在不合理中。

当波德莱尔癫狂之后,他把自己的人生观总结为一个词——"女阴"。但这是不足以表达他自己的。不如说,由于他信赖自己那足以支撑生活的诗歌天才,而彻底遗忘了"胃囊"这个词。(这一段同样有库拉巴克的爪痕。）

如果把理性贯穿始终的话，毫无疑问，我们不得不否定自身的存在。将理性奉为神明的伏尔泰得以在幸福中度完一生，这正证实了人类不如河童进步。

十二

一个寒冷的午后，我读倦了《痴人语录》，打算去拜访哲学家马格。在走过寂静的街角时，看到一只蚊子般干瘦的河童正倚靠在墙角发呆，我确定他就是偷走我钢笔的那只河童。正巧一位身材魁梧的警察经过此处，我心中暗喜，急忙叫住了他。

"警察先生，请您盘查一下那只河童，他一个月前偷走了我的钢笔。"

警察扬起右手的木棒（这个国家中的警察不用刀，而是水松木的棒子）："喂，你过来一下。"我以为他一定会撒腿就跑，但他十分镇定地走到警察面前，抱着双臂，目光毫不回避地盯着我和警察的脸。警察也没有发火，他从腹袋中拿出记录本，立刻盘查起来。

"你的名字？"

"格鲁克。"

"职业？"

"邮递员，直到两三天前还是。"

"据这个人的陈述，你偷了他的钢笔，是吗？"

"是的，一个月之前的事。"

"为什么这么做？"

"给孩子当玩具。"

"哦？那孩子呢？"

警察看向对方的眼神犀利起来。

"一个星期前死了。"

"那死亡证明书呢？"

蚊子般的河童从腹袋里拿出一张纸。警察接过来看了一眼，然后笑着拍了拍对方的肩膀：

"好了，你可以走了。"

我惊得目瞪口呆，看着警察。那只河童嘴里嘀咕着什么，大摇大摆地走掉了，我回过神来，质问警察："为什么把他放走了？"

"他没有罪。"

"可是他也承认偷了我的钢笔……"

"他不是说了吗，是偷给孩子玩的，可是那个孩子已经死了。如果你还有任何质疑，请去查阅刑法第一千二百八十五条。"

警察说完这句话，头也不回地走了。我无可奈何，嘴里只好反复念着"《刑法》第一千二百八十五条"，匆匆向马格家走去。哲学家马格十分好客，这天，在他那昏暗的房间里，法官佩朴、医生查克和玻璃公司经理戈尔正好都在，他们正在七彩玻璃提灯下吞云吐雾。法官佩朴也在，我真是求之不得。因此我刚坐下椅子，马上询问法官佩朴，《刑法》第一千二百八十五条的事情：

"佩朴先生，我这样说可能有些失礼，难道这个国家的罪犯不受惩罚吗？"

佩朴吸了一口过滤嘴香烟，悠然地吐出烟圈后，不以为然地答道："当然要惩罚，而且也有死刑的。"

"可我在一个月前……"

我把事件的前因后果讲了一遍，询问他刑法第一千二百八十五条到底是什么。

"是这样的:'无论任何一种犯罪行为,促使其犯罪动机形成的对象如果消失了,那么就不得处罚该罪犯。'就拿你这件事来说,那只河童犯罪时是父亲的身份,而现在已经不是了,他的罪责自然也就消失了。"

"这太不合理了吧?"

"不会啊,如果身为父亲的河童和河童等同看待,那才是不合理呢。看来,日本的法律在这一点是视为同等的吧,那才滑稽了啊!呵呵……"

佩朴丢掉烟蒂,不以为然地笑着。这时,完全与法律不搭边的查克说话了,他扶了下眼镜,问我:"日本也有死刑吗?"

"当然。日本执行的是绞刑。"我对佩朴的冷漠多少有些反感,于是趁机讽刺道:"你们国家的死刑,一定比日本的文明些吧?"

"那是当然。"佩朴冷静地说,"我国是不使用绞刑的。极少数情况下才使用电刑,但一般连电刑也不会用到,只需要把罪名通知犯人。"

"只是这样,罪犯就死了?"

"当然。我们河童的神经结构可比你们的纤细得多。"

"不仅是死刑,有时候也会使用这种方法杀人。"戈尔经理亲切地说道,在七彩玻璃提灯的映照之下,他脸变成了紫色。

"前一阵子,我被一个社会主义者说了句'你是个强盗',差点引发我的心脏停搏。"

"这种事情时有发生。我知道的一个律师,也是这样死掉的。"

我将视线转向插嘴了这句话的哲学家马格,他还是一如平常,脸上泛着嘲讽的微笑,谁也不看自顾自地说道。

"那个律师被谁说是青蛙——你也知道的,在我国青蛙的意思就是畜生。他每天都在苦苦思索:我是青蛙吗……我不是青蛙吗……就这样,他最后忧愤而死。"

"那么,他这是自杀,对吧?"

"但是那个家伙,就是以杀他为目的才说出那样的话。如果在你们看来,这也算自杀的话……"马格正说着,突然,从隔壁传来一声刺耳的枪响,那是诗人托库的家,空气因为枪声变得激荡起来。

十三

我们冲进了托库的家,只见托库仰面躺在高山植物的盆栽中间,头顶的凹坑冒着鲜血,右手还握着手枪。一只雌河童伏在托库胸前放声大哭。我搀起雌河童(我真是不喜欢触摸河童黏黏的皮肤),问道:"怎么会这样?"

"啊,我也不知道啊!他一直在写东西,然后不知怎的突然就用枪打了脑袋。唉唉,留下我可怎么办啊?Qurrrrr,Qurrrrr(这是河童发出的哭声)!"

"唉,托库也太任性了。"

玻璃公司经理戈尔摇着头悲伤地对法官佩朴说。佩朴一语不发,点燃一根过滤嘴香烟。查克一直在检查托库的伤势,此时他以一种医生特有的口吻,向我们五人(应该是一个人和四只河童)宣告:"已经救不了了。托库一直有胃病,仅这一点他就很容易抑郁了。"

"他好像写了什么?"

哲学家马格似乎想要为托库辩解什么似的,自言自语拿起了桌子上的一张纸。大家都伸过头去(我除外),隔着马格厚实的肩膀,想看看那张纸上到底写了什么。

我即将离去,

去往远离尘嚣的山谷。

山谷中，

岩石陡峭，山泉清泠，

药草花朵洋溢着芬芳。

马格回过头看我们，一脸苦笑地说："他抄袭了歌德的《迷娘歌》。看来，托库的自杀跟他作为诗人的疲惫不无关系。"

这时，音乐家库拉巴克刚好开车过来，看到屋里的场景，在门口呆住了，好一会儿才回过神来，走到我们面前大声问马格："这是托库的遗书吗？"

"不……是他最后留下的诗。"

"诗？"

马格态度依然镇静，他把诗稿递给库拉巴克，头发竖着的库拉巴克目不转睛地看起诗来，对马格的问话也是爱答不理。

"你对托库的死怎么看？"

"'我即将离去'……我不知道自己什么时候死去……'去往远离尘嚣的山谷'……"

"你也算托库的挚友吧？"

"挚友？托库始终是孤独的……去往远离尘嚣的山谷……但不幸的是，托库他……'岩石陡峭'……"

"不幸的是？"

"'山泉清泠'……你们都是幸福的……'岩石陡峭'……"

我十分同情在旁边陷入痛不欲生的雌河童，轻轻把她扶到房间一角的长椅上，一只两三岁的小河童，正一脸天真地嬉闹着。我替雌河童哄了哄孩子，眼睛不知不觉蓄满了泪水。这是我在河童国唯一的一次流泪。

"跟如此任性的河童一起生活，家人也真够可怜的。"

"是啊,一点也不考虑后果。"法官佩朴一边又点燃一根香烟,一边回应资本家戈尔的话。

这时,音乐家库拉巴克大叫一声,把我们都吓了一跳。他手里攥着诗稿,也不知是在对着谁喊:"太棒了!一首了不起的送葬曲就要诞生了!"

库拉巴克细小的眼睛闪着亮光,匆匆握了一下马格的手,便冲出了房门。此时,托库家门口已经聚集了一大群左邻右舍的河童,他们好奇地朝房子里张望。库拉巴克一把推开他们,迅速跳上汽车,随即轰鸣着疾驰而去,转眼就没了踪影。

"喂,喂,都别看了!"

法官佩朴替代警察,把看热闹的河童都赶走后关上了托库家的门。房间里立刻冷寂下来,高山植物特有的花香和托库的血腥味交织在一起。我们商量着如何处理后事。只有哲学家马格怔怔地看着托库的尸体,不知道在思索什么。我拍拍马格的肩膀,问:"你想什么呢?"

"我在想,河童到底要怎么生活。"

"怎么生活?"

"不管怎样,为了能够把河童的生活继续下去……"马格似乎有些羞愧,喃喃说道:"总之,我们都需要相信河童自身之外存在的某种力量。"

十四

马格的这句话,引发了我对宗教的兴趣。我是一个唯物主义者,以前从没认真地思考过宗教的问题。但此次托库的死深深触动了我,我有了了解河童的宗教的想法。随即,我向学生瑞普问了这个问题。

"我们这里的宗教包括基督教、佛教、伊斯兰教、拜火教,等等。

然而影响力最大的还是现代教,又叫生活教。"("生活教"的翻译可能不够准确。原词是 quemoocha,cha 是英语中的 ism,quemoo 的原形是 quemal,除了有"生活"的意思,还包括"吃饭、饮酒、做爱"的意思。)

"这么说来,这个国家也有教堂或寺院了?"

"那是当然的。现代教的大寺院可是全国第一大建筑。走,去参观一下怎么样?"

在一个阴天微暖的下午,瑞普兴致勃勃地陪我一起来到大寺院。那是一座规模有尼古拉大教堂[1]十倍的宏大建筑,它综合了所有的建筑样式,并融为一体。我们站在大寺院前,仰望着高塔和穹顶,心中竟然生出一种异样的感觉。它们看上去像极了无数伸向天空的触爪。我们在寺院大门前伫立了好一会儿(和大门相比,我们显得实在渺小),只是仰望着这座举世无双的建筑,或者说它更像一个无与伦比的大怪物。

大寺院里面也十分宏伟。科林斯柱式的华丽圆柱之间,不时有结伴的参拜者走过,他们看起来也跟我们一样渺小。这时,我们遇到一只驼背的河童,瑞普向他躬身行礼之后,恭敬地问候道:"长老,您身体如此康健,真令人高兴。"

对方回了礼,亲切地说道:"这不是瑞普吗?你也很好吧……(此时,他稍微顿了一下,大概发现了瑞普溃烂的嘴巴)哦,你看起来还是很健康。今天怎么……"

"我今天是陪同这位先生来参观的。这位先生您大概有所耳闻……"

于是,瑞普开始滔滔不绝地介绍起我,听起来似乎又像是在辩解自己为何不常来大寺院。

---

[1] 尼古拉大教堂:位于东京市神田区骏河台的东正教教堂,建成于 1891 年。

"那么，还望您帮忙为这位先生做一下向导。"

长老微笑着，同我寒暄之后，淡然地指着正对面的祭坛说："我做向导，其实也没什么特别可说的。正对面祭坛中的这棵就是我们的信徒前来礼拜的'生命之树'。你看，'生命之树'结了金色和绿色的果实，金果代表'善果'，绿果代表'恶果'……"

这些话开始让我感觉无聊，长老尽心为我解说，但听起来古老又陈腐。我当然还是一副专注倾听的样子，只是会忍不住悄悄瞄两眼大寺院里的其他景观。

科林斯柱式的柱子、哥特式的穹顶、阿拉伯式的方格花纹地板、维也纳分离派风格的祈祷桌……这些搭配奇妙地融合在一起，造就出一种野蛮之美。这时，位于两侧壁龛中的大理石半身像吸引了我的视线，他们让我有种似曾相识的感觉，这倒也并不奇怪。驼背的河童长老在介绍完"生命之树"后，引领我和瑞普来到右侧壁龛前，指着壁龛中的半身像说道："这是我们的一个圣徒——跟世间作斗争的斯特林堡[1]。据说这位圣徒在受尽各种磨难之后，被斯威登堡的哲学所拯救。然而事实上他并没有得到救赎。这位圣徒跟我们一样信仰现代教，也可以说，他不得不相信。你若有兴趣的话，可以读一下他留给我们的一本书，名字是《传说》。他坦白过曾自杀未遂。"

我的心情有点郁闷，于是看向下一个壁龛。这座壁龛中的半身像看似一个胡须浓密的德国人。

"这是诗人尼采，《查拉图斯特拉如是说》的作者。这位圣徒企图从他自己创造出的'超人'那里寻求救赎，但他最终没有被拯救，而且发了疯。不过若他没有疯，也许就不会进入圣徒之列了……"

---

[1] 斯特林堡：瑞典剧作家、小说家。

长老沉默了一会儿，走向第三个壁龛。

"这位是列夫·托尔斯泰。这位圣徒坚持苦行的程度超过任何人。他出身贵族，是那种不愿意让自己的痛苦公之于众成为谈资的人。他一直努力让自己相信他本不信仰的基督教，甚至还公开声称自己信仰基督。然而到了晚年，他再也不堪忍受自己悲壮的谎言。这位圣徒还因恐惧自己书房的屋梁而出名。但是他既然进入圣徒之列，自然没有自杀。"

第四个壁龛中是一个跟我一样的日本人。看到他的面孔，我倍感亲切。

"这位是国木田独步[1]。一位能够真切理解被火车轧死的搬运工人的诗人，我想对他不需要做更多的介绍了。请来看第五位吧。"

"这是瓦格纳吧？"

"是的。他是国王的朋友，却也是革命家。圣徒瓦格纳晚年一直坚持餐前祈祷。不过比起基督教，他更是现代教的信徒。据瓦格纳遗留的信件来看，尘世的苦难曾很多次将这位圣徒带到死神面前。"

说话间，我们已经站在第六个壁龛前。

"这位是圣徒斯特林堡的朋友，是商人出身的法国画家保罗·高更[2]，他抛弃了生育了许多孩子的妻子，再娶了一个塔希提姑娘，一个大约只有十三四岁的女孩儿。这位圣徒粗大的血管里流淌着水手的血。您看他的嘴唇，还残留着砒霜之类的东西。接着是第七个壁龛……您看起来已经累了，请过来这边吧。"

我确实有些疲惫，便和瑞普一起跟随长老经过一条弥漫着线香气味的走廊，走进了一个小小的房间。房间一角摆放了一座黑色的维纳斯雕像，

---

[1] 国木田独步：日本近代小说家、诗人。他的小说《穷死》讲述了贫病交加的搬运工卧轨自杀的悲惨故事。

[2] 保罗·高更：法国后印象派画家。

贡品是一串山葡萄。看到这些我不免有些意外，我原以为僧房是不会有什么装饰品的。长老好像看穿了我的心思，一边请我们落座，一边略带尴尬地解释道："请别忘了，我们的宗教是生活教。我们的神灵——'生命之树'教诲我们要'繁盛地生活'。瑞普，你有请这位先生读过我们的圣经吗？"

"还没有……其实，我自己都没怎么读过。"瑞普挠挠脑袋上的圆盘，诚实地回答。

长老依然平静地微笑着："那么，看来你们确实不太知道。我们的神在一天之内创造了这个世界（看来'生命之树'是棵无所不能的树），同时它还创造了雌河童，雌河童耐不住寂寞，祈求神赐予她伴侣，于是，我们的神大发慈悲，用雌河童的脑髓，创造出了雄河童，并给这两只河童送上祝福，'吃吧，交欢吧，繁盛地生活吧！'"

长老的话让我想起了诗人托库。不幸的是，他和我一样是无神论者。我不是河童，对生活教不甚了解倒也不足为怪。但托库不一样，他自小在河童国长大，理应知道"生命之树"，但他却没有遵循这一教诲去生活，我不禁叹息托库的死。然后，我把话题转到了托库身上。

"你说的是那位可怜的诗人吗？"长老听了，深深地叹了口气，"只有信仰、境遇和偶然，才能决定我们的命运。（不过你们那儿可能还有遗传吧。）托库先生的不幸，在于他没有信仰。"

"托库一定很羡慕您吧？其实，我也很羡慕。瑞普还很年轻……"

"我的嘴巴如果不是现在这副样子，也许我会更乐观一些。"

听到我们的话，长老又一次长长地叹了一口气。他的眼里噙着泪水，默默地注视着黑色的维纳斯雕像。

"事实上，我也……这是我的秘密，请别告诉任何人。其实我……也不信我们的神。可是不知何时，我的祈祷……"

刚说到这里,房门突然被推开,一只高大的雌河童飞快扑向长老。我们试图阻拦雌河童,可就是一眨眼的工夫,她已把长老扑倒在地。

"你这老东西!今天又在我钱包里偷钱拿去喝酒了吧!"

大约过了十分钟,我们告别长老夫妇,逃跑似的出了寺院的大门。

"这么看来,那位长老其实也不相信'生命之树'呢!"沉默了一会儿之后,瑞普开口了。

我没有马上回答他,而是不自觉地回头看了一眼身后的大寺院。大寺院的高塔和穹顶依然像无数的触爪,伸向阴沉的天空,犹如沙漠里出现的海市蜃楼一般阴森可怕。

十五

大约一星期之后,我从医生查克那听到一件怪事,诗人托库家里出现了幽灵。他家里那只雌河童早已不知去向,我们这位诗人朋友的家已经变成了一个摄影工作室。据查克说,这间工作室拍摄出来的照片中,总会隐约出现托库的身影。查克也是个唯物主义者,自然不相信灵魂说之类,他讲这些的时候,也是一脸调侃的坏笑,还装模作样地补充道:"灵魂这东西看来也不过是物质性的存在!"我也不相信什么灵魂,在这一点和查克是一致的,但因为对诗人托库有特别的亲切感,所以我赶紧跑到书店,买了刊载有托库灵魂的报道和照片的报刊。果然,那些照片里,不管男女老少的河童身后,都有一只酷似托库的河童身影隐约浮现。然而,最让我吃惊的不是托库的灵魂照片,而是关于他灵魂的报道,尤其是灵魂学协会的一篇有关灵魂的报告。我尽可能逐字逐句翻译出报告的原文,以下是大致内容,括号中的文字,是我自己写的注释。

关于诗人托库先生灵魂的报告

（幽灵学协会杂志第 8274 号）

本幽灵学协会在此前自杀诗人托库的故居——现为××摄影工作室，位于××街第251号召开了临时调查会。

出席的会员名单如下：（姓名略）

九月十七日上午十点三十分，本会十七名会员随同幽灵学协会会长培古先生，以及我们信赖的灵媒朋友——霍普夫人，聚集在该工作室。霍普夫人一进入工作室，立即感受到幽灵之气，全身剧烈痉挛，数次发生呕吐。用夫人的话说，这是诗人托库酷爱吸烟，导致幽灵之气也富含尼古丁的缘故。

会员们与霍普夫人围坐在圆桌旁，静静等待。大约三分二十五秒后，夫人陷入深度梦游状态，诗人托库的灵魂顺利附身于夫人。会员们按照年龄顺序，逐一与附在夫人身上的托库的灵魂展开问答对话，内容如下：

问：你的灵魂为何会出现？

答：那是我想知道自己死后的名声如何。

问：你……或者说，灵魂也会在意自己的名声吗？

答：至少我无法不在意。我邂逅过的一位日本诗人[1]，就对此十分轻蔑。

问：那位诗人的姓名是……

答：很遗憾，我忘记了。我只知道他喜欢写十七字诗，其中

---

[1] 指江户时代著名的俳句诗人松尾芭蕉。

一首我还记得。

问：是哪一首？

答：绿蛙入古池，寂然听水声。

问：你觉得这是个佳品吗？

答：我认为还不赖。如果把"绿蛙"换成"河童"，这首诗将会更加出彩。

问：理由呢？

答：一切艺术对于我们河童而言，都是追求自我的表现。

这时，会长培古先生特意提醒我们，现在进行的是临时调查会，而非文艺讨论会。

问：灵魂的生活是怎样的？

答：与各位的生活并没有不同。

问：你对选择了自杀后悔吗？

答：并不后悔。如果对灵魂生活也感到了厌倦，我还可以用手枪"自活"。

问："自活"是很容易的事吗？

托库的灵魂用反问回答了这个问题。了解托库的人，都知道这是他常用的交际方式。

答：那么，"自杀"是很容易的吗？

问：灵魂的生命是永恒的吗？

答：关于灵魂的生命，众说纷纭，不可轻信。好在我们那里也有基督教、佛教、伊斯兰教、拜火教等各种信仰的存在。

问：那你相信的是什么？

答：我总是个怀疑主义者。

问：那你一定不会怀疑灵魂的存在吧？

答：我只是无法像各位这般确信无疑。

问：你有在那里交到什么朋友吗？

答：我的朋友应当不下三百人，古今东西的都有。其中不乏海因里希·冯·克莱斯特[1]、迈兰德[2]、魏宁格[3]那些名人……

问：你的朋友也都是自杀的吗？

答：并不全是。比如为自杀辩护的蒙田[4]，就是我的畏友之一。不过，我与不自杀的厌世主义者叔本华之流，从不交往。

问：叔本华的情况如何？

答：目前他创立了灵魂厌世主义学说，正在持续讨论是否允许"自活"。不过，他在了解到霍乱也是细菌传染病之后，好像颇为安心。

会员们依次询问了有关拿破仑、孔子、陀思妥耶夫斯基、达尔文、克丽奥佩特拉、释迦牟尼、狄摩西尼[5]、但丁、千利休[6]等

---

[1] 海因里希·冯·克莱斯特：德国剧作家、小说家。在柏林万湖杀死身患绝症的病女友后举枪自杀。

[2] 迈兰德：德国哲学家，深受叔本华的影响，倡导厌世主义哲学，35岁时自杀身亡。

[3] 魏宁格：奥地利哲学家，在其著作《性与性格》出版数月后开枪自杀。

[4] 蒙田：文艺复兴时期法国思想家、作家。

[5] 狄摩西尼：古雅典雄辩家、民主派政治家。

[6] 千利休：日本茶道家。

灵魂的近况。托库并没有给予详尽的回答,反而细致地询问起他自己死后的各种传闻。

问:我死后外部有什么评价?

答:有评论家说你是"平庸诗人的一员"。

问:那是因为我没有把诗集赠予他,他的怨恨报复罢了。我的全集已经出版了吗?

答:是的,但是销量似乎不太好。

问:三百年后,等著作权失效后,我的全集必将万人争抢。我的同居女友现在怎样了?

答:她现在是书店老板拉克的夫人。

问:真是不幸,她还不知道拉克的眼睛是假的。我的孩子呢?

答:听说被送到了国家孤儿院。

托库沉默片刻,继续问。

问:我的房子什么情况?

答:现在是××摄影工作室。

问:我的桌子呢?

答:不清楚。

问:我在桌子的抽屉里,秘藏了一些信……不过,这与忙碌的各位并无关系。现在,我们灵魂界快要日落,我得与各位告别了。再见吧!各位。再见!善良的各位!

最后一句话说出口之后,霍普夫人也在剧烈的颤抖中苏醒过来。我们十七名会员以上天之名发誓,保证上述对话的真实性。(对于我们所信赖的霍普夫人,已经按照夫人做演员时的日薪支付了报酬。)

十六

看完这篇报道,我开始对这个国家的生活感到郁闷,于是打算回到人类中去。可是我找遍这里所有地方,始终找不到当初我掉进来的那个洞口。后来,还是听渔夫巴古说,这个国家的郊外居住着一只老年河童,平时读书吹笛自娱自乐,与世隔绝地生活着。我想如果找到这只老河童,或许能够打听到逃离这个国家的办法,于是马上赶往郊外。可是到了才发现那是一座小小的房子,一只河童正悠悠地吹着笛子,他看起来连头顶的圆盘都还没长硬,顶多也就十二三岁!哪里有什么老河童。我以为肯定找错了地方,不过慎重起见还是确认了一下名字,结果他却正是巴古说的那只老河童。

"可是,您看上去只是个孩子啊……"

"你没听说吗?也许是命运作怪,我一生下来就是满头白发,然后才越长越年轻,现在才变成这副你所看到的孩子模样。算算年纪的话,如果我出生时是六十岁,那现在应该有一百一十五六岁了。"

我环顾了一下房间四周。也许是心情使然,我觉得那质朴的桌椅散发着一种清雅的幸福。

"看起来,您比其他河童都要幸福。"

"哦,可以这样说吧。我年轻时是个老人,上了年纪却又变得年轻。所以我既不似老年人那般的欲望枯竭,也不似年轻人那样沉迷于色相。总的来说,我的一生即使算不上幸福,至少也是安宁祥和的。"

"是啊,安宁祥和。"

"不仅如此,再加上我身体康健,拥有的财产可以保证一生衣食无忧。不过,最令人幸福的还是——我一出生就是老人。"

我和老河童聊起自杀的托库,还有每天都要看医生的戈尔,他好像对我的话兴味索然。

"那么,您大概跟别的河童不一样,您并不特别执着于活着吧?"

老河童注视着我的脸,平静地说道:"同其他河童一样,我也是在出生之前被父亲询问过是否愿意,才降生到这个国家的。"

"但我却是一个偶然的意外才掉进这个国家的。请您告诉我一条离开这里的路吧。"

"离开的路只有那一条。"

"哪一条呢?"

"就是你来时的那条路。"

听到这个回答,我不由得汗毛倒竖。

"可是很不巧,我找不到那条路了。"

老河童用清澈的眼睛盯着我好一会儿。然后,他站起身走到房间的一个角落,拉了一下从天花板垂下来的一根绳子。一个此前我完全没有注意到的天窗被打开了。圆形的天窗外面,青翠的松柏伸展着枝条,晴空万里,一望无际。那犹如巨大箭头一样高耸的,不正是枪岳山峰吗?我像孩子看到飞机一般,兴奋得跳了起来。

"来吧,从这里就可以出去了。"

老河童指指绳子。我才发现那根绳子,其实是架绳梯。

"那……我就从这里离开了。"

"但是,我要提醒你,出去之后,千万别后悔。"

"不会的,我决不后悔。"

我笃定地回答着,早已爬上绳梯,从上面俯视着老河童头顶的圆盘。

十七

从河童国回来以后,有好一阵子我都无法适应人类皮肤的气味。与我们人类相比,河童要干净得多。不仅如此,大概是看惯了河童的脸孔,人类的脑袋看来倒有些恐怖。这种感觉或许你没法了解。眼睛和嘴巴也还罢了,尤其鼻子部分让我莫名地恐惧,于是我尽量不去见任何人。之后,我渐渐又习惯了人类,大约用了半年的时间,我终于又可以随意出门了。但还有一点麻烦的是,我经常不自觉地冒出河童国的语言。

"明天你在家吗?"

"Qua!"

"什么?"

"哦,我在家的。"

基本上都是这种情形。

从河童国回来整一年的时候,我因为一项事业的失败……(他说到这里时,S博士立即提醒他"别提那个了"。据博士说,他一说到那件事,就会异常烦躁,大吵大闹,让看护者束手无策。)

那就不提吧。因为那项事业的失败,我又有了回到河童国的念头。是的,是"想回去",而不只是"想去"。我觉得河童国就像我的故乡一样。

我悄悄离开家,准备乘中央线火车,结果不幸被警察抓住送到了医院。我在住院后的一段时间里,都还在想河童国的事。医生查克现在怎样了?哲学家马格是不是还会在七彩玻璃提灯下思考?还有我的好朋友,嘴巴烂掉的学生瑞普……我记得是某个下午,天气跟今天一样阴沉,我正沉浸在河童国的回忆中,突然,我差点叫出声来,因为,不知何时渔夫巴古就站在我床前，对我再三行礼。我回过神来——我已不记得当时是哭还是笑了。总之，再次说起久违的河童国语言，让我很是激动。

"哎，巴古，你怎么来了？"

"当然是来看你，听说你病了。"

"你是怎么知道的？"

"听了收音机里的广播。"巴古得意地笑着。

"你怎么来的呢？很不容易吧。"

"哪里，根本不麻烦。东京的河流和沟渠，河童也是经常来往穿梭的。"

我这才想起河童也是跟青蛙一样的两栖动物。

"可是，这一带并没有河流呀。"

"哦，我是从自来水管道钻上来的，只要打开消火栓……"

"消火栓？"

"先生，你不记得了吗？河童也是有机械工的。"

那以后，每隔两三天就有河童来医院看我。据S博士说，我的病是精神分裂症，但河童医生查克说，我不是，S博士才是精神分裂症患者，还有你们这些人也是。（这么说对你实在有些失礼。）当然，学生瑞普和哲学家马格也都来看过我。除了渔夫巴古，白天其他河童都不会来，他们通常是在夜里两三只一起过来看我，而且是月明之夜。昨夜，我还和玻璃公司经理戈尔，以及哲学家马格在月光下聊了很久，音乐家库拉巴克还拉了一首小提琴曲给我听。你看对面桌上那束黑色百合花，就是昨晚他给我带来的礼物。

（我回过头看了看，桌子上并没有什么花束。）

还有，这是哲学家马格特意带给我的一本书。请你打开看看第一首诗。对了，你一定看不懂河童国的语言，还是我读给你听吧。这是最近出版的《托库全集》中的一本。

(他翻开一个旧电话簿,大声朗读起来。)

在椰子花和竹林之中

佛陀早已入眠

无花果枯萎在路旁

基督也已死去

但是我们必须安歇

纵然在舞台剧目的布景前

(再看布景的背后,都是缀满补丁的画布?)

我不像这位诗人般如此厌世。只要河童们能够经常来看看我……哦,有一件事我忘了说,你记得我的那位法官朋友佩朴吗?据说他失业后,真的疯掉了,住进了河童国的精神病院。如果 S 博士允许的话,我很想去看看他……

昭和二年(1927年)二月作

某傻子的一生

罗松涛 译

久米正雄[1]君：

这篇文稿不管是否发表，还是发表的时间，发表在哪家刊物，都全权由你负责。

文中出现的人物，大都是你知道的。不过，我希望发表之际，也不要加上注解。

我目前正生活在最不幸的幸福当中。但奇怪的是我并不后悔。我只是想，有如我这般的恶夫、恶子、恶父的存在，身边的人们该是多么可怜。永别了！在这篇文章中，我至少可以不为自己辩护。

最后再说一句，我之所以将这篇文稿托付给你，大概是我相信你是最了解我的人（一旦揭掉我这张"都市人"的外皮后），我在这篇文中表现出的傻样儿供你一笑。

昭和二年（1927年）六月二十日

芥川龙之介

---

[1] 久米正雄：日本小说及剧作家。

一、时代

那是一间书店的二楼,二十岁的他站在书架的西洋梯子上,仔细搜寻新书。莫泊桑、波德莱尔、斯特林堡、易卜生、萧伯纳、托尔斯泰……

已是日暮时分,他还依然专注地看着书脊上的字。陈列在这里的,说是书籍,倒不如说是一个世纪进程。尼采、魏尔伦、龚古尔兄弟[1]、陀思妥耶夫斯基、霍普特曼[2]、福楼拜……

他在昏暗中挣扎,心里历数他们的名字。但是书籍却慢慢沉入忧郁的暗影中。他终于失去了耐心,想走下梯子,这时,头顶上方一盏没有灯罩的灯泡忽然亮了,他就那样立在梯子上,俯视着书架间来回走动的店员和顾客。他们显得不可思议地矮小、寒碜又可怜。

"人生还不如波德莱尔的一行诗。"

他在梯子上站了良久,就这样看着他们。

二、母亲

疯子们都穿着清一色的灰衣服,宽阔的房间显得更加阴郁。有个人一脸专注地弹奏着风琴,似乎是一首赞美歌;另一个在房间的正中央跳着舞,其实是胡乱蹦跶。

他和面色红润的医生一同看着这场景。就在十年前,他母亲和这些人丝毫没有分别。其实……他们的气味让他再次想起了母亲。

"那么,走吧?"

---

[1] 龚古尔兄弟:兄弟二人均为法国作家。

[2] 霍普特曼:德国著名剧作家。

医生走在前面，他们沿着走廊来到另一个房间。房间的角落里有个装满酒精的玻璃瓶，里面浸泡着几副脑髓。其中一副脑髓上隐约有发白的东西，像是粘上了点蛋白。他和医生站着谈话的时候，再次想起了母亲。

"这是某电灯公司的一个工程师的脑髓，他始终觉得自己是台黑亮亮的大发电机。"

他避开医生的视线，往窗外眺望。那里只有插着玻璃碎片的厚砖墙，再无其他。墙上一层薄薄的青苔，泛着斑驳的白。

三、家

他住在郊外一幢房子的二楼房间里。由于地基松软，房子有些倾斜。

他跟姨母多次在楼上争吵，他的养父母也出面调解过。同时他又觉得，姨母是最爱他的人。他二十岁时，姨母已年近六旬，独身一辈子。

他无数次在二楼的房间里思考，互相深爱的人就要一定彼此折磨吗？每每这时，二楼的倾斜总让他感到可怕。

四、东京

隅田川笼罩在阴沉之中，他坐在行进中的小汽船里，从船窗眺望向岛[1]的樱花。盛开的樱花在他眼中，仿佛败絮一般令人忧郁。可是，他在那些樱花中——江户以来就有的向岛樱花中看到了自己。

---

[1] 向岛：日本港口之一，是日本偏港的重要枢纽。

五、自我

他和一位前辈坐在咖啡店里,不停地吸着纸烟。他不怎么开口,只是认真地听前辈讲话。

"今天乘坐了半天的汽车。"

"有什么事吗?"

前辈托着脸,满不在乎地说道:"没有啊,只是想坐车罢了。"

这句话引领他把自己释放到一个未知的世界——接近于诸神的"自我"的世界。痛苦和欢愉一并把他包围。

咖啡店很小,牧羊神像下面,一棵橡胶树立在赭色的花盆中,肥厚的叶子耷拉下来。

六、病

海风不停歇地吹刮着,他摊开英语大字典,用指尖找寻着词条。

Talaria:带翼的靴子或凉鞋。也叫桑德阿鲁。

Tale:故事。

Talipot:印度东部产的椰子树。树干可长到五十至一百英尺高,叶子用来制作伞、扇子、帽子等。通常七十年开一次花……

他凭想象描绘出椰子树开花的模样。他的喉咙从来没有这样痒过,不由得对着字典吐了一口痰。痰?——那也不是痰。他想到生命的短暂,又一次想象椰子花——那遥远的大海彼岸上,高高耸立的椰子花。

七、画

  他突然地——确实是突然地……站在书店里翻看凡高画集时,突然就领悟了绘画。当然,那本凡高画集无疑是影印版的,即便如此,他也在影印版中,感受到了鲜明的大自然。

  点亮了对绘画的热情,他的眼界也为之一新,开始留意树枝的折曲姿态和女子饱满的脸颊。

  一个秋日雨后的黄昏,他走过郊外的铁道桥。

  铁道桥对面的堤坝处停放着一辆货运马车。他一边走着,一边感受这条路上曾经走过的人。有谁呢?已经没有必要再反复问他自己了,二十三岁的他,心中浮现出一个割去了耳朵的荷兰人,叼着长烟斗,锐利地注视着这幅忧郁的风景画……

八、火花

  他淋着雨,走在柏油路上。雨势相当大,在飞溅的水花中,他嗅到了雨衣上的橡胶味儿。

  前面一根电线冒出紫色的火花。他突然被感动了。上衣口袋里还放着他准备在他们创办的同人杂志上发表的稿子。在雨中继续走着,他再一次回望身后的电线。

  耀眼的电火花依然绽放。展望自己的人生,并没有发现什么特别想要的东西。但只有这紫色的火花——这空中耀眼的电火花,他想抓在手中,哪怕用生命去换取。

九、尸体

尸体的拇指上都挂着金属丝的名牌，记着姓名、年龄等。朋友弓着腰，熟练地操着解剖刀，开始剥尸体脸部的皮。皮肤下面是美好的黄色脂肪。

他注视着尸体。为了写一个王朝时代为背景的短篇故事，不得不这么做。可是，尸体的腐臭，那近似烂掉杏子的臭味，实在是令人不快。朋友也皱起眉头，一言不发地动着解剖刀。

"近来尸体不够用呢！"朋友如此说。

不知不觉间，他想出了一个答复："不够用的话，我就不带任何恶意地去杀人。"

当然，这话只是放在他的心里。

十、先生

高大的檞树下，他正读先生写的书。

檞树叶沐浴在秋日的阳光下，懒懒的动也不动。远处的天空中，一台吊着玻璃秤盘的天平也是一样，刚刚好地平衡着。——读着先生的书，他正好感觉到了这番情景。

十一、拂晓

天色渐渐亮了，他看着街区拐角处宽阔的市场，熙熙攘攘的人和车辆都被染成了蔷薇色。

他燃起一根纸烟，安然地走进市场。一只瘦黑的小狗朝他狂吠，他并不觉得吃惊，甚至对那只狗心生出几分好感。

市场正中有一棵法国梧桐树，四面展开它的枝叶。他在树下，透过树枝，仰望天空，正好在他头顶上方，有一颗星星在闪耀。

那是他二十五岁的时候，见到先生后的第三个月。

十二、军港

潜水艇内部是昏暗的，周围都是机器，他弯下腰，把眼睛贴在小小的目镜上。潜望镜中映出了明亮的军港风光。

"那个就是'金刚号'。"一个海军军官告诉他。

他看着四方镜头里的小小军舰，不知为何想起了荷兰芹——每份三角钱的牛排上，散发出淡淡清香的荷兰芹。

十三、先生之死

雨后起了风，他走在新车站的站台上。天空刚蒙蒙亮，站台对面，三四个铁道工人一边挥动着铁镐，一边高声喊着号子。

雨后的风吹散了工人的号子，还有他的情感。他手里的香烟没有点燃，原来欢喜和痛苦之间这么接近。"先生离世"的电报还塞在他外套的口袋中。

这时，一列早六点的上行火车，从对面松山的背阴面蜿蜒着朝他驶了过来，拖着淡淡的轻烟。

十四、结婚

婚后第二天,他数落妻子道:"刚来就乱花钱,可不行。"只是,这种不满,其实是姨母的。于是,妻子向他道了歉,也向姨母道了歉。为他买的那盆黄水仙就摆在面前……

十五、他们

他们在宽大的芭蕉叶下,过着宁静的生活……因为他们的家在一个平和的海边小镇,距离东京要坐整整一个小时的火车。

十六、枕

枕着释放出蔷薇叶味道的怀疑主义,读着阿纳托尔·法朗士的书。只是,他没有注意到枕中还有半人半马神。

十七、蝴蝶

海藻气味的风中飞舞着一只蝴蝶。就在一瞬间,他感到自己干涩的嘴唇碰触到了蝴蝶的翅膀。就这样,留在他唇上的蝴蝶鳞粉,在数年以后依然闪着点点的光。

十八、月

他在一家旅馆的楼梯上遇见了她。她的脸在白昼也散发出月光之美。他的目光追随着她——他们素昧平生,而后他感到了从没有过的寂寞。

十九、人工翅膀

从阿纳托尔·法朗士转到十八世纪的哲学家,不过,他并没有接近卢梭,或许是因为他本人容易被热情驱使的一面与卢梭太过相似。于是,他走近了与他冷静理智的另一面相近的哲学家,那位写作《老实人》的哲学家。[1]

对于二十九岁的他来说,人生已少有光明的希望。不过,伏尔泰却给了他一对人工翅膀。

他展开翅膀轻盈地向天空飞去。同时,理智之光照耀着人生悲欢,沉沦在他的眼底。他从破落的城市上方投下讽刺与微笑,穿过毫无遮碍的天空,径直向太阳飞去,却忘了古代的希腊人最终因为人工翅膀被太阳烤焦坠海而亡的故事……

二十、枷锁

他们夫妻开始和养父母一起生活,因为他决定到一家报社工作。他依靠的是一张黄纸上的合同书,后来他才知道,报社对这份合同不承担任何义务,全由他一人负责。

---

[1] 即法国启蒙思想家、文学家、哲学家伏尔泰,代表作有《老实人》《天真汉》等。

二十一、疯子的女儿

两辆人力车跑在阴天冷清的乡间道路上。海风阵阵吹过，显然这条道路通向大海。他坐在后面这辆人力车上，心里纳闷，为何自己对这次幽会兴味索然，为何自己要来这里。这绝不是恋爱，可如果不是，那……为了避免回答，他想到"总之，我们是平等的"。

前面那辆人力车上，坐着一个疯子的女儿。而且，她的妹妹是因为妒忌而自杀。

——事到如今，也没办法了。

这个疯子的女儿——只有强烈的动物本能，他开始感觉到憎恶。

这时，两辆人力车经过了弥散着咸腥味儿的墓地旁边。几座黑黢黢的石塔，立在粘着蚝壳的木头围墙里。他望着石塔对面微微闪光的大海，突然对她的丈夫——没能抓住她的心的丈夫，感到轻蔑……

二十二、某画家

那是某杂志的一幅插画，只是一只公鸡的墨笔画，却个性鲜明。于是，他跟朋友打听这位画家。

大约一周后，画家拜访了他。这是他一生中非同寻常的一件事，他发现了这位画家身上不为人知的一面，并且，发现了画家自己也未察觉的灵魂。

一个寒凉的秋日傍晚，他看着一株玉米，蓦地想起了这位画家。粗糙的叶子包裹着高高的玉米，土里露出神经似的纤细的根须。这无疑是那个神经质的他的自画像。可这样的发现只会使他忧郁罢了。

——已经晚了。可是一旦……

二十三、她

天色黄昏,他带着低烧的身体,走在广场上。天空微微泛出银光,高楼林立的窗口灯火辉煌。

他在路边停下脚步,等待她到来。大约过了五分钟,她向他走来,面带憔悴。看到他的脸,她微笑着说:"累啦!"然后他们并肩走在微亮的广场上,这是他们第一次。为了跟她在一起,他放弃所有也在所不惜。

坐上汽车后,她凝视着他的脸:"你不后悔吗?"他坚定地说:"不后悔。"她的手按住他的手:"我也不后悔。"此时,她的脸如同沐浴在月光下。

二十四、分娩

他站在隔窗旁边,低头看着穿白色手术服的助产士给婴儿洗澡。每当香皂沫浸入眼睛,婴儿都巴巴地皱起脸,不断大声啼哭。他觉得婴儿的气味跟鼠崽子很像,不由得深切地思索起来。

"这小孩为什么要出生,来到这个苦难的世界呢?为什么他命中注定地要有我这样的父亲呢?"

这是他妻子生下的第一个男孩。

二十五、斯特林堡

他站在房间的门口,看着在石榴花盛开的月光下,几个油腻腻的中国人搓着麻将。他回到房间里,开始在低低的油灯下读《疯人辩护词》[1]。没读上两页，他不由得苦笑起来——斯特林堡在写给他的情人伯爵夫人的信中，说着和他差不离的谎话。

二十六、古代

色彩剥落后的佛像、天人、马和莲花座，更加震撼了他的灵魂。他仰望着他们，把一切抛诸脑后，甚至是他侥幸摆脱了疯子的女儿这件事。

二十七、斯巴达式训练

他和朋友走在小巷里。一辆带篷的人力车从对面径直跑过来，坐在车上的人正是昨晚的她。白昼里，她的脸也如同沐浴在月光下。当着他朋友的面，他们都没有招呼对方。

"真漂亮。"朋友说。

他望着小巷那头春天的山，毫不犹豫地说："是啊，真漂亮。"

二十八、杀人

阳光下的乡间小道散发着牛粪的臭气。他揩着汗，爬着慢坡朝前方走去。道路两边熟透的小麦散发出香气。

"杀！杀……"

他嘴里反复嘟囔着。杀谁呢？他心里很清楚。他想起了那个卑劣的留寸头的男人。

---

[1]《疯人辩护词》：瑞典作家奥古斯特·斯特林堡的小说作品，描写了主人翁与第一位妻子从相恋到分手的过程。

金黄麦田的那边,露出罗马天主教堂一个圆形的屋顶。

二十九、形

那是一只长把的铁制酒壶。这只细纹酒壶,让他懂得了"形"之美。

三十、雨

他在大床上和她聊天。卧室的窗户外面下着雨,木棉花说不定会在这场雨中腐烂。她的脸依然像沐浴在月光中,他却感觉到谈话的无趣。他趴在床上,静静地点燃一根纸烟,想起他们在一起生活已经七年了。

"我还爱这女人吗?"他问自己。

"我还爱着。"——这个答案让看着自己的他也感到意外。

三十一、大地震

那是一种近似熟透的杏子的气味。他在火灾过后的废墟上走着,隐约嗅到这种气味,心想,暑天的腐臭倒也没那么糟糕。可当他站在尸骸累累的池畔望去的时候,才发现"鼻子发酸"这个词绝不夸张。尤其震撼他的是十二三岁的孩童尸体。他盯着那具尸体,甚至涌出羡慕的情绪。他想起"上帝所爱者不长命"这句话,他的姐姐和异母兄弟的房子都在火灾中烧毁,而姐夫是因为犯伪证罪被判刑而缓期执行中。

"大家都死掉了才好。"他站在废墟上,深切地想。

三十二、打架

　　他和异母兄弟扭打起来。弟弟常因为他受到无意的"欺压"。同时，他也因为弟弟失去了"自由"，这是必然的。亲戚们总是对弟弟说"要多学哥哥"。这同样也桎梏了他的手脚。他们在檐廊旁边扭打，滚作一团。他还记得，院子里有一棵百日红，酝酿着在一场雨后的天空下盛开夺目的红花。

三十三、英雄

　　站在伏尔泰家的窗口，仰望高山，冰川的山上看不到秃鹰的影子。一个身材矮小的俄国人在山路上顽强地攀登。

　　夜晚降临，他在伏尔泰的房子里，借着明亮的油灯，一边回想那个艰难前行的俄国人的身影，一边写下这样一首诗：

　　　　你比任何人坚守十诫，
　　　　也比任何人破坏十诫。
　　　　你比任何人深爱民众，
　　　　也比任何人轻视民众。
　　　　你比任何人富于理想，
　　　　也比任何人了解现实。
　　　　你是诞生于我们东洋的，
　　　　散发花草芬芳的电力机车。

三十四、色彩

　　三十岁的他，不知什么时候恋上了一块空地。那里，地面长满苔藓，四处散落一些残砖碎瓦。但在他眼中却与塞尚的风景画毫无二致。

　　他忽然想起自己在七八年前的激情，同时也发觉七八年前的自己并不懂色彩。

三十五、假人

　　他想过一种激烈到死且毫无遗憾的生活，现实里他却依然在养父母和姨母面前过着拘谨小心的生活。这制造了他生活的阴阳两面。他在一间洋服店里看到一个人体模特，发现自己和这假人是那样的相似。然而意识之外的他——另一个他，早已将这心情写入一个短篇小说中。

三十六、倦怠

　　他同一个大学生走在芒草遍布的野地里。
　　"你们仍有旺盛的生活欲吧？"
　　"嗯，您也是……"
　　"我已没有了，有的只是创作的欲望。"
　　这是他的真情。对于生活，他不知从什么时候起，已经不再有兴趣。
　　"创作欲也是生活的一种欲望吧！"
　　他没有回答。野地里，在红红的芒草穗上方，清晰地显现出一座火山。他对这火山有着几近羡慕的感情，至于缘由，他自己也觉得莫名……

三十七、过来人

他同一位在才华上与自己不分伯仲的女人相遇了。不过,他因为写下了《过来人》这样的抒情诗,勉强逃脱了这个危险的境遇。那种心境,仿佛是把树干上冻结的晶莹雪团抖落。

草笠随风舞,
飘摇落道旁。
我名何所惜,
但愿君名扬。

三十八、复仇

那是饭店的露台上,周围满是刚刚萌发新芽的树木。他画着画,旁边有一个少年,是七年前和他分手的那个疯子的女儿的独生子。

疯子的女儿吸着纸烟,看着他俩玩耍。他一边郁闷地描画着火车和飞机,一边庆幸少年不是他的儿子。可另一边听到少年叫他"叔叔",他又陷入深深的痛苦。

那少年跑开后,疯子的女儿吸着纸烟,巴结似的对他说:"那孩子……像你吧?"

"不像。他可……"

"不是也有胎教的说法吗?"

他默默地把视线转到别处。然而,从他心底涌出一种残虐的愿望——恨不得绞死这个女人。

三十九、镜子

咖啡店的角落里,他和一个朋友说着话。朋友吃着烤苹果,谈论着近来天气寒冷之类的话题。突然他觉察到话里的矛盾。

"你还是单身呀!"

"不,下个月结婚。"

他默不作声了。咖啡店墙壁上镶嵌的镜子里映出无数个他,冷冰冰的,像在威胁什么似的……

四十、问答

你为何抨击现代的社会制度?

因为我亲眼见证了资本主义的罪恶。

罪恶?我以为你分辨不出善与恶呢!那么,你自己的生活呢?

——他就这样和天使一问一答。当然,这位天使戴着一顶体面的大礼帽。

四十一、病

他深受失眠症的困扰,体力也逐渐衰弱。几位医生分别给他做出不同的诊断——胃酸过多、胃弛缓、干性胸膜炎、神经衰弱、慢性结膜炎、脑疲劳……

他清楚自己的致病来源。那就是他对自己感到羞愧,同时又对他们心怀恐惧。恐惧——他所蔑视的社会!

一个即将下雪的阴冷午后,他坐在一家咖啡店的角落里,嘴里衔着雪茄,对面留声机流淌出的乐声不可思议地沁入他心底。待音乐结束,他走到留声机前查看唱片说明。

Magic Flute[1]——Mozart.

他顿时悟到了，破了十诫的莫扎特也还是苦闷的。只是，未必跟他一样……他垂下头，默默地回到了自己桌边。

四十二、众神的笑声

春光明媚的松林中，三十五岁的他在散步。他想起了自己两三年前写下的一句话："我最同情的是，神不能自杀。"

四十三、夜

黑夜再次降临，大海上，惊涛翻滚，幽暗中不时飞溅起泡沫。如此的天空下，他同妻子第二次结婚了。这带给他们欢愉，同时也带来了痛苦。三个孩子和他们一起望着海上的闪电。妻子怀抱着一个孩子，好像忍着眼泪。

"那边有一只船。"

"嗯。"

"断了两根桅杆的船。"

四十四、死

他趁独自睡觉的时候，把腰带挂到窗格子上想要自缢。当脖子套进带子里时，他忽然又害怕了，但令他害怕的并不是死亡那瞬间的痛苦。

---

[1] 歌剧《魔笛》，二幕或四幕歌唱剧，取材于诗人维兰德的一篇名为《璐璐的魔笛》的童话，是莫扎特四部最杰出的歌剧之一。

第二次自缢时，他拿出怀表测试缢死的时间。短暂的痛苦之后，一切都开始恍惚。过了这一关，一定就是死亡了。他看了看怀表指针，发觉痛苦的时间是一分二十多秒。窗格子外一片黑寂，黑暗中传来了粗犷的鸡鸣声。

四十五、Divan[1]

Divan再一次给他的心灵注入以新的力量，那是他所不知道的"东洋的歌德"。他看着悠然站在彼岸的超凡的歌德，体会到了绝望般的仰慕。在他心里，诗人歌德比诗人基督更加伟大。这位诗人心中除了阿克罗波利斯[2]和各各他[3]，还绽放出阿拉伯玫瑰花。如果有足够的力量再探寻这位诗人的足迹……在他读完Divan，平息了相当的感动之后，不由得会对自己产生痛切的轻蔑，那个生活得像宦官般的自己。

四十六、谎言

他姐夫的自杀，骤然间也击垮了他，此后姐姐一家也要由他照顾。至少对他而言，未来如同日暮般幽暗。他想要对自己的精神破产冷笑——他完全明白自己的罪孽和弱点，另一边仍然继续阅读各种书籍。可是连卢梭的《忏悔录》里也充斥着豪情的谎言。还有《新生》[4]，他从未见过像

---

[1] Divan：德国诗人歌德的《西东诗集》。
[2] 阿克罗波利斯：雅典的卫城。
[3] 各各他：又称各各他山，耶路撒冷城外的山丘，相传为耶稣死难地。
[4]《新生》：日本明治时期自然派作家岛崎藤村的小说，是他与侄女驹子之间乱伦的告白。

男主人公这般奸诈狡猾的伪善者。只有弗朗索瓦·维庸[1]沁透他的心,他在数篇诗歌里都发现了"美丽的女性"。

他的梦里多次出现等待着绞刑的维庸,他也差点几次像维庸那样堕入人生的底部,但他的处境和肉体的能量阻止了他。他渐渐衰弱,就像以前斯威夫特[2]看到过的树木那样,从树梢开始枯萎……

四十七、玩火

她神采奕奕,宛如朝阳映照着薄冰。他对她很有好感,但不是恋爱。而且,他也没有碰过她的身体。

"据说你想死?"

"嗯——不,与其说想死,不如说是厌倦了活着。"

如此几番问答之后,他们相约一起自杀。

"这算精神自杀吧!"

"双双精神自杀。"

他对自己这样的镇静自若感到莫名的不可思议。

四十八、死

他没有同她一起死。他似乎对没有碰过她的身体这一点感到很欣慰。她也不动声色,不时同他说话,并把一瓶氰化钾递给他:"这个,可以让我们都安心。"

---

[1] 弗朗索瓦·维庸:法国中世纪抒情诗人,行为放纵,参与过斗殴、抢劫,1463年被判处绞刑,后改为流放,下落不明。

[2] 斯威夫特:英国讽刺文学作家乔纳森·斯威夫特。

他的心确实安宁下来，独自坐在藤椅上，看着米楮树长出的新叶，不由得反复思索死亡能带给他的和平。

四十九、天鹅标本

他用最后的力量努力写他的自传，但这对他竟然并不容易。那是因为他还残存着自尊心、怀疑主义和得失计较。他不由蔑视这样的自己。可是，他又想到：揭下伪装的外衣，谁都是一样的。他认为，所有自传的名称，都可以用《诗与真》[1]的书名。而且他还清楚，文艺作品未必能打动每一个人。只有与作者或经历相似，或性情相近的人们才会为他的作品所感动；所以，他决定简短地把自己的《诗与真》写出来。

在完成《某傻子的一生》后，他无意之中在旧货店里看到一个天鹅标本。它伸着的脖颈，依然优雅，发黄的羽毛已经被蛀蚀。他回想自己的一生，不由得热泪盈眶，发出冷笑。他的未来只有两条路，不是发疯就是自杀。独自走在日暮的街道上，他决心慢慢等待毁灭的命运到来。

五十、俘虏

他一个朋友疯了。这是个一直让他有亲切感的朋友，因为他感觉能更深切地了解朋友藏在快活假面下的孤独。这位朋友疯后，他去探望过两三次。

"你我都被世纪末的恶魔缠住了。"朋友曾压低声音对他说这样的话。

听说两三天后，在去温泉旅社的路上，朋友吃了玫瑰花。朋友入院后，他想起以前曾送给朋友的一座赤陶半身像，是朋友喜欢的小说《钦差

---

[1]《诗与真》：歌德自传的副标题。

大臣》[1]的作者半身像。他又想起果戈理也是死于发疯，不由得感到冥冥之中有力量在支配着他们。

他实在是精疲力竭，忽然读到拉迪盖[2]临终时的话，"神兵要来捉我"，然后再一次听到众神的笑声。他努力抗争自己的坚信不疑和感伤主义，可是肉体已经无能为力。"世纪末的恶魔"理所当然地折磨着他。他羡慕中世纪那些虔诚信仰神灵的人们。可是，他终究做不到这样的信仰——信仰神的爱。连谷克多[3]都是信神的啊！

五十一、败北

他拿笔的手颤抖起来，嘴角流出口水。如果不服用0.8克的佛罗那[4]，他的脑袋一刻也不能清醒。每次清醒的时间最多不过半小时或一小时。他只是在昏暗中苦熬着时光，用一把崩了刃的细剑当拐杖拄着。

昭和二年（1927年）六月遗稿

---

[1]《钦差大臣》：俄国讽刺作家果戈理的代表作。

[2] 拉迪盖：法国作家雷蒙·拉迪盖，被誉为诗坛瑰宝，代表作有《燃烧的双颊》《魔鬼附身》等。

[3] 谷克多：20世纪法国现代主义先锋艺术作家让·谷克多，代表作有《阿拉丁的神灯》《诗人之血》《美女与野兽》等。

[4] 佛罗那：一种安眠药。

齿轮

罗松涛 译

一、雨衣

我拎着皮包从避暑地出发,乘汽车赶往东海道的一个车站,为的是参加一个熟人的婚礼。汽车行驶在道旁松树繁茂的公路上。能不能及时赶上上行列车还说不准。汽车里的乘客有位理发店的老板,他的脸圆圆胖胖的像个大枣子,脸上是短短的络腮胡。心里虽然惦记着赶火车,我还一边和他有一搭没一搭地聊着。

"现在的怪事可真多,听说××先生的家里白天也闹鬼。"

"白天闹鬼?"我望着远处冬日夕阳下山坡上的松树林,心不在焉地应和着。

"是啊,据说天气好的时候没事,下雨天闹得最厉害。"

"下雨天……岂不是都淋湿了?"

"您可真会说笑……大概是个穿雨衣的鬼吧。"

汽车响着喇叭直接在车站门口停下了。跟理发店老板道了"再见"，赶紧走进车站。果然，还是迟了两三分钟，上行列车刚刚开走，候车室的一张长椅子上，一个穿雨衣的男人坐在那里，漫不经心地看向外边。想起刚才听到的闹鬼的事，我不禁苦笑一下，只能等下一趟火车了，于是走进车站前面一家咖啡馆。

这家店能不能称为咖啡馆倒还值得商榷。在角落的桌子边坐下，我要了一杯可可。白底蓝细线的粗格子桌布，角边露出点点脏污。喝着夹杂了胶臭味的可可，环视着没有客人的咖啡馆，墙上满是灰尘，贴了几张菜名纸，有鸡肉蛋盖浇饭和油炸猪排之类。

本地鸡蛋、煎蛋卷

这些纸条让我切实感受到了东海道铁路附近的乡村气息。这就是电气机车穿行在麦地和洋白菜地之间的乡下……

下一趟上行列车到达的时候天已经快黑了。我通常坐二等车厢，偶尔也会坐三等。

火车里相当拥挤，我的周围几乎都是去大矶远足的女学生们。我点上一支香烟，看着身边这群女学生。她们都非常活泼，几乎一直在不停地叽叽喳喳。

"摄影师，恋爱镜头是什么啊？"

坐在我面前的摄影师看来跟女学生们是同行的。这时他有些含混地敷衍着回答女学生。可是一个十四五岁的女学生还在兴致盎然地提各式各样的问题。我突然发现这个女生鼻子上有个脓包，不由得想笑。旁边一个十二三岁的女生坐在年轻女老师的怀里，一只手搭在老师的脖子上，另一只手抚摩着她的脸。在和别人聊天的当回儿，还不忘对老师说一句：

"老师真漂亮，老师的眼睛真美啊！"

要不是看她们啃着带皮的苹果，剥着糖纸吃糖，这些女学生看起来倒真像成年女人……我身边走过一个年龄稍大一点的女学生，不小心踩到别人的脚，立刻歉意地说"对不起"。我倒觉得她应该是个纯粹的女生。我叼着香烟。只有老成的她，意识到这种矛盾，不禁自己也冷笑起来。车厢里的灯不知什么时候亮了，火车停靠在郊外的一个车站。我下车走在寒风凛冽的月台上，再经过一座桥，到了等候省线电车的地方。在这里竟然偶遇T君，他在一家公司上班。电车还没来，我们聊起了经济不景气的事，这方面T君自然比我了解更多。不过，他粗大的手指上戴着的土耳其宝石戒指却和不景气的事相去甚远。

"你这东西可了不得啊！"

"这个吗？这是一个在哈尔滨做生意的朋友非要我买下的。那家伙现在日子正难过呢，跟合作社的生意谈不下来。"

我们乘坐的这趟省线电车没有火车那么拥挤，上车后我俩肩并肩落座，海阔天空地聊着。T君一直在巴黎工作，今年春天才调回东京。所以我们总会聊到有关巴黎的话题。像是卡约夫人（Madame Caillaux）啦，吃螃蟹啦，正在外事访问的某殿下之类。

"法国的生活没有想象中那么艰难。只是法国佬们都不愿意纳税，所以总是发生内阁倒台的事……"

"听说法郎暴跌了！"

"那是报纸上说的而已。你去法国看看，那里报纸不也写日本大地震啦，发洪水啦之类的。"

这时，走过来一个穿雨衣的男人，在我们对面坐下。我感觉有点瘆人，正想把刚才听说的闹鬼的事告诉T君。可是，T君忽然把他的手杖把儿转到了左边，脸朝着前面放低声音对我说："那边儿有个女的，灰色披肩的那个……"

"西洋发型的那个？"

"嗯，怀里抱着包袱的那个女人。她今年夏天在轻井泽避暑，打扮穿着都是时髦的西式衣服……"

可是不管怎么看，我都觉得那个女人衣着寒酸。我和T君开始聊起她，不时偷偷瞄两眼那女人。那女人眉宇之间不知怎的让人觉得有点疯癫。她胸前的包袱里露出豹纹似的海绵。

"在轻井泽时，她跟一个叫什么……摩登……还是什么的美国人跳舞来着。"

到站我跟T君道别时，那个穿雨衣的男人已经不知去向。我是在省线电车的一个车站下的车，拎着皮包走向一家饭店。街道两旁的楼房十分高大，走在这条路上，我不禁想起了松树林。而且还有奇怪的东西出现在我的视野里。奇怪的东西？对，是一个旋转不停的半透明齿轮。我过去也遇到过类似的事情。齿轮不断地增加变多，几乎占据我一半的视野，还好没过一会儿，那些齿轮就都消失了，随之而来的却是头痛——每次都是这样。眼科医生嘱咐我，为了遏制这个错觉必须要控制吸烟。可是，在我二十岁之前就已经看见过这样的齿轮，那时我还没有开始吸烟。这时，我想：它又来了！为了测试左眼的情况，我用手挡住了右眼，左眼果然没有什么异常。右眼的眼眶里依然有几个齿轮在打转。我渐渐看不清右边的大楼了，还是继续往前赶路。

到达饭店大门的时候，齿轮消失不见了，却是依旧头痛。我把外套和帽子存放好，然后订了一个房间，之后给一家杂志社打电话商量稿费的事。

婚宴似乎早已开始了。找了桌子一角的座位坐下，我开始用刀叉吃起来。在正面的新郎和新娘是中心，凹字形的白色桌子旁边坐了大概五十来人,不必说个个面带喜色。只有我在明亮的灯光下,心情反而渐渐忧郁起来。为了摆脱郁闷,我跟邻座的客人攀谈起来。他是个胡须浓密如狮子般的老人,正巧还是个我知道的著名汉学家。于是我们的话题不知不觉集中到了古典上。

"麒麟就是一角兽,而凤凰也就是不死鸟……"

这位有名的汉学家对我的话似乎颇有兴致,我机器般地聊着天,一种病态的破坏欲慢慢升起来。我有意说尧、舜只是杜撰出来的人物,还说《春秋》的作者是一位很久之后的汉代人物。如此这般,汉学家的脸上分明露出了不悦的神情。他看也不看我,就粗声打断了我的话:"如果说尧、舜不存在的话,就等于说孔子在说谎了,圣人怎么可能说谎呢!"

我当然一言不发,拿起刀叉准备切肉吃,这时……一只小蛆出现在我眼里,它正默默地在肉边缘蠕动。小蛆让我头脑里回忆起 Worm 这个单词,它肯定同麒麟和凤凰一样,是传说中的某种动物。我放下刀叉,注视着不知何时倒上的香槟酒。

终于,婚宴结束了,我打算去之前订好的房间里躲会儿,于是向走廊走去。这个走廊一点不像饭店的走廊,倒有种监狱的感觉。幸好我的头没那么疼了。

皮包和外套、帽子一起都送到了我的房间。外套已经挂在墙上,看起来仿佛是我自己站在那儿一样,我急忙把外套收起来放进房间的衣柜里,然后走到镜子面前,一动不动地看着镜子。镜子里的我,脸部骨骼的形状清晰可见。刹那间,蛆的模样清晰地出现在我的脑海里。

打开房门,我来到走廊上无所事事地朝前走。这时,通向前厅一角的一盏台灯出现在我视线里,绿色的灯罩和高直的灯柱在玻璃门上清晰嘀地映照出来。看到它我似乎有了一种安宁的感觉,便坐在台灯前的椅子上,开始思考。但是,我还没能坐上五分钟,穿雨衣的人又来了,他在我旁边的长沙发上坐下,无精打采地开始脱衣服。

"这么冷的天还……"

我这么想着,起身从走廊折返回来。走廊角落的接待处空无一人。我的耳朵却隐约传进来他们所说的话,是一句回答的英语:"All right.""All right?"我一时特别着急地想知道是怎样的两句对话,才有的"All right",到底是什么"All right"?

我的房间里静悄悄的,但当我要开门进去时,不知为何感觉到些许害怕,迟疑了一下,我还是鼓起勇气进了房间。我尽量不去看镜子,径直走到桌子前的椅子坐了下来。那是一张类似蜥蜴皮的山羊皮面安乐椅,从皮包里拿出稿纸,我想继续写一个短篇:钢笔蘸上墨水好一会儿,却一动也没动。而且刚下笔开始写了,写出来的却全是连续的一样的字。

All right……All right……All right……All right……

这时,电话铃声突然响起,我猛地一惊,到床边拿起话筒应道:

"是哪位?"

"我,是我……"

是我姐姐女儿的声音。

"怎么?有什么事吗?"

"出事了,反正……出大事了,我刚给婶婶通了电话。"

"什么大事?"

"您先回来吧,赶紧啊!"

挂断电话,我把话筒放回原处,下意识地按了铃。我清楚地感觉到自己的手在颤抖。侍者还没来,比起着急等待我感到更多的是痛苦。我又不停地按铃,这时我也终于弄懂了原来"All right"这个词是命运告诉我的。

那天我姐夫在东京附近的乡下被轧死了,当时他不合时宜地披着雨衣。

我如今还在那家饭店的房间里写着短篇，深夜里走廊无人经过。但还是经常听见门外有翅膀扇动的声音，也许某个地方养着鸟儿吧。

二、复仇

清晨八点，我在这家饭店的房间里醒过来。当我准备下床的时候，一只拖鞋莫名其妙找不到了。这种状况在过去十二年里时有发生，也依然让我感到恐怖和不安，并且还总让我联想起希腊神话里那位一只脚穿凉鞋的王子。我按铃让侍者帮我找那只不见的拖鞋。侍者一脸不耐烦，在窄小的房间四处寻找。

"在这儿呢，浴室里。"

"怎么又是在浴室里？"

"不知道呢，也许是老鼠干的。"

侍者走后，我喝着没加牛奶的咖啡，开始修饰刚刚完成的小说。镶着一圈岩石框的窗户面朝积雪的庭院。每当停下笔头时，我就呆呆地望着庭院。城市的煤灰把瑞香花花蕾下的积雪弄脏了。这种情景给我的心带来了一些伤感。吸着香烟，我心里想，该动笔了吧，写写妻子的事或者孩子的事，尤其是姐夫的事……

姐夫在自杀前，一直蒙受纵火的罪名，说起这事也是有口难辩。他家房子在失火前，以房价两倍的保额刚买了火灾险，而且他还因为伪证罪正处于缓刑期间。但是，最让我不安的，不仅仅是他的自杀，还有我每次回东京都必定会遇见火灾。要么在火车上看见森林失火，要么是汽车里（那时跟妻子一起）看见常盘桥附近的火灾。在姐姐家失火之前，我早已预感我家会有火灾。

"今年说不定我们家会有火灾。"

"你,这么说太不吉利了……要是真的失火那可就惨了,咱家没有买保险啊……"

我们以前聊过失火的事,不过我们家倒没烧着——我尽量不去乱想一通,又想继续写下去,可是钢笔却没法顺利地继续写出一行字。终于我站起身离开桌子倒在床上,拿起托尔斯泰的《波里库什卡》。小说的主人公性格复杂,综合了虚荣和病态,还有对名誉的追逐,若是修正一下他这辈子的悲喜剧情,就可以变成我这一生的讽刺。我在他的悲喜里尤其看到了命运对自己的嘲弄,这让我渐渐地不寒而栗。看了不到一个小时,我就从床上蹦起来,用力把书扔向房间角落的窗帘,"你去死吧"。

窗帘下跑出一只大老鼠,它斜着跑过地板,一溜烟钻进浴室。我大步追进浴室,开门寻找,可是白色浴室的角落里看不到老鼠的踪影。我开始害怕了,匆忙换下拖鞋,穿上鞋子来到外面的走廊,走廊里一个人影也没有,还是一如既往,如监狱一般让人郁闷。我垂着头,在楼梯上上下下地来回走,不知不觉间走到了厨房。厨房里十分明亮,那是一排燃着火苗的灶,我从那里经过,感受到几个白帽子厨师投过来冷冷的目光,同时我也感受到了身在地狱的滋味。"神啊,惩戒我吧,请别动怒,那样我将灭亡。"——在这一瞬间,我的嘴唇自然而然念出了这样的祈祷。

走出这家饭店,经过雪水融化倒映着蓝天的道路,我匆忙往姐姐家走去。路边公园的大树挂着已经变成黑色的枝叶,每隔一棵树就前后分开,看起来就如同我们人一般。我有些不舒服,甚至产生了恐怖的感觉。我想起但丁描写的地狱画面,树木变成了灵魂。高楼耸立的电车路在对面,可我往那儿还没走上一百米远。

"打扰了,我刚巧路过这里……"

我默默地看着他,是一个身穿制服,二十二三岁的年轻人,制服上缀着金色纽扣。我注意到他鼻子左边有颗黑痣。他摘下帽子,怯怯地对我说:"对不起,请问您是 A 先生吗?"

"是。"

"我就觉得是……"

"你……有事?"

"噢,不,只是看看您。我也是您的忠实书迷……"

这时我已经脱了下帽子,从他身旁走开了。先生,A 先生——这是最近我最不乐意听的话。我感觉我背负了所有的罪恶,以致他们在寻找各种机会叫我先生先生。不能不说我觉得这是某种嘲弄我的方式。那是什么呢?——我的享受主义不得不拒绝神秘主义。我于两个月前在一家名叫《同人》的小型杂志上发表过这样的话:"把艺术上的良心作为首要,良心什么的我是没有了,有的只是神经。"

姐姐和三个孩子临时避难于空地上搭建的房屋,墙壁贴着褐色的纸,待在屋子里感觉比外边还要冷。我坐在烤火盆旁,一边烤着手一边跟姐姐聊着。身体壮实的姐夫一向从骨子里看不起纤瘦到只有他一半的我,而且公开评价过我不道德的作品。我对他总是很冷漠,更没有过促膝谈心之类。可是在和姐姐对话间我渐渐地悟出:姐夫跟我一样堕入了地狱。那个在火车车厢里见到的幽灵就是他啊!我燃起香烟,尽可能地只谈关于钱的话题。

"既然都这样了,我想把这些东西全卖了。"

"只好如此了。那个打字机也还能卖点钱吧?"

"嗯,还有画呢。"

"那么 N(姐夫)那幅肖像画,也要卖了吗?那个……"

临时房屋墙上挂着一张没有镶框的蜡笔画,我看见它就感觉自己应该收敛起陈腐的笑话。他被火车轧得脸都成了肉块，只剩下点胡须。这话说起来都有点骇人。不过，这幅肖像却画得很完整，除了他的胡须，不知为何看起来模糊不清。我认为可能是光线的缘故，便调换不同的角度仔细端详这幅蜡笔画。

"你干吗呢？"

"没啥……那幅画的嘴巴……"

姐姐稍微转头看了一眼，轻描淡写地回答说："嗯，好像胡子画薄了点"

那么，这并不是我的错觉了，可如果那不是错觉……我在午饭时间之前打算离开姐姐家。

"哎，这样合适吗？"

"我等明天再……今天要到青山去一趟。"

"啊，去那儿是身体哪里不舒服吗？"

"就是一直吃药。安眠药那些，巴比妥[1]、思诺思[2]、曲砜那[3]……"

大概三十分钟后，我走进一幢大楼，从一楼上了电梯。我发现三楼餐厅的玻璃门推不动。玻璃门上挂着一块黑漆木头牌子，写着"定休日"几个字。我更不舒服了，隔着玻璃门瞅了瞅里面，桌子上堆着苹果和香蕉，然后又回到街上。

这时，有两个职员模样的男人正兴致盎然地聊着什么，从外面进入这座楼时，正好与我擦肩而过。其中一个人好像说了句："真让人着急！"

我在大街上叫出租汽车，可是怎么也等不来一辆。即便过来一辆也

---

[1] 巴比妥：一种安眠药。

[2] 思诺思：一种短效的镇静催眠药。

[3] 曲砜那：一种治疗失眠多梦的药。

是黄色的出租汽车。(不知道什么原因,黄色的出租汽车,总让我觉得会惹上麻烦。)又过了一会儿,终于过来一辆我认为代表了好运的绿色出租车,我决定先去青山墓地附近的精神病院。

"真让人着急——Tantalizing(焦躁)——Tantalus(坦塔罗斯)——Inferno(地狱)……"

坦塔罗斯[1]就是透过玻璃门看门内苹果和香蕉的我自己。眼前浮现出但丁的地狱,我也诅咒了它两次,眼睛一直盯着出租车司机的后背,此时的我感到世界就是谎言。对我来说,政治、企业、艺术、科学——这些都不过是掩盖恐惧人生的各种亮色汽车油漆。我逐渐感到呼吸不畅,于是摇下车窗。可是我的心脏依然像被人紧紧揪住不肯松开似的。

终于,绿色出租车经过神宫前,旁边应该有一条小胡同通往那家精神病院,可是不知怎么了,今天我连那条小巷也找不见了。在让出租车司机顺着电车的轨道来来回回转了好几圈之后,终于放弃,我下了车。

这里的路坑坑洼洼,终于找到了那条小胡同。可我又走错了路,来到了青山斋祭场院前面。算来参加夏目先生的告别式之后,已过了十年,我一直没再来过这里。十年前的我并不幸福,现在至少还算生活安稳。

我往沙石地面的院子里张望,不由得想起在"漱石山房"的芭蕉大师,不由得感到我人生的一个段落好像也已经结束。而且我也明白了,在这十年之后,今天我到底是为了什么又来到墓地前。

走出那家精神病院,我坐上汽车准备回宾馆。可是在那家宾馆门前刚一下车,就看见一个身穿雨衣的人跟茶房在吵架。茶房?不,其实是个穿绿衣服的司机。我突然觉得进这家宾馆不太吉利,于是转身从原路

---

[1] 坦塔罗斯:希腊神话中主神宙斯之子,起初甚得众神宠爱,得到别人不易得到的极大荣誉,后变得骄傲自大,侮辱众神,因此被打入地狱,永远承受得不到的痛苦。

折返回去了。

这么来回一折腾，当我走到银座大街时已是黄昏。道路两边林立的店铺和来来往往的拥挤人潮让我心里很是憋闷。尤其看见街上的人们都好像一副对自己的罪过一无所知似的迈着轻快的步伐，这时，我更不高兴了。天色越发黯淡，我在电灯的光线中一直往北走着，然后视线被一家摆着琳琅满目书刊的书店所吸引。我走了进去，漫无目地浏览几层的书架，翻出一本《希腊神话》。它的封面是黄色，似乎是写给小孩子的。可是书中一行字竟强烈刺激到了我。

"最伟大的宙斯主神终究也敌不过复仇之神……"

走出这家书店，汇入了人流。无意之中，我感到了复仇之神的眼睛正盯着我微微驼起的后背……

三、夜晚

在丸善书店的二楼，我找到一本斯特林堡的传记，大致翻看了两三页，发现书里写的东西和我的经历并没有多大差别，而且又是黄色的封面。我把传记放回书架，随手取下一本厚书，这本书的一幅插画上满是齿轮，并且和我们人类一样长着鼻子和眼睛。（这是一本德国人收集的精神病人画册。）感觉我心里的忧郁在不知不觉中有了反抗，像输红了眼的赌徒，一本本去翻那些书。但是，为什么每本书的文字和插画里都秘藏着一些针？每一本书都是……就连那本《包法利夫人》，虽然已经看过好几遍，拿起时也让我觉得自己变成了中产阶级的查理·包法利……

在丸善书店的二楼，黄昏里只有我一个顾客。我在电灯光和书架之间穿行，最后停在了标有"宗教"的书架前，翻开一本绿色封面的书，目录里有一章叫"四个可怕的敌人——猜忌、恐怖、傲慢、性欲"。这些词汇让我立刻有种对立的情绪从心底升腾起来。那些被视为敌人的东西起码是我的另一种敏感和理智。可是，传统的精神同近代的精神一样依旧带给我不幸，我越发觉得难以忍受，手里捧着这本书，不自觉地想起我以前的一个笔名"寿陵余子"。它出自《庄子·秋水》，讲的是燕国寿陵的一个年轻人，学习邯郸人走路没学成，却把自己的走法给忘了，最后只能匍匐爬行回到故乡。无论在谁看来，我今天这个模样肯定都是寿陵余子。尽管我还没堕入地狱，却也把这个用作自己的笔名——为了避免继续胡思乱想，我尽量远离书架，便走进对面的招贴画展览室。那里挂了一张好像是圣·乔治骑士的招贴画，他正跟一条长着翅膀的龙进行搏杀。骑士头盔下的半张苦脸正好是我敌人的样貌。然后《庄子·列御寇》里屠龙之技的故事浮现在我脑海，于是我不再继续看展览，转身走下宽宽的台阶。

　　天完全黑了，我在日本桥大街一边走着，一边想着"屠龙"这个词，它也是我砚台上的铭文。那是一个年轻的企业家送我的，他在经历事业的种种失败之后，终于破产。我准备仰望天空，想象地球在无数的星辰中间是多么渺小，接着继续想象自己又是多么渺小。不知怎的，白天还晴空万里的天空现在都变阴沉了，我突然觉得是什么东西故意跟我过不去，于是跑向电车轨道对面的一家咖啡馆"避难"。

　　确实是"避难"。玫瑰色的咖啡馆墙面让我平和下来，终于舒服地坐在了最靠里的桌子前。很幸运，咖啡馆里只有加我在内的两三个客人。我点了一杯可可，小口啜饮着，跟平时一样点燃一支烟，注视着蓝灰色的烟雾袅袅升上玫瑰色的墙面。这和谐的色调散发出温柔的气息，让我心情渐渐舒畅。没过一会儿，我发现左边墙上挂着一幅拿破仑画像，心中的不安又开始发作。学生时代的拿破仑，在地理书的背后写下："圣赫勒拿，狭小的海岛。"也许正如我们认为的一样是某种偶然，不过拿破仑本人也对此感到恐怖不已……

我端详着拿破仑，思考着自己的作品，最先想起来一些警句，来自《侏儒的话》，以及《地狱变》里的主角——良秀画师的命运。以及……我吸着香烟，为从回忆中摆脱出来，便开始对这家咖啡馆张望起来。不到五分钟之前，我来这儿避难，但就在这极短的时间内，这家咖啡馆一下子改变了模样。最让我心头不爽的是，桌椅是仿桃花心木的，而墙面是玫瑰色，二者根本不搭调。我担心陷入唯有自己知道的痛苦之中，便掏出一枚银币，准备买单赶紧离开咖啡馆。

"嘿，要两毛……"

原来我拿出的只是一枚铜币。

我生出一些屈辱，独自在大街上漫步，不由自主地想起我在遥远树林里的家。我说的并不是郊区那个养父母的家，而是以我为中心而租的房子，算起来我住在那里已经十年了。但因为一件事，我做出了和父母住在一起的轻率决定，同时也让自己变成了奴隶以及暴君，还有软弱的利己主义者……

回到那家旅馆已过了十点。走了长时间的路后，我几乎丧失了回房间的力气，一屁股坐在前厅粗木头燃烧的火炉前，开始构思我计划之中的长篇小说。主人公是从推古[1]朝到明治时代的普通人，这个长篇以时代为顺序大概由三十个短篇构成。炉子里的火星不时朝上猛蹿，我忽然浮想起宫城前的一座铜像。那座铜像是一个忠义之士，身穿甲胄，跨于马上。可是他的敌人……

"撒谎！"

我从遥远的历史又被拉回到眼前的此时。幸好一个年长的雕刻家刚

---

[1] 推古：推古天皇，日本第三十三代女天皇，公元 593 年至 628 年在位。

巧走了过来。他依旧穿着天鹅绒外套，留着山羊小胡子。我站起身，握住他伸过来的手。（这是出于对在巴黎和柏林生活了半辈子的他的尊重，而并非我的习惯。）然而，他的手却如爬虫般湿漉漉的，令人感到不可思议。

"你是住这儿啊？"

"对……"

"因为工作？"

"噢，算是吧。"

他直愣愣地看着我，眼神像是在侦察。

"怎么样？去我房里坐坐？"有些挑战的意味，平时我是没这胆量的，现在倒养成了使用这种挑战语气的坏习惯。

他听了微笑着问："你房间在哪儿？"

我们就跟好朋友一样，肩并肩走过几个悄声说话的外国人，来到我的房间。一进房间他便背对镜子坐下，和我海阔天空地聊了起来。说是海阔天空，其实聊的大多是女人的事。我肯定是因为罪恶而堕入地狱的人，所以，我对有关罪恶的事更加郁闷。我有时会变成清教徒，去嘲讽那些女人。

"S子那嘴唇，也不知跟多少男人接吻才变成了那样……"

我忽然住了嘴，眼睛注视着他的背影，镜子里他的耳朵后面正好有一块膏药。

"你这儿，也是因为和好些人接吻才成这样的？"

"你就会跟那些人想的一样嘛。"

他笑着点了点头，我感觉他已经知晓我的秘密，并在一直观察我。我们的话题依然围着女人。跟恨恶的他比较起来，我更对自己的软弱感到羞愧，心情于是更加郁闷了。

好不容易等他离开房间,我就躺在床上开始阅读小说《暗夜行路》[1],主人公种种的抗争精神让我颇有共鸣。相比小说里的主人公,我简直就是个傻瓜,然后不知不觉中眼泪流了出来,同时心情也平和下来。可是没过多久,半透明的齿轮又出现在我的右眼前面,并且齿轮越转越多。我担心头又会疼,于是放下枕边书,吃下0.8克的安眠药,打算不管如何先好好睡上一觉。

可是睡梦中我却出现在一个游泳池前。几个男女孩童在池子里或游泳,或潜水。我转过身朝前面的松林走去。这时,有谁在背后喊:"他爸爸!"我稍稍回转一下头,看见了妻子站在游泳池旁边,与此同时,我又有种深深的懊悔。

"他爸爸,毛巾在哪儿?"

"不能带毛巾进来,你好好看着点孩子。"

我继续朝前走,不知怎么回事,竟走到了一个车站的月台,那里看样子是个乡下车站,月台边是长长的灌木栅栏,一个叫H的大学生跟一个年纪大一些的中年女人站在月台上。他们看见我就都凑了过来,抢着跟我说话。

"是不是发生火灾了?"

"我好不容易才逃到这里。"

那个中年女人我好像有点眼熟,而且跟她说话会有一种兴奋的感觉,这时,火车冒着烟安静地停在月台边,我独自上了车,走在两边挂着白布的卧铺车厢里。这时看见一个卧铺上躺着一个裸体女人,跟木乃伊似的。这肯定又是她——我的复仇之神——疯子的女儿……

醒过来,我下意识地一个骨碌跳下床。房间的灯光还是那么亮堂堂

---

[1]《暗夜行路》:日本作家志贺直哉创作的长篇小说。

的，可是又有翅膀的拍打声和老鼠撕咬的声音，不知从哪儿传过来。打开房门，我沿着走廊匆忙来到炉子前，坐在椅子上注视着摇曳闪烁的火苗。这时，一个身穿白色工作服的茶房过来给火炉加了柴火。

"几点了？"

"差不多三点半了。"

大厅里，我对面的一个角落，坐了一个美国人样的女人正在看书。她穿着就算从远处也能一眼看出的绿色连衣裙。不知为何，我觉得自己有救了，于是决定就这样一直待到天亮。就像经历了长年病痛煎熬之后的老人，继续静静等待死亡……

四、还没完？

我终于在这家宾馆里写完了手头这个短篇，打算寄给一家杂志社。当然，换来的那点稿费还不够付住在这里一个星期的房费。不过，我却对能完成这项工作心满意足。为了来点精神上的强心剂，我打算去银座的一家书店逛逛。

大街的沥青路面上有几片纸屑，在冬日阳光的照射下映出不同的色彩，看上去就像玫瑰花一般。带着一种莫名的安慰，我走进了那家书店。那里看起来也比平时要整洁不少，只是当我看见一个戴眼镜的女孩儿和店员正在说着什么时，不得不涌起一种不舒服的感觉。然而我一想起撒落在路上玫瑰花般的纸屑，当下决定买了《法朗士书信集》和《梅里美[1]书信集》。

之后，我抱着这两本书走进一家咖啡馆，在最靠里的桌子坐下点了

---

[1] 梅里美：普罗斯佩·梅里美，法国现实主义作家、剧作家、历史学家。

咖啡，桌子对面坐着一女一男，感觉像是母子俩。儿子年纪比我小，却和我十分相似。他们像恋人一般脸挨得很近地说话。我注视着他们，并认为那个儿子至少意识到自己作为异性给予了母亲安慰这一点。这其实也是我曾经用来验证自己亲和力的一种方法。同时，这肯定也是一个把今世化作地狱意志的比方。于是我担心自己再次陷入痛苦——幸好此时，咖啡送来，我开始阅读《梅里美书信集》。梅里美的书信集同他的小说一样，尖锐的格言警句充满了魅力，让我的心也变得如钢铁一般坚硬（我的一大缺点便是容易受此影响）。喝完一杯咖啡之后，我想，"管它干什么呢，我什么也不怕"，于是快步走起来，把那家咖啡馆远远甩在了身后。

走在大街上，看着各种各样的商店橱窗。一家出售相框的商店橱窗里挂着一幅贝多芬的画像，他是一个头发倒竖，真正具有天赋的人才。可是我却看出了画像里贝多芬的滑稽……

这时，我与一个高等学校时代的老友在此地不期而遇。他现在是大学的应用化学教授，怀里抱着一个折叠皮包，一只眼睛红红的还渗着血丝。

"你的眼睛……是怎么了？"

"呀！是结膜炎啦。"

我忽然意识到，我在这十四五年里，只要想起亲和力这种事，眼睛也会得结膜炎，就如同他一样。不过关于这个我什么也没提。我们只是聊朋友之间的事，然后他带着我又进了一家咖啡馆。

"我们好久没见了吧，大概从朱舜水碑[1]的建成仪式以后就没见过面了吧？"他点燃一支雪茄，朝着大理石桌子对面的我说道："就是那个

---

[1] 朱舜水碑：即日本东京大学校内的"朱舜水先生终焉之地"碑。朱舜水曾追随鲁王抗清，参与过郑成功和张苍水的北伐战争。他曾七次东渡日本，后流寓日本二十余年，仍着明朝衣冠，讲学以终，得到日本学者的礼遇和敬重，被尊为"胜国宾师"。

朱舜……"

  我不知为何总不能把朱舜水的发音说清晰。这是我常因为口语本身而产生一些不安的原因。他似乎对此毫不在意,依然天南地北地跟我聊着天。谈着小说家K,以及他家的英国狗和有毒瓦斯……

  "你还没写吗?我看了你之前的《点鬼簿》,可那是你的自传吗?"

  "是啊,是我的自传。"

  "有点病态的感觉呀。那你近来身体还好吗?"

  "就那样吧,一直在服药。"

  "唉,最近我也总是失眠。"

  "我也?——你怎么说'我也'呢?"

  "你不常说失眠失眠的吗?失眠症也凶险着哪……"

  他充血的左眼里浮现出了微笑。我在对话间留意到了,"失眠症"的"症"字,我也发不好这个音。

  "这对于疯子的儿子来说是再平常不过的事吧。"

  大概过了十分钟,我又独自走在了大街上。沥青路面上的纸屑此时看上去又像是人的脸了。迎面走过来一个短头发的女人,远远看去那个女人蛮漂亮的,待她走到跟前一看,模样不仅丑陋,还有很多细小的皱纹,似乎怀了孕。我不禁把脸别了过去,顺势转进旁边另一条宽阔的街道。没走多远,我的痔疮又生疼起来,而且这种疼痛除了坐浴毫无办法。

  "坐浴——贝多芬也坐浴过的……"

  坐浴时用的硫黄味道很冲鼻子。当然现在街上是看不见硫黄的。我又想起之前路上玫瑰花般的纸屑,忍着疼痛继续走在大街上。

  大约一个小时以后,我又关在自己房间窗边的桌子前,开始下笔新的小说。稿纸上的笔飞快地移动着,这样的速度连自己都感到惊讶。但过了两三个小时,似乎有人蒙住了我的眼睛,我又呆滞了,不由得停下笔。

起身离开桌子,在房间里转圈圈。这个时候我的妄想症表现得最为明显。在粗野的兴奋中,我忘却了自己有父母,有妻小,只有生命从笔下源源流淌而出。

过了四五分钟,我有了一定要打个电话的念头。然而电话中的回答几次都只是重复的,让人不明白的几句话。反正我耳朵听起来就是在说"莫尔……莫尔……"。终于放下电话,在屋子里又开始来回踱步。心里仍然还是惦念着那个"莫尔"。

"莫尔……Mole……"

英语里的莫尔就是鼹鼠。这个联想让我心生不快。两三秒后,Mole被我改拼成 La mort。La mort 在法语里是死神,死亡的意思,这又让我不安起来。就像死神在逼迫我姐夫以后,现在又来逼迫我。不安中我又感觉到某种可笑,然后,我不知不觉地发出了微笑。究竟是什么东西这么可笑呢?——我自己也没搞清楚。站在好久不见的镜子前,我端正地把自己和自己的影像重合起来。镜中的影像自然地在微笑。我注视着他,想起了另一个我。另一个我——竟然没在我身上发现德国人所说的 Doppelganger,实在幸运啊!可是,K 君的夫人——一位美国电影演员却在帝国剧场的走廊看到了另一个我。(K 君的夫人忽然对我说道:"前辈你也不跟我们打招呼啊……我记得当时真是困惑不已。")还有就是,某独腿翻译家——如今已是故人,曾在银座的一家香烟店看见过另一个我。死神可能已经降临在另一个我的身上,也或者算是来到了我的身上——我背朝镜子,又坐回到窗前的桌旁。

从石灰岩边框的窗子看出去,依然是枯草和水池的院子,我想起,在远方松林里烧毁的几本笔记和未完成的剧本。接着,我又拿起笔,开始新的小说。

五、赤光 [1]

阳光的出现折磨着我,于是我像个鼹鼠般拉上窗帘,然后在大白天开着电灯,把开好头的小说不停地写下去。累了就翻翻泰纳[2]的《英国文学史》,看看诗人们的生平遭遇。他们都经历了不幸,包括伊丽莎白时代的伟大人物———代巨人本·琼森[3]也曾陷入心理疲劳中,他曾在自己的大脚趾上观看罗马和迦太基的交战情形,对于他们的不幸,我竟不能不从心底升起一种恶意而冷酷的喜悦。

某个晚上,刮着猛烈的东风(我认为是好兆头),我从地下室走到大街上,为了去看望一位老人。他任职于一家圣经公司,不论是祈祷还是读书都相当认真。我们在墙上挂了十字架的火盆旁一边烤火,一边聊天。为什么我母亲成了疯子?为什么我父亲的事业遭遇了失败?为什么我受到了惩罚?——这些秘密他都知道,但还是一直带着奇怪而沉着的微笑陪着我,还不时三言两语地描绘一下人生的漫画。在这间屋子里的我没法不尊敬他。不过在和这位隐士谈话间,我也发现他受到亲和力的支配。

"花木店的那个姑娘模样好看,性格也好,而且……对我也十分热情。"

"她多大了呢?"

"今年十八岁。"

---

[1] 赤光:日本著名短歌诗人斋藤茂吉的处女诗集《赤光》,诗集将日本的传统思想与欧洲的现代精神相融合,表现了现代人的悲愁与孤独,讴歌朴素而强烈的生命意识,影响颇大,为近代短歌的高峰之作。其中有吟咏疯子的诗歌。

[2] 泰纳:19世纪法国杰出的文学批评家、历史学家、艺术史家、文艺理论家、美学家。主要著作有《拉封丹及其寓言》《巴尔扎克论》《英国文学史》和《艺术哲学》等。

[3] 本·琼森:英格兰文艺复兴时期剧作家、评论家、诗人和演员,以讽刺剧见长。

他可能是出自父亲一般的关爱,我却从他眼神里感受到了热情。不经意间,我在他递给我的黄色苹果皮上看到了独角兽。(我也经常从木头纹路和咖啡杯裂纹上发现传说中的神话动物。)独角兽也就是麒麟。这时,想起一个对我不甚友好的批评家说过,我是"九百一十年代的麒麟儿"之类的话,突然觉得就算房檐底下挂着十字架,也不见得就代表安全。

"你最近……怎么样啊?"

"精神上还是会觉得焦躁。"

"那你这个病,吃药看来是没什么用的。你打算信教不?"

"如果像我这样的人也可以的话……"

"有什么不可以。重要的是你要相信神,相信神的儿子耶稣,相信耶稣所创造的奇迹……"

"我可以相信恶魔,但这……"

"既然如此,那你为何不相信神呢?若你相信影子的话,那也应该相信光。"

"不也存在没有光的黑暗吗?"

"你所谓没有光的黑暗指的是什么呢?"

我只好沉默不语。他也同我一样行走在黑暗里。但是,我始终相信有黑暗就一定有光明。我们在这一点理论上的不同是唯一的差异。可对于我来说,却是起码的难以逾越的鸿沟……

"光是肯定有的,奇迹的存在便是证据……现在大概也会常常出现奇迹呢。"

"如果那是魔鬼制造的奇迹……"

"怎么又提魔鬼之类的呢?"

在近来一两年的时间里,我常常有一种冲动,想把自己的经历都告诉他。可是如果他把我所说的话转述给我的妻子,我担心我会像我妈妈一样被送进精神病院。

"那是什么书？"

这位身材魁梧的老人转过身面对旧书架，脸上露出一种极像牧羊神[1]的神情。

"哦，是陀思妥耶夫斯基全集。《罪与罚》你看过了吗？"

其实，早在十年以前，我就看过四五本陀思妥耶夫斯基的书了。不过，受到他所说的话的感染，我还是借了这本《罪与罚》回到饭店。大街上，电灯的光线很是耀眼，加上行人众多熙熙攘攘，依然让我心里很不舒服，尤其受不了的是碰见熟人的状况。于是我尽量避开街灯亮眼的地方走着，就像小偷一样。

过了一会儿，我开始觉得胃疼，要想止疼只有喝上一杯威士忌了。于是我找到一家酒吧，正要推门进去，一眼瞅见本就狭窄的酒吧里烟雾缭绕，几个青年模样的人正聚在一起喝酒，看样子像是艺术家。他们中间有一个头发遮住耳朵的女人正颇有兴致地独自弹着曼陀铃[2]。我忽然有些踌躇，于是没推开门转身走了。

这时，我发觉自己的影子在不停地左右摇晃，照在我身上的是有点瘆人的红色光。我停住了脚步，可是我的影子却依然在我跟前晃来晃去。我壮着胆子往身后看去，发现了挂在酒吧房檐下彩色的玻璃吊灯。原来摇来晃去的是大风里的吊灯……

这回，我进了一家开在地下室里的餐馆。站在酒台前，点了一杯威士忌。

"威士忌？我们这里只有 Black and White……"

---

[1] 牧羊神：古希腊雕塑家，普拉克西特列斯创作的雕塑作品。

[2] 曼陀铃：十八世纪起源于意大利，与小提琴大小差不多的一种小型弹拨弦乐器。

我把威士忌掺入苏打水里,一言不发,开始小口小口地啜饮。身旁是两个三十多岁的男人在轻声聊着什么,看样子像是报社记者,用的是法语。我是背对他们的,然而却能感觉到全身似乎都被他们的视线扫视。还有他们谈话的声音像电波一样辐射在我的身体上。其实,他们认识我,说的好像就是我的事。

"Bien……très mauvais……Pourquoi？……"

"Pourquoi？……le diable est mort！……"

"Oui，oui……d'enfer……"[1]

我慌忙扔下一枚银币（那是我身上仅有的一枚银币）,逃似的出了地下室。晚风吹过大街,我感觉胃痛多少有些缓解,于是我的神经也坚强了不少。这时,我想起拉斯柯尔尼科夫[2],产生了一种想要彻底忏悔的欲望。可是,这会使除了我自己以外——不,还有我家之外,绝对会发生悲剧。还不论我这个欲望真实与否还值得怀疑。如果我的神经像别人那样坚强的话——为了实现这一点我必须去旅行,什么地方都行,比如马德里、里约热内卢、塔什干……

这时,一家商店屋檐下吊着的一块白色小招牌害我变得紧张起来。那是一个有翅膀的汽车轮胎商标。它让我想起靠人工翅膀飞行的古希腊人。虽然飞上了天空,却因为被太阳晒化翅膀,最终掉进大海淹死了。去马德里、里约热内卢、塔什干——我只能暗暗嘲笑这些梦想。同时也随之想起一直被复仇之神追赶的俄瑞斯忒斯[3]。

---

[1] 此处为法语,意为:"真的是……太坏了……为什么呢？……""为什么？因为魔鬼死了……""哦,哦……地狱的……"

[2] 拉斯柯尔尼科夫:小说《罪与罚》的主人公。

[3] 俄瑞斯忒斯:希腊神话中的人物,古希腊远征特洛伊的统帅阿伽门农的儿子。特洛伊战争结束后,阿伽门农回国统治,被妻子克吕泰涅斯特拉及其情人埃吉斯托斯杀死。俄瑞斯忒斯被母亲克吕泰涅斯特拉驱逐,俄瑞斯忒斯长大后为报父仇,杀掉了母亲及其情人。

我沿着运河旁灯光昏暗的街道走着,蓦地想起郊区居住的养父母。他们一定天天盼着我回去。我的孩子们大概也一样——可是如果真的回去,我又担心某种控制不住的力量会束缚我。一艘大船横停在波涛汹涌的运河上,船的底部泄出微弱的灯光。大概有几个男女共同生活在船上吧,或许他们之间也相互爱着或者恨着……这时新的战斗激情重新在我心中燃起,威士忌的醉意也逐渐明显,我往饭店的方向走去。

坐回桌前,接着读《梅里美书信集》,它又在不知不觉中赋予了我生活的力量。但当我知道梅里美在他晚年成为新教徒时,脑海中顿时出现他戴着面具的模样。他不过也是一个跟我们一样行走在黑暗中的人而已。黑暗中?——《暗夜行路》这本书对我来说开始变得可怕。为了忘却忧郁,我又拿起《阿纳托尔·法朗士对话集》。然而,这位近代的牧羊神身上竟也背负了十字架……

大概一个钟头以后,茶房送了一扎邮件到我的房间。其中一封信来自莱比锡一家跟我约稿的书店,写一篇《近代日本的女人》。为何他们要特地找我来写这篇文章呢?并且他们还在这封英文信上加了手写的一句:"您的文章即使如同日本画里的只有黑与白的女人肖像画那样,我们也绝对满意。"这行字,让我想起叫"Black & White"牌子的苏格兰威士忌。我把信纸撕得粉碎,然后顺手打开另一封,信纸是黄色的。这封信是一个陌生的年轻人寄来的,只看了两三行,他那句"您的小说《地狱变》……"就让我气愤异常。拆开第三封信,发现是我外甥写的。我这才定下神来,读着他写的家里事,然而信末最后几句话还是瞬间击垮了我。

"在此寄给您再版的短歌诗集《赤光》……"

赤光!感觉到自己在冷笑,只好跑出房间去避难。走廊里空荡荡一个人影也没有,我一只手扶着墙壁,好不容易才走下楼梯来到大厅。坐在椅子上点燃一支香烟。香烟是 Airship 牌的，我不知道为什么（从我住在这家饭店以后一直抽 Star 牌香烟），我的眼前又一次浮现出人工翅膀。我招呼对面的茶房帮我去买两盒 Star 香烟。可是如果能信得过茶房所说的话，偏偏只有 Star 牌香烟卖完了。

"Airship 牌倒还有，如果您要的话……"

我摇摇头，眼睛往宽阔的大厅张望。对面有几个外国人坐在桌子旁聊天，他们中间有个女人——穿着红色连衣裙，正悄声和旁边的人说话，似乎还不时看向我这边。

"Mrs.Townshead……"

一个声音在我耳边轻轻说了这一句就消失了。就算是那个红裙子女人的名字吧，我自然是不认识什么汤森德夫人的。我只怕自己会马上发了疯，于是急忙从椅子上站起来，回到自己的房间。

一进房间，我就打算往精神病院打个电话。但我也明白，一旦进了精神病院我也就算差不多死了。于是，左思右想犹豫了很久，为了让自己的情绪稳定下来，我翻开了《罪与罚》，恰好是《卡拉马佐夫兄弟》里的一节。我觉得是拿错了书，就又翻回书的封面——《罪与罚》——没错，就是《罪与罚》呀！我又觉得肯定是装订厂出错了——而我又正好打开了装错的那一页，这完全就是命运的安排，我不得不继续看下去。还没看完一页，发现自己的身子开始发抖，我正好看到描写伊万受到恶魔折磨的内容。描写伊万、斯特林堡、莫泊桑，还有这房间里的我……

大概只有睡觉才能拯救眼下的我了，可是这时，安眠药却用光了。睡不成，那只有继续受折磨了。此时心里反倒充满绝望的勇气，我叫来了咖啡，开始拼力发疯地写作。一页……三页……七页……十页，稿纸眼看就堆积起来。这部小说里我写的都是超自然的动物，并把我的自画像写成其中一只动物。渐渐地，疲劳使我头昏眼花，终于我起身离开桌子，仰面躺倒在床上睡着了。大概睡了四五十分钟，耳边又似乎有人在轻声说话，我眼睛猛地睁开，一下子站了起来。

"Le diable est mort."（恶魔死了。）

石灰岩窗框的窗户外面，天空不知什么时候已经亮起来，冷冷清清。我站立在门前，看着空无一人的房间。对面窗户玻璃上，因为水汽而形成的斑驳印迹，似乎是一幅小小的风景图，看起来是发黄的松林，和海岸对面的风景。我怯怯地向窗边靠近，发现那风景其实就是庭院里枯掉的树枝和冷寂的池塘。然而这种错觉却似乎提醒了我，对家的思念从心底涌上来。

大概九点钟的时候，我打电话给一家杂志社要了点稿费，再把桌上的几本书塞进皮包里，做出一个决定——回家去。

六、飞机

我在东海道线的一个车站搭乘汽车开往山里的避暑地。天这么冷，不知为何，司机却只穿了一件旧雨衣。这种巧合让我莫名地害怕，我尽量把头转向窗外而不去看他。这时看到对面有些古老的街道上，一列送葬的队伍正从长着低矮松树的路上走过，队伍里似乎还有人提着白纸糊的灯笼，金色或银色的纸莲花在灵柩前静静地摇晃……

终于到家了，我在妻子和安眠药的帮助下，安稳地度过了两三天。站在我家的二楼上，可以隐约看见松树林对面的大海。上午我便待在二楼的桌子前，一边听着鸽子的咕咕叫声，一边伏案工作。鸽子或乌鸦，有时也会有麻雀，会飞到走廊这里来，这让我心情变得舒畅。"喜鹊入堂"——我手里拿着笔，总是想起这句话。

一个阴天温暖的下午，我去杂货店买墨水。店里的墨水都是暗褐色的，平时我对暗褐色墨水的厌恶就胜过其他任何一种墨水。我只好走出这家店，独自漫步走在行人稀少的街上。这时，对面走过来一个耸着肩膀的外国人，大概四十岁的样子，而且好像是近视眼。他是患被害妄想症的瑞典人，一直住在这里，名字就叫斯特林堡。当我和他擦肩而过时，身上马上起了感应。

这里也就只有两三条街道。可就在我走过这几条街道时，我遇见一只半边脸是黑色的狗四次。我拐进小巷里，想起了那种叫 Black & White 的威士忌。还想起了斯特林堡戴着的黑白条领带。这绝不是巧合与偶然，如果不是巧合——那么为何我感到只是我的脑袋在行走，然后早在街道上站住了。那有一只彩色玻璃碗躺在路边铁栅栏里，碗底周围是凸起的翅膀状纹路。这时，从松树枝头飞下来几只麻雀，它们一挨近那只碗就立马又飞逃回空中，像商量好了似的。

我到了妻子的娘家，坐在院子里的藤椅上。院子一角用铁丝网围了起来，里面有几只白色的来杭鸡安静地走着，脚边趴着一只黑狗。我急于搞清楚无人知晓的疑问，所以淡淡地和妻子的母亲及弟弟聊着天，至少在别人眼里看来可能是这样。

"这里可真安静啊！"

"确实比东京安静一些。"

"这里也会有烦心事吗？"

"那是当然，这里也是社会呀！"

妻子的母亲说着说着笑了起来。这个避暑地其实也是"世上"，仅在这一年的时间里，这里就发生了多少邪恶和悲惨的事情，我心里是非常清楚的。医生计划着慢慢毒死他的患者、老太太要放火烧掉养子夫妻的房子、律师抢夺妹妹的财产——这些人的房子在我眼中，就是世间地狱，一模一样。

"这里街上有个疯子吧?"

"你说的是 H 吧?他可不是疯子,只是傻了。"

"是精神分裂症,每次我看见他都觉得怪吓人的。最近那家伙也不知怎么了,总在马头明王跟前拜祭。"

"怎么就吓人了,你总得胆子大点啊……"

"大哥的胆儿倒是比我大……"

妻子的弟弟刚起床也没洗漱,胡子拉碴的,仍和往常一样谨慎地加入我们的谈话。

"再胆儿大也有软弱的时候啊……"

"唉,这可就麻烦了……"

我对说这话的妻子妈妈苦笑了一下。妻子的弟弟也面带微笑地看向远处篱笆外的松林,嘴里仍然专心地同我们说话。(这个弟弟在大病痊愈之后,常常给我一种精神脱离身体的感觉。)

"我还一直奇怪你那脱离实际的生活呢,结果发现你人性的欲望还挺强烈的……"

"你觉得我是个好人,结果倒让你失望了。"

"不会,应该有比善恶更相反的吧……"

"那就是成人世界中的孩子了吧。"

"也不对,我也说不好,大概……就像电的正负两极吧。总之是把相反的东西放在一起的意思。"

这时,天上传来巨大的飞机的轰鸣声,我大吃一惊,不由得抬头看天上,一架飞机低低地飞过,低到几乎擦到松树枝梢。那是一架罕见的单翼飞机,机翼漆成了黄色,飞机的声音惊吓了四周,鸡啊狗啊,纷纷四下逃窜。尤其是狗,夹紧了尾巴,狂吠着往走廊下钻。

"这飞机会不会掉下来啊?"

"不会的——大哥,你知道飞机病吗?"

我点上香烟,摇了摇头,没有说话。

"据说人在飞机上待久了,就只能呼吸高空的空气,对地面的空气会渐渐受不了……"

离开妻子的娘家,我走在纹丝不动的松林里,愈发感受到自己的忧郁。那架飞机为什么偏从我头上飞过,而不是飞往别处呢?饭店里又为什么只出售 Airship 牌香烟?这些疑问萦绕着我,让我苦苦思索,专挑没有人的路走。

天气实在阴沉,低矮的沙山那一边是呈现出灰色的海。沙山上有一个秋千架子,座板已不知去向。看着这个秋千架,我忽然想到了绞刑台。秋千架上站了几只乌鸦。它们看到我的出现也没有飞走的意思。不仅如此,那只站在中间的乌鸦还用它的大嘴伸向天空,鸣叫了四声,确实是四声,没错。

我从枯草丛生的土堤转到通往别墅群的小路上。这条小路的右侧都是高高的松树,树林那边应该是有一栋独立的西洋式两层木造楼。(我的朋友将这栋小楼称为"春天的房屋"。)然而走近一看,只剩混凝土房基,上面还有一只浴室水龙头。遭遇了火灾——我马上意识到并离开那里,同时尽可能不朝那边看。这时一个男子骑着自行车,从对面直直地冲我而来。他头戴深褐色礼帽,眼神直瞪瞪的非常奇怪,身子趴在车把上。忽然,我好像从那张脸上看到了姐夫的面目。但是,竟然有一只死鼹鼠,已经腐烂了,肚皮翻着摆在小路的中间。

每走一步我都深感不安,总觉得有什么在算计我。就在此时,齿轮一个一个地出现,挡住了我的视野。感觉到最后时刻即将来临,我越发害怕,脖子僵直地继续走着。齿轮渐渐增多,然后它们忽然转动起来。同右边的松树枝默默地纠缠在一起,看上去又像隔着一层玻璃。这时我感到自己的心跳加速，几次都试图在路边停住脚步。可是，就像背后有人推着我一样，怎么也停不下来……

大约半个钟头之后，我仰面躺在二楼的房间里，双眼紧闭，头痛难忍。这时在我的眼底出现了像鱼鳞一样重叠起来的银色羽毛，形成了翅膀模样，它就那么异常清晰映在我的视网膜上。我睁开眼睛看着天花板，在确认天花板上空无一物以后，再次闭上眼睛。可是，银色的羽毛翅膀再次清晰地显现在黑暗之中。我蓦地想起，最近我坐过的汽车引擎盖上也出现了翅膀……

这时我听见似乎有人慌慌张张地奔上楼梯，又一阵脚步慌乱地跑了下去。听得出来是某人的太太，慌忙睁眼起身，来到楼梯前面暗沉的客厅。妻子伏着身体，肩膀不住地颤抖着，正拼命地大口喘着粗气。

"你……怎么了？"

"没事，我……"

终于妻子抬起头，勉强地微笑着说："没什么，只是感觉你快要死了似的……"

这是我一生中恐怖至极的经历——我已经丧失再写下去的力气了，以如此的心境活着，除了无法言说的痛苦，还能有什么？谁能在我熟睡时掐死我呢？

昭和二年（1927年）七月遗稿

译后记

素有"鬼才"之称的芥川龙之介,是日本大正时代著名的短篇小说家。他被誉为"短篇小说之神",与森鸥外、夏目漱石并称为二十世纪前半叶日本文坛三巨匠。日本纯文学至高荣誉芥川奖就是以其名字命名的。短短十几年的创作生涯,芥川给后世留下了一笔宝贵的精神财富,包括一百四十八篇小说、六十六篇随笔、五十五篇小品文,还有不少诗歌、评论、札记、游记等。

芥川的小说行文考究,构思精巧,立意深刻,兼具浪漫主义特点和现实主义倾向,具有高度的艺术性,成为当时社会的缩影。他前期的作品绝大多数都是历史小说,内容、形式多种多样,其中不乏经典佳作;中期受无产阶级思潮的影响,同时为了突破自我、拓宽领域,他开始从现实生活中取材,创作了许多反映现实的现代小说;他晚期的作品则流露出对人、人生及社会现实深深的幻灭感。

本书不仅收录了芥川各个时期最具代表性的作品,比如前期的《罗生门》《鼻子》《地狱变》,中期的《毛利先生》《竹林中》《六宫公主》,后期的《河童》《某傻子的一生》《齿轮》,还收录了一些其他版本鲜少收录的遗珠——《火男面具》《孤独地狱》等,共计十九篇。其中最负

251

盛名的非《罗生门》莫属。日本殿堂级电影大师黑泽明根据《罗生门》《竹林中》改编而成的电影《罗生门》，荣获了第十六届威尼斯国际电影节金狮奖，以及第二十四届奥斯卡金像奖荣誉外语片奖。

　　本书所收录的《罗生门》《鼻子》旨在揭露社会上风行的利己主义。《地狱变》讲述了一个艺术至上主义者为了追求艺术上的成就不惜献出自己生命的故事。《毛利先生》真挚地追忆了一位有点迂腐的老教师。《竹林中》采用多视角叙述了武士被杀一事，但几位当事人的讲述却各不相同，由此表现了人性的复杂、人心的微妙及真相的难以把握。《六宫公主》讲述了平安时代某个贵族闺秀令人唏嘘的人生故事。《齿轮》和《某傻子的一生》则表现了作者生前的思想状态。《河童》是一篇带有寓言性质的小说，作者借一个精神病患者口述他在河童国的所见所闻、所思所想，表达了他对人、人生以及对社会的看法。

　　底本方面，《罗生门》《鼻子》两篇，我们选用了中国国民大作家鲁迅先生的译文。该译文的底本源自一九二三年六月由上海商务印书馆出版的《现代日本小说集》。译文里有些字词的用法，在现在看来明显属于编校错误，但在鲁迅先生那个时代用法就是如此，所以我们保留了鲁迅先生原汁原味的译文。另外，本书其他篇目均译自日本岩波书店一九七八年版的《芥川龙之介全集》。